Océanos tras los párpados

Océanos tras los párpados

Bruno Gerrú Blanco

www.librosenred.com

Dirección General: Marcelo Perazolo
Diseño de cubierta: Daniela Ferrán
Diagramación de interiores: Julieta L. Mariatti

Primera edición en español - Impresión bajo demanda

© LibrosEnRed, 2013
Una marca registrada de Amertown International S.A.

ISBN: 978-1-59754-982-0

Para encargar más copias de este libro o conocer otros libros de esta colección visite www.librosenred.com

I. Frank, Maika y la Alhambra

Frank sentía que estaba desperdiciando algo. Maika era muy bonita. Ocasionalmente Frank y Maika habían coincidido en alguna calle, cafetería o plaza de Hamburgo pero, a pesar de haber estado muy cerca, sus miradas nunca habían llegado a encontrarse. Todavía no era el momento. Tampoco era el lugar.

El lugar que el destino había elegido para su encuentro era la bella Alhambra granadina. El momento que el destino había elegido para su encuentro era un caluroso verano andaluz. Ocurrió durante un día de colores. Un día en el que los rayos del Sol, al precipitarse sobre la ciudad, parecían querer fundir las cabezas de los sufridos y sudados viandantes.

Aquel día, como casi siempre, Maika llevaba suelta su larga y espectacular melena dorada. Una brillante melena que, bajo los resplandores de la mañana, parecía sacada de un sueño de Frank. Y precisamente eso (que parecía sacada de un sueño) fue lo que Frank pensó cuando vio pasar a esa desconocida chica rubia que, al parpadear, provocaba eclipses de belleza.

Mientras tanto ella, que aun no había visto a Frank, hablaba en alemán por su anticuado teléfono móvil. En las parsimoniosas palabras de aquella llamativa chica, se podía percibir, de manera evidente, un alto grado de desgana. Desgana que, dicho sea de paso, hizo a Frank pensar, inmediatamente, en el familiar concepto de resaca. Es oportuno señalar que este pensamiento, a pesar de la familiaridad del concepto, acabó por desconcertarlo levemente, ya que la muy deseable imagen de la chica no concordaba, en absoluto, con la imagen de alguien a quien le duele la cabeza o, tal vez, la barriga. También es oportuno señalar, e incluso subrayar, que ese inicial desconcierto terminó por transformarse, a la velocidad del rayo, en mucha curiosidad y mucho deseo. Curiosidad y deseo. Deseo y curiosidad. Una excelente pareja.

Minutos después, la conversación telefónica había llegado a su fin. Cuando Maika colgó el teléfono, se sentó en el suelo y se quedó quieta y pensativa. La distancia que la separaba de Frank, que la había estado siguiendo, no llegaba a cinco metros. "Tengo que decirle algo", pensó Frank, con los nervios trabajándole el estómago. "Tengo que decirle algo ya". Estaba claro que el tiempo corría en contra de Frank pero, afortunadamente, ella no parecía tener prisa.

Mientras Frank era atropellado por sus propios pensamientos, a Maika le dio tiempo de encender un cigarro de una marca extraña y de ponerse a utilizar, sin levantarse del suelo, la gran cámara fotográfica que llevaba colgada sobre el escote.

La situación de Frank era la siguiente: estaba de vacaciones en España, había viajado solo, se encontraba en la bella Alhambra granadina, hacía una mañana fantástica, y tenía delante a un ángel, probablemente de resaca, que tomaba fotos con una cámara bastante grande. Además de todo eso, la convicción de que la vida estaba ofreciéndole algo valioso le miraba directamente a los ojos.

—Me gustaría contarte un sueño —dijo Frank acercándose a Maika.

—¿Te gustaría contarme un sueño? ¿Quién eres, Luther King? —dijo ella entre risas. A Frank, que mantenía intacta la sonrisa, le hizo gracia la ocurrencia de la chica pero, a pesar de eso, se sentía algo herido. Aunque, a decir verdad, no estaba lo suficientemente herido como para que se le notara lo más mínimo.

Y justo cuando él iba a contestar algo gracioso, ella se le anticipó y, mientras apagaba el cigarro, dijo sonriente:

—Era broma, cuéntame ese sueño.

Entonces Frank soltó una carcajada nerviosa, echó un rápido vistazo al palacio de Carlos V, dijo algo intrascendente, y comenzó con el relato del sueño.

—Todo transcurre en una playa. Bueno, en realidad sé que es una playa porque se huele el mar, y el sonido de las olas está presente; pero, por extraño que parezca, voy caminando por una ciudad que no conozco. De todas formas el lugar me resulta incomprensiblemente familiar. Frank estaba tan nervioso que sus frases sonaban como si estuvieran saliendo de un contestador automático. Continuó:

—Mientras camino bajo la luz de la Luna, voy mirando a todas partes como un desesperado. La única obsesión que ocupa mi mente es localizar un bar donde sé que encontraré un poema perdido. La verdad es que, en ese momento, no sé ni de quién es ese poema, ni por qué debería encontrarlo. Aun así siento un impulso salvaje por recuperarlo. Supongo que podría llamarse instinto.

En este instante del relato, Maika ya se sentía completamente desconcertada por la forma de hablar que tenía ese chico.

—Poco a poco empiezo a acelerar el paso y a sentirme turbado. Esto contrasta con todo lo que me rodea, ya que la ciudad parece embalsamada. Además el cielo está tarareando una antigua canción de cuna. Una antigua canción que mi abuela solía cantarme cuando me veía inquieto. Sin embargo, creo que mi abuela lo hacía mejor que el cielo… porque la verdad es que la inquietud no se me quita. Corro de una calle a otra. Tuerzo esquinas. Cruzo plazas. Pero nada. Por más que lo intento, no consigo encontrar el más mínimo indicio ni del bar ni de vida humana. Entonces paso junto a un gran escaparate en cuyo interior hay una inmensa montaña de televisores apilados. Esto es curioso y no sé si significará algo pero, en relación al tamaño del escaparate, la pirámide que forman los televisores tiene un tamaño claramente exagerado. Con respecto al interior de la tienda, me impresiona mucho la fuerte sensación de abandono que transmite. Hay sillas tiradas por el suelo, hojas de contabilidad desordenadas por el mostrador y una foto en blanco y negro de un hijo que aun no tengo. Pero, quizás, lo más fuerte de todo es que, a pesar de la sensación de abandono, todos los televisores están emitiendo la crucifixión de Cristo.

—¿Qué dices? —interrumpió Maika con un gesto de contrariedad.

—Es extraño, ¿verdad? Yo tampoco lo entiendo —continuó Frank controlando los nervios con dificultad—. Aunque quizás no haya nada que entender. Bueno, ¿Qué pasaba ahora? Mmmm... Sí, ya me acuerdo. Lo que pasaba ahora es que sigo caminando y me encuentro con un tipo apoyado sobre una esquina. El tipo está de espaldas a mí y lleva puesta una extravagante vestimenta de otra época —Frank no dejaba de sorprenderse de lo rara que sonaba su propia forma de hablar—. A medida que me acerco, voy notando que la persona que tengo delante está temblando levemente y que, además, está emitiendo un sonido que no sabría explicarte. El sonido era algo así como la grabación en casete de un lamento lejano, no sé si me explico. Bueno da igual, la cuestión es que, cuando estoy a punto de preguntarle dónde puedo encontrar un bar, me percato de que la canción de cuna que tarareaba el cielo ya ha parado. Ni te imaginas las ganas que tengo, en ese momento, de salir corriendo. Unas ganas enormes. Pero, por desgracia, ya es demasiado tarde. Por desgracia el tipo ya se ha girado y resulta que su cara es idéntica a la mía. La única diferencia entre su cara y la mía es que la suya lleva escrita en la frente la palabra "maniaco".

—Por Dios, amigo, hace una mañana preciosa, estamos en la preciosa ciudad de Granada, somos jóvenes y guapos, ¿qué me estás contando? —volvió a interrumpir la escultural chica.

Oír estas palabras fue, para Frank, como colocarle un espejo delante. Curiosamente a él le gustó lo que apareció reflejado en el inexistente espejo. Curiosamente lo único que consiguieron esas palabras fue templar los descontrolados nervios de Frank y, en consecuencia, ayudarle a continuar con su relato.

—Ya sé que estoy hablando de una forma muy rara, pero te prometo que el sueño mejora.

"¿Qué será para este mejorar?", pensó Maika automáticamente.

Lo siguiente que recuerdo ocurre ya en el interior del bar. Concretamente ocurre en la barra. Creo recordar que estoy bebiendo cerveza negra cuando, de repente, alguien toca mi cuello con un dedo, y me da un susto tan grande, que derramo casi toda la bebida por el suelo. Entonces me doy la vuelta, derramando el resto de la bebida, y me encuentro con un estallido de belleza de los que no se olvidan fácilmente. Se trata de una chica muy rubia y muy alta que, a pesar de mis esfuerzos, no consigo reconocer. "¿Es que no te acuerdas de mí?", me pregunta. Aun impactado por su aspecto, lo único que acierto a decir es un gutural "creo que no". Entonces la chica se acerca lentamente y me besa aun más lentamente. Cuando termina sonríe y me susurra: "no es la primera vez que nos besamos, has soñado conmigo más veces". Yo me quedo petrificado y, mientras se va, ella añade: "soy tu novia tras los párpados, y, por supuesto, también soy el poema que buscabas". Y al oír eso, me despierto.

Durante unos segundos se hizo silencio entre Frank y Maika. Sus miradas estaban a punto de arder.

Ella había pasado de buscar una buena foto en soledad a encontrarse con aquel chico alto y atractivo que hablaba como el personaje de un mal libro.

Él, por su parte, había pasado de perderse buscando el Generalife a sentir que el motivo de su visita a Granada era encontrarse con aquella melena dorada bajo el brillo de la mañana.

A pesar de que Maika se sentía muy atraída hacia él, decidió concederle una última oportunidad a la monotonía e hizo la siguiente pregunta:

—¿Me vas a decir que soy la chica de tus sueños?

—Pues no, no lo diré porque, como ya te he dicho, ella es mi novia tras los párpados. Si te he contado mi sueño, ha sido porque quiero un recuerdo como este. Un lugar así, una dulzura como tú, mi sueño flotando en la mañana... No podía renunciar a un recuerdo así. Este era demasiado bueno para dejarlo escapar. Eso sí, si me concedes la tarde te prometo que la ciudad, con todos sus destellos, va a ser nuestra.

—Como sigas así creo que también te voy a conceder la noche... amigo —dijo Maika tras besar a Frank en la mejilla.

II. Dolor porque sí

Bajo aquella fina lluvia, la ciudad tenía un tono plateado. Como los meteorólogos habían predicho, aquel estaba siendo un invierno muy frío para tratarse de Hamburgo. Ciudad nada sureña, pero de clima más suave que en el interior alemán debido a la influencia marítima.

Frank, cubierto hasta el cuello por una manta, estaba sentado en un viejo sillón situado en el salón del piso donde, desde hacía algunos años, convivía con Maika. Sin tener nada mejor que hacer, miraba hacia un ventanal desde donde podía verse un concurrido parque poblado de paraguas. Aunque, en realidad, no eran el parque y sus paraguas lo que centraba su atención. Lo que, en realidad, centraba su atención era una de las innumerables gotas de lluvia que, lentamente, se deslizaba por el vidrio. "¿Cuántas cosas me habré perdido ya por centrarme en una gota?", se preguntó Frank en algún momento de la tarde.

Frank había sido un buen estudiante de Arquitectura, pero en el último año de carrera decidió hacer un paréntesis para viajar y escribir, paréntesis que aun duraba. En siete primaveras había escrito tres libros de poesía que no logró publicar, y, desde hacía varios meses, se encontraba atascado en la mitad de una novela. Un portazo le sacó de sus pensamientos. Segundos después apareció Maika con el tipo de cara que anuncia que algo grave ha sucedido. En el preciso instante en el que vio a Frank cubierto por su manta fue asaltada por una pena tan grande que, sin esperarlo, se sintió completamente superada por la situación. La pobre chica se acercó temblando y, sin mediar palabra, comenzó a acariciar las mejillas de Frank. Cuando reunió las fuerzas suficientes, dijo entre sollozos: "tu hermano... tu hermano ha matado a una mujer".

Tom era dos años menor que Frank y, siendo aun casi un niño, había comenzado a drogarse prácticamente a diario. Ya desde muy pequeño, algunos adultos pensaban que algo no funcionaba bien dentro de Tom y lo miraban con una estúpida mueca que nunca acababa siendo una sonrisa. Sin embargo Frank, a pesar de lo que pensaran esos adultos tan aburridos, siempre se había llevado muy bien con su hermano pequeño y lo quería más que a nadie en el mundo.

Durante sus infancias Tom hacía reír a Frank continuamente. Era alocado, ingenioso, audaz, inquieto y risueño pero, en el transcurrir de los años, empezó a sufrir ocasionales ataques de ira que, con mucho esfuerzo, lograba controlar. Después llegaron las drogas, el empeoramiento de los ataques de ira y el trastorno bipolar. A partir de ahí, los psiquiatras y el litio intentaron inútilmente estabilizar el cada vez más desequilibrado estado de ánimo de Tom. Pasar de la euforia a la pesadumbre menos soportable se había convertido para él en el pan nuestro de cada día. Además los ataques de ira habían dejado de ser controlables, lo cual había provocado que, la noche anterior, Tom se viera envuelto en una multitudinaria pelea que le mandó directamente al hospital.

Cuando Tom despertó, en pleno amanecer, sentía como si su cabeza estuviera evitando, cada tres segundos, el encuentro entre un martillo y un yunque. Por si fuera poco, la calefacción, en esa zona del hospital, estaba lejos de funcionar como es debido; esto provocaba que la temperatura allí dentro no distara demasiado de la temperatura de la calle. Cuarenta y siete minutos después, Tom consiguió reunir las fuerzas necesarias para echar hacia atrás su larga melena castaña e incorporarse lentamente sobre la cama. Ir al servicio era tan desagradable como urgente.

Un paso, dos pasos, tres pasos, cuatro pasos... Y, en la mitad del quinto paso, irrumpió en la escena una enfermera que no paraba de hacer todo tipo de aspavientos a la vez que repetía la frase "vuelva usted a la cama". Tom, que apenas se podía sostener en pie, la miró con toda la desgana que cabe en varios planetas y, haciendo un terrible esfuerzo, consiguió decir: "voy al servicio". Pero, a pesar del terrible esfuerzo que Tom se había visto obligado a realizar, la enfermera no cambió en absoluto de actitud y, mientras le arreglaba la cama, dijo casi gritando: "Hágame el favor de volver a acostarse".

Fue entonces cuando Tom, con una rapidez sorprendente e impropia de su estado físico, cogió una silla metálica y, sin saber lo que hacía, la estrelló contra el cráneo de la enfermera. La muerte no tardó en acudir a la habitación.

¿Qué explicación se le puede buscar a algo así? No es fácil buscarla. Lo único que cabe aclarar es que aquella mujer había nacido con un déficit auditivo que, en ausencia de un aparato, no le permitía oír correctamente. Lo único que cabe aclarar es que esa mañana, debido a las prisas, el aparato no estaba en su sitio. Lo único que cabe aclarar es que la mujer no oyó a Tom decir que iba al servicio. Lo único que cabe aclarar es que, de haberlo oído, no habría elevado la voz y, en consecuencia, no habría recibido un golpe mortal.

Ataques de ira, pelea, dolor de cabeza, frío, necesidades fisiológicas, prisas, déficit auditivo, voz elevada y silla. Milimétricamente trágico.

Mientras conducía hacia la comisaría, Frank sentía algo así como acupuntura en el corazón. Haber ignorado el comentario que, aun en casa, había hecho Maika acerca de la conveniencia de tomar Valium estaba siendo motivo de arrepentimiento. Pero Frank no estaba dispuesto a perder la batalla contra la angustia. Por lo menos estaba decidido a vender cara la derrota e intentó tranquilizarse de diversas maneras. Lo intentó escuchando música. Lo intentó fumando. Lo intentó comiendo. Lo intentó recordando la Alhambra. E incluso lo intentó silbando pero, llegado a este punto, se sintió imbécil además de totalmente abrumado por lo que estaba sucediendo. Porque estaba sucediendo. ¿Cómo era posible? Todo le parecía irreal, crudo, incluso vulgar si se permite la expresión. A su alrededor la vida transcurría en cámara lenta. Un hombre persiguiendo su sombrero, un anciano escupiendo, un niño empapado pateando una pelota, los árboles moviéndose frente a la tempestad y mucho más. Era como si alguien hubiera robado la belleza que habita en todo lo que existe y hubiera dejado a cambio una fotocopia de su trasero.

—Vuelve —dijo Maika que, por cierto, también iba en el coche. Frank, en su infinito pesar, la miró con el gesto completamente desencajado; pero, en contra de lo que le hubiera gustado, fue incapaz de hablar por miedo a echarse a llorar.

—Te conozco —continuó Maika— y sé que, ahora mismo, toda la sensibilidad que hay en ti, todo eso que te hace especial, está jugando en tu contra. Eso que tienes dentro y te hace escribir poemas tan bonitos, eso que me separa del suelo cuando tienes un buen día, eso que ambos conocemos, ahora mismo, parece tu enemigo. Pero no lo es, cariño, es todo lo contrario. No lo olvides nunca. En estos momentos tu hermano te necesita sereno y, a pesar de que ha hecho algo horrible, los dos sabemos que es un buen chico al borde de la locura. Así que te pido, por favor, que seas fuerte una vez más. Todo mi amor te acompaña.

Frank, que mantenía la mirada clavada en la carretera, cambió el gesto desencajado por una leve sonrisa cuyo significado era mucho mayor que cualquier cosa que pudiera decir en ese momento. Al cabo de unos segundos, giró la cabeza y miró brevemente por la ventanilla. Por primera vez, en todo el día, vio un rayo de Sol.

****

Cayeron algunas hojas del calendario y, poco a poco, todo se fue volviendo más verde, más cálido y más lleno de vida. La ropa comenzó a sobrar, fundamentalmente a las mujeres más jóvenes, y los señores comenzaron a ser testigos de la femenina perfección de los primeros ombligos del año.

Bien distinto se presentaba el panorama en la celda de Tom, donde el único entretenimiento al alcance de la mano era morderse las uñas. Aquella tarde Tom estaba relativamente tranquilo, ya que su estado de ánimo era bajo; pero, al menos, no era descarnado. Mientras esperaba la visita de Frank, Tom se dedicaba a recordar fragmentos de su infancia más remota. Con las lágrimas pujando por salir, consiguió traer a su memoria una luminosa mañana, cubierta de olor a naranjas, en la piscina de sus abuelos. Sin moverse de su celda, Tom podía ver perfectamente al niño gordito que fue Frank. En su recuerdo, Frank aparecía muerto de risa, tirado en el jardín, revolcándose de la gracia que le hacía ver a Tom imitar al abuelo. Casi podía oler las naranjas, casi podía oír las carcajadas.

El recuerdo de esas escenas encontró a Tom tumbado en su crujiente cama, cambiando de postura cada poco tiempo, tocándose compulsivamente su cada vez más larga melena castaña. Aunque en contra de lo que pudiera parecer, Tom no se sentía especialmente nervioso; más bien todo lo contrario, pero aquella infantil y audaz inquietud había descarrilado hacía demasiado tiempo.

De pronto una voz grave y desagradable anunció que Frank había llegado. Acto seguido Tom se levantó de un salto y, por primera vez en varias semanas, sus ojos se llenaron de vida. Al pasar junto al carcelero, Tom echó hacia atrás su despeinada melena con un rápido movimiento de cabeza, y avanzó decididamente por el oscuro pasillo.

Frank no se encontraba muy bien aquella tarde. Pese a haberlo intentado una y otra vez, no había conseguido escribir nada aceptable en los últimos diecinueve días, y eso le amargaba el carácter. Tenía la válvula de escape atascada. Ente los folios y la imaginación, Frank se sentía como en casa pero, cuando de ello no surgían frutos, sufría un imperturbable síndrome de abstinencia que no había manera de disimular.

Sentado junto a sus preocupaciones, Frank llevaba un rato perdiendo la mirada en dirección al suelo. Cuando, por aburrimiento, levantó la cabeza, se encontró con la imagen de Tom al otro lado del cristal blindado, sosteniendo el auricular. Entonces Frank cogió su auricular y, con voz tranquila, preguntó:

—¿Cómo estás?

—He estado mejor.

—Me lo imagino, pero tienes que tener paciencia.

(Silencio)

—El psiquiatra que te está tratando es muy bueno, ¿verdad?

—Es un tipo que cree que sabe algo que los demás desconocemos.

—Pero ¿te está ayudando?

(Silencio)

—Tienes buen aspecto aunque, quizás, deberías cortarte un poco el pelo.

Dicho esto, Tom se incorporó sobre la silla y, con un gesto que podría aparecer en la definición de "fúnebre", dijo:

—Las drogas han destrozado mi vida; soy completamente estúpido, he hecho de mi vida algo feo y ensangrentado. Le he quitado la vida a una persona mientras me arreglaba la cama. Cuando me fui a dar cuenta, estaba tirada en el suelo sin vida. He matado a una persona… He matado a una persona. Dios mío, no se puede caer más bajo. Es el peor acto que se puede cometer, y yo lo he cometido. Merezco la muerte. Esa mujer no merecía lo que le pasó, estaba haciendo su trabajo, y yo la maté, la maté, la maté…

—Tom, mírame.

(Silencio y lágrimas)

—Estás pagando hermano, no mereces la muerte. La maldita droga te ha ido alejando, sin que te dieras cuenta, de la persona que realmente eres. Tu mente está enferma, pero se va a recuperar. Créeme Tom, se va a recuperar, solo necesita tiempo y paz. Ten fe en Dios, en mis palabras, en ti mismo o en lo que sea, pero ten fe.

Una vez pronunciadas estas palabras, la húmeda y enrojecida mirada de Tom se detuvo en la penetrante mirada de Frank, examinando, con detenimiento, aquella seguridad que transmitía; buscando, sin encontrarlo, algún indicio de falsedad que contradijera las palabras que había escuchado. No, estaba claro que en aquella mirada no había falsedad alguna. Tampoco se trataba de simple compasión. Lo que Frank estaba diciendo lo estaba diciendo de corazón, y esa certeza reconciliaba a Tom con la esperanza.

—¿Por qué una persona inteligente se tiene que drogar tan despiadadamente como lo hacía yo? —preguntó Tom con la voz temblorosa. Frank vaciló unos instantes, mirando a su alrededor, hasta que encontró algo parecido a un motivo.

—Supongo que por insatisfacción.

Al oír esto, Tom se quedó esperando a que su hermano siguiera explicándose pero, ante el continuado silencio de Frank, decidió tomar él la palabra.

—Eso significa solo una cosa. Significa que soy imbécil. Ahora que lo he tirado todo por tierra, que he acabado enfermo, que he matado, que estoy privado de mi libertad. Ahora que para mí el mundo parece un barco a la deriva, me doy cuenta de lo absurda que es la insatisfacción. La insatisfacción es muy absurda. Eso es algo que todos sabemos al nacer. De niños ni siquiera lo razonamos porque simplemente sobra hacerlo. Es tan evidente la armonía que hay en todo, que preguntarse por el sentido de la vida equivale a ser el tonto de la clase. Pero eso va cambiando, hermanito… Eso va cambiando. Ahora solo soy un imbécil muy desdichado.

Entonces Frank sonrió casi imperceptiblemente y se puso a hablar:

—No te das cuenta, Tom, pero tienes grabadas, a fuego, certezas que la mayoría de las personas solo leen en libros que no acaban de comprender. El mundo no ha sido nada tibio contigo. La vida te ha llevado, sin contemplaciones, de un extremo al otro, y tú has puesto de tu parte para que eso sea así. Pero estás muy entero, Tom. Estás más entero de lo que crees… Y los trozos que te hayas dejado por el camino están esperando a que rellenes su ausencia con luces o con sombras. Tú eliges.

Tom tenía dentro de sí una guerra encarnizada. Por un lado estaba su enfermedad, luchando por mantener esa terca tiranía de estiércol. Por otro lado estaba la imagen de su hermano, pronunciando aquellas hermosas palabras (como un lejano eco de paz filtrándose por las grietas de un sótano). Era su propia sangre, al otro lado del cristal blindado, la que humedecía el infierno.

—Pareces cómodo ahí dentro —continuó Tom—. Tu pellejo parece un lugar cálido. Como la imagen de una postal o algo así. Pero yo soy la otra cara de la moneda, joder. Casi todas las mañanas, al abrir los ojos, me ronda la idea del suicidio. Casi todas las putas mañanas, ¿sabes lo que es eso? Me siento como un extraño entre mis propios pensamientos. Esto no es literatura barata, esto es como un poema de Bukowsky desde adentro. Desde una horrible borrachera sin moraleja alguna. Dolor porque sí. ¿Me entiendes? Dolor porque sí.

La conversación continuó, más o menos por los mismos derroteros, durante aproximadamente veinte minutos. Con Frank buscando las palabras más acogedoras de su repertorio y con Tom, zarandeado por la química de su cerebro, reaccionando de manera ambivalente. Tras una escueta despedida, cada cual volvió a su realidad con el estómago hecho un nudo por no poder compartir la misma realidad un rato más.

Poco después, Frank conducía hacia casa con la radio puesta pero sin escuchar ni una sola de las palabras que aquel crítico de cine estaba utilizando para describir lo que, en su opinión, era basura del celuloide. Frank, con los párpados casi vencidos por el cansancio, iba recordando, frase a frase, la conversación que acababa de mantener con su hermano cuando, de pronto, sus pensamientos fueron interrumpidos por un gato al que estuvo a punto de aplastar. Sin saber cómo, Frank se encontraba dándole explicaciones a una indignadísima señora que no paraba de recriminarle su falta de atención al volante. El principal problema era que, al parecer, la señora tenía en alta estima a ese gato y, a pesar de las largas explicaciones de Frank, no resultó posible calmarla ni tan siquiera un poco.

El desenlace de la situación fue el único posible; es decir, Frank se vio obligado a volver al coche con la certeza de que, si él no ponía un final a la discusión, esta podía prolongarse hasta el infinito. Sin más dilación, arrancó su vehículo y se alejó de allí dejando a la señora con el gato entre los brazos y un insulto entre los labios.

Mientras eso ocurría, Tom había vuelto a su celda y se encontraba sentado en la cama mirándose las uñas. Podría pensarse que estaba esperando a que crecieran. El hecho de que el su estado de ánimo hubiera mejorado tras la conversación con Frank convertía a ese momento en el momento más aceptable desde hacía meses.

Fue entonces cuando a Tom le sobrevino el deseo de escribir algo. Cosa ciertamente infrecuente ya que, muy al contrario de su hermano, él pensaba que la actividad literaria no servía para nada. Sin saber por qué, de pronto hubiera vendido un trozo de su alma por unas gotas de tinta y un pedazo de papel. Incluso, en el colmo de la impulsividad, llegó a plantearse intentar convencer al carcelero para que le trajera un bolígrafo a condición de no llevárselo al cuello a modo de arma suicida. Sin embargo, pronto abandonó esa idea porque, la verdad sea dicha, ni él mismo confiaba en sus ganas de seguir viviendo. Llegado a este punto, Tom decidió que iba a escribir en su memoria, decidió que iría eligiendo las palabras que más le gustaran para, de esta manera, formar con ellas un poema que le endulzara la desdicha. Ya con varias ideas rondándole por la cabeza, Tom se echó en su crujiente cama y, tras tocarse la barba de tres días, comenzó escribir hasta quedar satisfecho consigo mismo.

No demasiado lejos, Maika se aburría en la soledad del hogar. Su día no había presentado ninguna novedad destacable. El día comenzó, a ritmo de despertador, con los primeros latidos del Sol. Continuó con las ocho horas reglamentarias en la oficina (lugar en el cual ella era un indiferente blanco habitual de miradas de poca altura). Y llegaba a su fin con Maika pintando rabiosamente sobre un lienzo que admitía todo tipo de sugerencias.

El motivo de la violencia de sus trazos llevaba tiempo reprimido y tenía que ver con Frank. Y a los sentimientos reprimidos de Maika les pasaba lo mismo que a los vinos que llevan años embotellados. Solo que al revés.

Cuando Frank y Maika se conocieron en la Alhambra (aquel embrujado paraje que tanto aparecía en sus sueños), a ella le quedaban dos años para terminar sus estudios empresariales, mientras que Frank, por su parte, decía que iba a dejar temporalmente la carrera para dedicarse a mirar al mundo sin prisas y a escribir sobre él.

Años después lo que estaba ocurriendo era que Maika trabajaba mucho y cobraba poco mientras que Frank seguía mirando al mundo sin prisas. Sin prisas pero rodeado de las comodidades que cualquier persona con prisa acostumbra a disfrutar. A su disposición había agua caliente, luz, cojines, persianas, mandos a distancia, sacacorchos y un sinfín de modestos lujos extendidos a lo largo y ancho del piso que, mes a mes, los padres de Maika ayudaban a pagar. Al fin y al cabo, cualquier ayuda era bien recibida, ya que el dinero que Frank había heredado de sus difuntos padres no iba a durar para siempre.

Y por todos es conocida la fragilidad del amor en determinadas circunstancias. Sobre todo si esas circunstancias están relacionadas con detalles tales como la falta de dinero o la falta de higiene. Ni qué decir tiene que el segundo detalle no era ningún problema para Frank pero, por desgracia, el primer detalle ya había empezado a desvelar a Maika mientras la ciudad dormía. Además cada vez eran más habituales las preguntas, por parte de la suegra de Frank, acerca de las perspectivas laborales de su yerno al que, con cierta frecuencia, calificaba de pasmado. Sin embargo, su atractiva hija, que podía tener a cualquier hombre con un pestañeo, le había elegido a él.

La única e insistente realidad era que —pese a los esfuerzos de Maika por quitarle hierro al asunto— esta situación le estaba costando la salud a su madre, la cual destilaba pequeñas gotas de ira en forma de casuales observaciones cuando lo que le pedía el cuerpo era romper a mazazos la presa de su buena educación. Por supuesto esta tensión afectaba de lleno al suegro de Frank, el cual no solo tenía las lógicas preocupaciones al respecto sino que, irremediablemente, también le tocaba lidiar a diario con el mal humor de su señora.

Pero, por suerte para la estabilidad de aquel matrimonio, este buen hombre contaba con la bendita virtud de la paciencia y, en contra de lo que sus amigos le recomendaban, tenía unas tragaderas que rozaban lo increíble. Eso sí, últimamente el caballero tenía la sensación de que cada vez encontraba más pelos en su parte de la almohada.

Evidentemente todo esto tenía un efecto subliminal en Maika, que siempre había visto a Frank como un ser especial que llenaba su vida de matices difícilmente explicables. Matices que, por algún motivo, la hacían entregarse a él con fuego y ternura a partes iguales. Sin embargo en ese momento, frente a aquel maltratado lienzo, Maika sentía que algo estaba cambiando.

****

Cinco pisos más abajo, Frank, en plena ofuscación, trataba de encontrar aparcamiento junto al parque situado frente a su casa. Después de varias vueltas alrededor de dicho parque, por fin apareció un hueco para aparcar. Fue entonces cuando se percató de que, en algún momento, había encendido la radio y de que, al parecer, el locutor estaba hablando de cine. Una vez estacionado el vehículo, la radio fue apagada en mitad de una opinión, y Frank salió a la calle como impulsado por un trampolín. A partir de ahí, los restos de ofuscación que quedaban por culpa de cuestiones automovilísticas se volatilizaron entre la humedad de la noche. "Bajo este estrellado firmamento, casi puedo sentir la profunda mirada de Dios abarcándolo todo", pensó poniendo a prueba su inspiración. La verdad era que la tarde había desembocado en una preciosa noche de primavera que, con sutileza, pedía, al oído, un poco de acción. Sin embargo Frank, muy a su pesar, desoyó automáticamente tal petición debido a que aquella infinita explosión de belleza tenía la etiqueta de martes.

Mientras Frank atravesaba el parque de lado a lado, todo tipo de olores, colores y sonidos primaverales bailaban a su alrededor persuasivas danzas nocturnas. A pesar de todo, aquel joven se sentía tan ebrio de vida que, bromeándose a sí mismo, pensó que esa ronda la pagaba Dios. Tras encender un cigarro, avanzar un par de pasos y dar una profunda calada, Frank murmuró "Barra libre, chaval, barra libre".

Cinco pisos más arriba, una melena dorada le observaba en silencio.

Cuando Frank entró en casa, se extrañó por el hecho de que todas las luces estuvieran apagadas ya que, a esa hora, Maika solía estar pintando o leyendo en el salón. Sin encender ninguna luz, Frank llegó, a tientas, hasta la nevera pero, como era de esperar, lo único que encontró en su interior fue un triste yogurt, un mohoso trozo de cebolla y una flamante cerveza. Sin pensarlo mucho, se decantó por la flamante cerveza y dirigió sus pasos hacia el salón siguiendo la luz de la Luna. Al entrar en el salón, Frank se encontró con una escena de las que no se olvidan con facilidad.

Frente a él, tumbado cómodamente en el sofá, se encontró el desnudo cuerpo con vida y primavera de su preciosa Maika. La chica, consciente del terremoto que estaba causando, permanecía quieta y silenciosa mientras la iluminación de la Luna le daba un aura de misterio a cada curva y a cada recta de su esbelta anatomía. Al cabo de unos segundos, Maika comenzó a incorporarse muy despacio y, sin dejar de sonreír, alcanzó una botella de vino que esperaba en el suelo. Lentamente aquella belleza rubia se llevó la botella a la boca y comenzó a dar un larguísimo trago del que surgieron algunas gotas que fueron a parar a su rosado ombligo. Mientras esto sucedía, Frank miraba fijamente a los azulados ojos de Maika. Dos azulados ojos que parecían las ventanas de un volcán.

Con el corazón bombeándole instinto, ella le preguntó si no prefería vino en lugar de cerveza. Frank respondió tirando por la ventana la lata que sostenía, a la vez que se acercaba a su rosado cáliz con la sana intención de mojarse los labios.

Lo que a continuación sucedió es fácilmente imaginable si exceptuamos algunas rarezas que, en función de los gustos de cada cual, también pueden imaginarse. Pero, sin duda, lo más destacable de aquel buen rato es que, con el tiempo, dio como fruto el siguiente poema:

La oscuridad reina en una habitación cualquiera
donde las siluetas de lo cotidiano se mezclan
entre las sillas y la ropa.
Por la ventana se asoma la luz de la Luna
como una blanquecina espía
curioseando en el templo del deseo.
Los sonidos se deslizan
igual que una inacabada melodía de susurros
llenos de saliva y vino,
entregados,
espesos,
sencillos como una nube.
Todo transcurre despacio,
fotograma a fotograma sonrío
antes de sumergirme otra vez
entre sus sensaciones más escondidas.
De nuevo en ese lugar
me entretengo, despistado, por un camino lleno de ella
y la veo columpiándose en la palabra "belleza"
o salpicándome de futuros recuerdos.
Cuando menos lo espero, he vuelto a la habitación
para descubrir que las murmurantes paredes
están manchadas de amor.
Y tumbada frente a mí
una dulzura dorada
me habla en silencio con la mirada.
Al otro lado de la ventana, el mundo.

Pero volviendo a aquel insobornable presente, lo que sucedió a continuación fue que la dulzura dorada rompió el silencio de la siguiente manera:

—Algo dentro de mí está cambiando, Frank. Algo dentro de mí está dejando de ir bien, y no sé cómo pararlo. Necesito hablar contigo de cosas que te van a fastidiar mucho pero, si no lo hago, todo esto que compartimos puede desaparecer.

Al oír esas palabras, Frank hizo tres cosas. La primera fue calmar la sensación de que el universo entero acababa de crujir. La segunda fue darle un trago al poco vino que quedaba. Y la tercera fue empezar a vestirse sin decir una sola palabra. La reacción de Maika, al ver el comportamiento de Frank, fue levantarse del suelo, aun desnuda, y abrazarse a él entre lágrimas. Gracias a aquel abrazo, Frank acabó de interiorizar que lo que acababa de oír iba completamente en serio. Las palabras que se le agolparon a Frank en la boca fueron las siguientes:

—Sé que lo que me quieres decir está relacionado con los conceptos "rutina", "desencanto", "dinero", "futuro" y "suegra". No soy tonto, me doy cuenta absolutamente de todo en todo momento, cosa bastante pesada por cierto. Pero todavía no me voy a retirar de la partida. Estoy en plena búsqueda, y ni tú ni un ejército de figurantes lobotomizados por el calendario vais a conseguir que abandone ya.

Dicho esto, Frank encendió un cigarro y se fue pegando un portazo que sobresaltó a todos los vecinos de la quinta planta. Maika, por su parte, no supo cómo reaccionar y lo único que hizo fue sentarse sobre la alfombra del salón y seguir llorando desnuda. Cuando Frank salió por el portal del edificio, se percató de que la lata de cerveza, que había tirado por la ventana, había ido a caer sobre el coche de su suegro. Miró unos instantes el desaguisado y desapareció en la estrellada noche.

III. Droga

El sonido de las rejas al cerrarse actuó como vulgar preludio. Después, Tom y el silencio se fundieron como dos amantes que se conocen desde hace años. Así de agradable fue aquel adormecimiento que lo sorprendió en algún momento de su condena. En cuestión de segundos, los sueños comenzaron a formarse de la misma manera que se forman las nubes, empujados por fuerzas invisibles capaces de crear montañas sin tacto.

En uno de esos sueños, Tom apareció paralizado en mitad de un paso de peatones. A pesar de ser una situación, a priori, un tanto incómoda, no había de que preocuparse, ya que Tom sabía que esas cosas ocurrían de vez en cuando. No se sabía cuándo, pero sí se sabía que, a veces, la humanidad entera quedaba paralizada durante milenios. Lo mismo ocurría con los decorados donde transita la vida humana, que permanecían inalterables todo el tiempo que fuese necesario. Ni grietas, ni manchas, ni arrugas, ni una hoja cayendo, ni una raíz creciendo, ni nada que no fuera parálisis.

La sensación de continuidad, que casi instantáneamente se producía al despertar de la parálisis, era muy curiosa, ya que a nadie le daba la impresión de haber estado haciendo la estatua ni siquiera un minuto. Sin embargo, llevaban ahí milenios.

Lo que Tom tenía delante, cuando todo quedó inmóvil, era pura variedad. A un metro de su pie más adelantado, un perro salchicha, con la lengua fuera, había girado la cabeza y le estaba mirando con los párpados caídos. Dentro del coche que esperaba parado junto al paso de peatones, una mujer pelirroja se sonaba enérgicamente la nariz. Junto a la mujer pelirroja, una pompa de chicle traicionera reventaba sobre el bigote de un hombre muy barbudo. En la acera de enfrente, un borracho descamisado hacía un brindis al Sol con una botella de orujo cuyo vidrio era verde, grueso y antiguo. A su lado, un hombre con traje y corbata escarbaba, arrodillado, dentro de un maletín infectado de asuntos oficiales. Tras los cristales de una peluquería, una chica morena llena de rulos miraba al borracho descamisado con cierta repugnancia. En la puerta de la peluquería, un niño desmelenado miraba, sin disimular su espanto, al encogido hombre del maletín. Del interior de una papelera, salía un gato relamiéndose el hocico. Un anciano, con las manos alzadas, trataba de ahuyentar al gato. Escondido entre dos contenedores, un joven fumaba sentado. Surcando el cielo, un aeroplano rojo portaba una gran pancarta en la que se podía leer: "Queridos semejantes: Tenemos lo que nos merecemos". En la distancia, surgía, vigoroso, un intrépido jinete a lomos de su corcel. En una de sus manos, sostenía una bandera arco iris. Llamaban la atención sus holgados ropajes, los cuales habían quedado detenidos en pleno alboroto. Sobre un sucio charco, cercano a Tom, se reflejaba el vuelo de una paloma. Una nube de humo negro, proveniente de las entrañas de un autobús, había dibujado en el aire una figura que recordaba a una mujer gorda depilándose las piernas. Dentro del autobús, viajaba una pareja de enamorados que se abrazaba como si el uno buscara algo en el otro. Una banda de rock and roll tiraba por la ventana de un hotel el televisor más grande que Tom había soñado nunca. En la puerta del hotel, una prostituta hablaba con un señor muy elegante. El botones miraba de reojo.

De pronto Tom se dio cuenta de que algo no encajaba. El hecho de que todo estuviera paralizado no era ninguna novedad; lo extraño era que él fuera consciente de ello. Entonces comenzó a hacerse preguntas como "¿cuánto tiempo hace que me he despertado?" o "¿cuánto tiempo quedará para poder moverme?", preguntas muy lógicas dadas las circunstancias. La posibilidad de que llevara allí, por ejemplo, solo un milenio y aun le quedaran, por ejemplo, tres milenios más, le resultaba tan espantosa que se le saltaron las lágrimas. "Un momento. ¡Se me han saltado las lágrimas! ¡Están deslizándose por la cara! Tengo que tranquilizarme; si las lágrimas se han movido, yo también me voy a mover. Voy a empezar con el dedo chico, a ver si puedo… Joder, esto me recuerda a cuando me quedo paralizado durmiendo, es horrible. No puedo, no puedo, no puedo, maldita sea, no puedo. Si no fuera porque evidentemente esto es real, rezaría para que fuera una pesadilla. A ver… Voy a concentrarme en el dedo chico. ¡Vamos, vamos! ¡Muévete! ¿Pero por qué me pasa esto a mí? Me pregunto si a los demás les está pasando lo mismo. Ese tío de la botella de orujo está mirando hacia aquí ¿Me estará viendo? En realidad creo que no está mirándome a mí, parece que está mirando hacia arriba. De todas formas da igual adónde esté mirando, no me puede ayudar. Esto es desesperante, me están entrando ganas de volver a drogarme… No, no, lo tengo que dejar, la droga me está matando. ¿Pero en qué estoy pensando? Ni siquiera puedo mover un dedo y…".

Los pensamientos de Tom enmudecieron. Algo había cambiado en el decorado. El joven que fumaba escondido entre los contenedores ya no estaba sentado. Ahora estaba de pie e inmóvil, mirando, estáticamente, en dirección a Tom. "¡Ayuda, ayuda! Por favor, ven aquí y ayúdame. ¿Qué hace ahí parado? ¿Por qué no se sigue moviendo? Esto no puede ser verdad. ¡Deja de mirarme ya y ven aquí de una vez! Si consiguiera separar los labios, a lo mejor me saldría algo de voz, pero me resulta imposible hacerlo, voy a intentar…".

Los pensamientos de Tom enmudecieron de nuevo; el joven había comenzado a caminar en silencio, y su identidad no tardó en quedar sorprendentemente clara. Se trataba de Frank.

La visión de su hermano mayor caminando hacia él, con las manos en los bolsillos de la sudadera y la cabeza gacha, causó en Tom una inmensa culpabilidad. Parecía como si alguien le hubiera revuelto con un palo todos los errores que había cometido en su vida, y el olor le estuviera subiendo por la garganta. Aun así, había espacio para la felicidad.

Cuando Frank llegó hasta Tom, se limitó a acercar la boca al oído de su hermano y, con la voz actuando como un bisturí sin prisas, dijo mirando al aeroplano rojo: "supongo que habrás leído el mensaje". Dicho esto, se dio media vuelta y comenzó a alejarse muy despacio. Mientras se alejaba, Tom pensaba: "Sí que lo he leído, y tú sabes, como yo, que hay mucha gente que no se merece lo que le sucede. Ese mensaje va dirigido a la masa, no al individuo. De todas formas, ¿qué importa?".

"Me alegra tu indiferencia; el problema es que no sabes utilizarla ni cuándo, ni dónde, ni cómo hace falta", dijo Frank junto al señor elegante, la prostituta y el botones.

Tras unos instantes de lo que parecía ser silenciosa reflexión, y con una mano en la barbilla, Frank le echó un discreto vistazo al atuendo de la prostituta y se metió en el hotel transmitiendo desencanto por los cuatro costados. Acto seguido Tom comenzó a seguir a su hermano sin ninguna dificultad aparente. Tan fácil le resultó recuperar la movilidad que, en un principio, pasó por alto un hecho de indudable relevancia. El hecho era que no se veía sus propios pies. Ni los pies, ni las piernas, ni la cintura, ni la barriga, ni los brazos, ni las manos, ni ninguna parte de su anatomía. La materia no tenía nada que ver con él. Fue entonces cuando, lógicamente atónito, se puso a mirar en todas direcciones buscando una explicación que acabó encontrando en el paso de peatones.

Allí, sobre las líneas blancas del paso, estaba su cuerpo, en la misma posición en la que quedó detenido ni se sabe cuándo. Tom se acercó y empezó a observarlo con detenimiento, pensando en la cantidad de barbaridades que había hecho con esa acumulación de carne y hueso. Barbaridades, por cierto, de todo tipo. A pesar de eso, aquel cuerpo conservaba su característico aspecto aniñado, su mirada limpia, su evidente belleza.

"Esto sí que es encontrarse a uno mismo", pensó Tom mientras se dirigía, tan invisible como un soplido, al hotel donde estaba su hermano. La materia podía esperar.

Una vez dentro del hotel, rápidamente quedó claro que allí todo permanecía tan estático como afuera. Un cliente por aquí, una limpiadora por allá y poco más; pero, sin embargo, hubo algo que consiguió sorprender a Tom. Junto a una grandiosa escalera de caracol de la que brotaban las habitaciones, brillaba, iluminado por los rayos del Sol, un jardincillo salvaje y tropical. La luz del día, que, en su momento, había entrado difuminada a través de la bóveda verde del techo, le daba al jardincillo el soñoliento aspecto de una ensoñación dentro de otra ensoñación. Sentada en el centro del jardincillo, bajo la paralizada y verdosa luz, una anciana acariciaba los innumerables brotes de hierba que la rodeaban. Al mirarla daba la impresión de que la anciana quisiera calmar a su querido planeta azul acariciándole el pelo, de que quisiera recuperar una esencia perdida en el desván de los siglos, de que supiera que la devastación tenía las horas contadas y de que, además, también supiera que la alegría, en absoluto lejana, venía de camino. De todo eso daba la impresión.

Abrumado por lo que la anciana le evocaba, Tom se detuvo a mirarla convencido de que su dulce gesto y su forma de tocar la hierba recordaban a la palabra "maternal". Tras experimentar un cálido sobrecogimiento, del que se sentía orgulloso y avergonzado al mismo tiempo, Tom reanudó la búsqueda de su hermano.

Que orientarse allí dentro no era sencillo fue algo de lo que Tom no tardó en darse cuenta. Por si fuera poco, los pasillos de las plantas más altas tenían forma de espiral y, a medida que se avanzaba por ellos, daban la sensación de abrirse como una flor.

Tras unas cuantas vueltas en círculo, a través de un pasillo sin salida aparente, Tom escuchó cómo, en el interior de una habitación, se cerraba un cajón. Cuando, después de equivocarse varias veces, entró en la habitación correcta, se encontró con una escena tan festiva como trágica. Dicha escena podía dividirse en dos. Por un lado estaban los miembros de la banda de rock and roll, eufóricos y boquiabiertos, mirando cómo el televisor continuaba suspendido en el aire. Y por otro lado, sentados en una cama llena de adolescentes con los ojos en blanco, estaban Frank y sus oscuras intenciones. Intenciones estas relacionadas con el montón de droga que se había encontrado buscando en un sinfín de cajones y de bolsillos pegajosos.

Al menos así imaginaba Tom, entre los márgenes de su sueño: que Frank había encontrado la droga que tenía en las manos. Y puesto que se trataba de su sueño, y nada más que de su sueño, no queda más remedio que aceptar tal versión como oficial y rigurosamente verídica.

"¿Qué hace con toda esa droga en las manos? Ahí hay de todo, maldita sea. Con la mitad de lo que tiene en una mano, podría drogarme todos los días durante un mes", pensó Tom con el alma invadida por el vicio. "¡Frank, Frank! ¿Me oyes? ¡Frank, estoy aquí!", pensó Tom con el alma aun más invadida por el vicio, sin que de ello derivara una respuesta.

Muchas fueron las veces a lo largo de los años que, de la alcoholizada boca de Tom, salieron las siguientes palabras: "las drogas son el alimento del alma". Sin embargo, bajo el sincero manto de la ensoñación, parecía más bien como si el alma de Tom, en algún momento entre cubata y cubata, se hubiera convertido en pasto de las drogas.

El sonido de un teléfono irrumpió en la escena de manera brusca, inesperada y desagradable. Entonces Frank miró apáticamente hacia un peluche con forma de trucha y, después de rajarlo de arriba a abajo, sacó de su interior un teléfono azul que, por los timbrazos que daba, parecía histérico o mal herido. Con una parsimonia que a Tom le resultaba exasperante, Frank descolgó el auricular describiendo en el aire una parábola que, realmente, parecía no tener fin, y, después de tragar saliva como quien, sentado en una terraza, bebe zumo de piña, afirmó mirando a un reloj: "Estaba esperando tu llamada". Al otro lado del teléfono —que ya no era azul sino rojo— alguien contestó de una forma altamente desconcertante lo que en un principio pareció una respuesta breve y seca, pero que, con el transcurrir de los minutos, acabó siendo una parrafada larga y tediosa. Más que llamativo fue el hecho de que se pudiera oír todo lo que la otra persona quiso decir, pero que, a pesar de eso, Tom no entendiera nada en absoluto. "Exacto, exacto. A mí se me había ocurrido la misma idea, yo también quiero que lo vea", dijo Frank antes de colgar.

A partir de ese momento, Tom comenzó a ser testigo de cómo su hermano consumía drogas sin miramientos ni mesura. Había cuatro motivos para que esa escena molestara incisivamente a Tom. El primero era que estaba obligado a verla; el segundo era que empezó a sentir unos deseos de drogarse muy fuertes; el tercero era que no le gustaba ver a su hermano haciendo eso; y el cuarto era que la contradicción existente entre el segundo y el tercer motivo se había hecho demasiado evidente.

"¿Cuándo hemos salido del hotel? No recuerdo haberme movido de allí... ¿Qué es eso que se acerca? Me parece que es... ¡Sí! ¡Es un montón de gente caminando! ¡Ya se pueden mover!", pensó Tom aun despojado de su cuerpo. "¿Y Frank donde está?", continuó pensando. "Hace un momento estaba a mi lado, ¿no?... Sí, claro que sí, estaba tumbado en la cama fumando heroína, pero el caso es que ya no están ni él ni la cama. Esto es una locura, hay demasiada gente en este lugar, y la música está exageradamente alta, no puedo concentrarme en las caras. Casi no puedo oír mi propio pensamiento, tengo que alejarme de esta zona. A ver... Aquí se está mucho mejor, este cerro es perfecto para intentar localizar a Frank. Seguro que está en medio de esa muchedumbre, me va a costar encontrarle pero tengo que hacerlo como sea".

"Por cierto, ahora que lo miro bien, creo que en este valle he estado yo antes. Me parece que es... ¿Estoy donde creo que estoy? ¿Me estará engañando la mente? Desde luego tiene toda la pinta de ser... ¡Es verdad! Este es el festival de música electrónica donde casi pierdo la cabeza. Lo que pasa es que aquel día llovió muchísimo y el recinto estaba más iluminado, pero es el mismo lugar, no hay duda. Todas y cada una de las pastillas que tomé en ese festival me supieron a gloria; la verdad es que todo lo que me ocurrió ese día mereció la pena; fue realmente apoteósico, ojalá la vida fuera siempre igual".

El sonido de varias ramas chocando frenó, en seco, el pensamiento de Tom. A su lado, un arbusto temblón, cuyo movimiento cada vez era más aparatoso y dislocado, amenazaba con expulsar algo de su interior. Y así ocurrió. Lanzado como con un resorte, un enano vestido de payaso surgió de las tripas del arbusto.

Una vez que, después de realizar un vuelo rasante, el enano entró en contacto con el suelo, se acercó a Tom ejecutando, con una precisión no exenta de buen gusto, varios pasos de ballet clásico. Los movimientos del enano rayaron en la exquisitez.

Tom, por su parte, no podía entender nada de lo que estaba ocurriendo ya que, saltándose la lógica, el pequeño payaso le estaba mirando, lo cual era, a juicio de Tom, completamente imposible desde cualquier punto de vista. La razón de dicha imposibilidad era bastante simple y bastante tajante. El cuerpo de Tom, por más que se buscara, no estaba allí.

A pesar de eso, el payasito se plantó delante de Tom y, sin ninguna prisa, comenzó a quitarse uno de los guantes de cuero blanco que llevaba puestos en sus manitas. Cuando al fin se lo quitó, pegó un salto potente e inesperado y golpeó duramente a Tom utilizando el guante. Tom no daba crédito. "¡Pero qué diablos haces! ¡Identifícate!", pensó enrabietado. "Quizás los demás no puedan verte, pero yo sí", afirmó el payasito mientras buscaba algo en sus numerosos bolsillos. Después de un absurdo rato de ardua búsqueda, el enano encontró algo dentro de un calcetín. Se trataba de una tarjeta de color amarrillo chillón, que no tardó en mostrar. Tom la leyó varias veces y cayó, de este modo, en un estado de pasmo total. En la tarjeta, bajo un logotipo antiestético, decía lo siguiente: "Comité contra la zombificación a ritmo electrónico".

"Ten cuidado con lo que piensas, porque me tomo mi trabajo muy en serio", dijo el enano antes de guardarse la tarjeta. El tono de voz utilizado al decir esto, sin lugar a dudas, daba cobijo a un profundo hastío relacionado con el hecho de repetir siempre las mismas cosas.

Lo siguiente que sucedió fue que el enano pegó un silbido que estuvo a punto de agrietar el cielo; su consecuencia fundamental fue que apareciera, tratando de subir el cerro, un poni medio asfixiado. El enano miró al pobre animal y, maldiciendo, se acercó hasta él para que no hiciera más esfuerzos innecesarios. Desde la posición de Tom, lo que se pudo ver fue cómo el enano llegaba hasta el poni y, después de recriminarle algo, se montaba sobre él. "¡Ya sabes lo que te he dicho, Tom, a ninguno de los dos nos gustaría que tuviera que utilizar el otro guante!", gritó el enano desgañitándose mientras se alejaba cerro abajo, como el mismísimo llanero solitario.

"¿De dónde saldrá este tipo de gente?", se preguntó Tom como si, por el hecho de hacerse esta pregunta, se sacudiera, de un modo mágico, el malestar que tenía encima. No tardó el bueno de Tom en sentirse aun peor. La causa del indiscutible empeoramiento fue, sencillamente, lo infantil que, dadas las circunstancias, le resultó tratar de sentirse mejor. Ni más ni menos.

Entregado al remordimiento y a la debilidad, Tom dirigió su mirada hacia la despreocupada fiesta que, a los pies del cerro, se celebraba. Allí debía estar su querido hermano mayor. Posiblemente la persona a la que más admiraba en el mundo y, a la vez, la persona a la que creía haber decepcionado en un mayor número de ocasiones. Un número digno del más avergonzado de los suspiros.

"Creo que sé dónde está Frank", pensó Tom casi seguro de que no se equivocaba. En coincidencia con este pensamiento, un numeroso grupo de nubes grises hicieron acto de presencia.

Poco a poco y no sin esfuerzo, Tom consiguió reunir la autoestima necesaria para abandonar el cerro en dirección a la fiesta. Si alguien hubiera estado allí mirando la onírica escena desde la perspectiva de Tom y, por algún motivo, tuviera que describir de qué manera él fue abandonado el cerro, seguramente utilizaría una descripción parecida a esta: "Lo abandonó midiendo sus invisibles pasos, lo abandonó cubriendo al sueño de transparente cautela, y, sobre todo, lo abandonó escondiendo las lágrimas sobrantes bajo las innumerables piedras del camino". Y fue así de esta manera, como Tom, casi sin darse cuenta, se fue dejando atrapar por las garras de la fiesta.

Comenzó a llover y, a cada paso, todo era más confuso, más turbio, más dañino, más estéril y más cercano a los antipsicóticos. En los ojos de los asistentes al evento, se extendían dos lunas llenas embadurnadas de alquitrán, cuya única obligación era mantener entretenidos a los presentes. Mientras tanto, por dentro, las dos lunas se divertían tiñendo de negro casi todos los intestinos y todas las gónadas sin excepción.

Tom, en su sobresaltado caminar, se sentía fríamente envuelto por una multitud de extraños ociosos que no dejaban de fumar; pero, en realidad, no era eso lo que más frío le causaba, sino la desangelada música que, como una procesión de enjambres de metal, se repetía una y otra vez sobre las vibrantes cabezas allí reunidas.

"Esto no hay quien lo aguante", pensaba Tom; "No entiendo lo que está pasando aquí, de verdad que no lo entiendo. Sin embargo, todo esto forma parte de mí. ¡No, no y mil veces no! ¡Quiero alejarme de este lugar! ¡Esto no forma parte de mí! ¿O quizás sí?".

"Quizás sí, quizás no, quizás sí, quizás no, je, je. ¿Quién sabe? Yo, la verdad, no tengo ni idea. Je, je, je... No tengo ni idea ¡Es maravilloso, joder! Bueno, ya está bien de dramatizar, lo único que necesito es algo que me aclare los pensamientos. Si quiero tranquilizarme de verdad, lo primero que tengo que hacer es pensar con claridad durante un rato. Solo tengo que conseguir un par de pensamientos nítidos, y todo irá mejor. Un poco de alguna de las medicinas que tiene Frank seguro que me vendría bien... Sí, seguro que me vendría muy bien, por ejemplo... Una buena raya de coca sería genial".

Como una borrasca, un gran revuelo se formó súbitamente frente a Tom. "¿Qué pasa ahí?", se preguntó rodeado de voces que gritaban: "¡Cogedlo!". La situación parecía desbordarse por momentos, pero lo más espeluznante era no saber por qué se desbordaba. Afortunadamente, no tardó en aclararse la causa de tanto alboroto ya que, después de varios esfuerzos, Tom consiguió separarse de las espaldas de dos tipos que no le dejaban ver prácticamente nada y, gracias a ello, fue testigo de cómo, bajo la agitada multitud, se alzaba, rechoncha y veloz, la figura del enano disfrazado de payaso a lomos de su jadeante poni. "¡Maldita sea, Tom! ¡Ya te lo advertí, te dije que tuvieras cuidado con lo que pensabas! ¡Ahora atente a las consecuencias!", gritaba amenazante el enano. El primer impulso de Tom fue salir corriendo de allí, pero rápidamente lo abandonó debido a la poca confianza que tenía en su propia capacidad atlética.

Entregado a su suerte, Tom se limitó a observar cómo el enano avanzaba a través del increpante pasillo humano que, a su alrededor, se había formado. Centenares de brazos trataban, en vano, de atrapar al enano, que se acercaba inexorablemente a Tom con sus diminutas cejas en pie de guerra. En el centro de esta locura, hubo un instante de máximo descontrol en el que el paisaje que frente a Tom aparecía; se componía, básicamente, de bocas pegadas al fango, de piernas retorcidas sin dueños a la vista y de anhelantes manos incapaces de atrapar al pequeño jinete.

Y cuando parecía que ya nada podía impedir que Tom recibiera su merecido castigo, sucedió que el agotado poni fue a tropezar en lo más llano y provocó, de esta ridícula manera, que el payasito protagonizara un indeseado vuelo cuyo aterrizaje fue, cuanto menos, aparatoso. Las consecuencias de este suceso fueron inevitables. Apenas una décima de segundo después de que el culo del enano entrara en contacto con el suelo, una horda de adictos a las fiestas insanas se lanzó sobre él y se lo llevó en volandas. "¡Malditos hijos de mala madre! ¡Dejadme en paz, cerdos sin cerebro! ¡Los del comité vendrán a rescatarme tarde o temprano! ¡Vuestros días están contados!", gritaba en su desesperación el enano, cuyos intentos de revolverse y escapar solo hacían cosquillas en el seno de un gentío enfervorizado.

"Pobre payasito", pensaba Tom. "Él solo quería ayudarme y ahora se ve en esta situación tan infame; la verdad es que no hay derecho a que pasen estas cosas. De todas formas, pensando como un auténtico egoísta, debería estar contento por haberme librado, milagrosamente, del castigo que el payasito tuviera planeado para mí".

"Aun así, ahora que miro al infeliz del poni, me siento muy culpable. No me puedo mentir a mí mismo. Al animal se le ve completamente derrotado. Por allí va, meneando la cabeza tristemente, vagando como un alma en pena, buscando a su dueño con la mirada sin saber que, quizás, no le vuelva a ver. No hay derecho a que pasen estas cosas, definitivamente no lo hay".

"Pero la vida es así, y de eso no se libran, al parecer, ni los ponis. En fin, de estas cosas se aprende, ¿no? Por lo menos eso dice todo el mundo cada poco tiempo. ¿A quién voy a engañar? Me siento fatal. Yo solo quería tomar un poco de cocaína para intentar pensar con más claridad, solo eso. Se me había olvidado, por completo, lo que dijo el payasito acerca de mis pensamientos y del cuidado que tengo que tener con ellos. Si llego a ser plenamente consciente de que esto podía ocurrir, lo hubiera evitado a toda costa… Me siento peor que fatal. Me siento hundido".

"Tan hundido me siento que creo que me vendría bien fumar un poco de hachís. Pero poco, tampoco hay que abusar. Con el hachís tengo que tener especial cuidado porque, si fumo demasiado, lo único que consigo es amplificar y distorsionar mis emociones como si fueran una guitarra eléctrica. Y teniendo en cuenta que las emociones que tengo ahora mismo son parecidas a una patada cerca de la ingle, lo más prudente sería fumar poquito. De lo contrario, mis emociones rebotarían dentro de mí como un acorde finamente desafinado. Bueno, en realidad eso no debería preocuparme… Hace rato que esas caprichosas no tienen donde rebotar. En todo caso rebotarían en el paso de peatones, que es donde debe seguir mi cuerpo si no hay ninguna novedad al respecto. ¡Seré imbécil! ¡Tampoco tengo ni boca ni pulmones! ¡Cómo voy a fumar! Lo primero que tengo que hacer es recuperar el cuerpo, lo demás puede esperar".

"No puedo disimular que me odio ¿A qué me estaba refiriendo al pensar que lo demás puede esperar? ¿Al amor? ¿A la vejez? ¿O tal vez a una tostada con mermelada? No, por desgracia no me refería a nada de eso. A lo único que me refería era a drogarme. Y en mi situación actual, eso es patético".

"Para lo único que quiero el cuerpo es para drogarlo, para lo único que quiero el cuerpo es para drogarlo, para lo único que quiero el cuerpo es para drogarlo. Es patético, parece un mal estribillo de una mala canción, de un mal grupo. Un mal grupo formado por tres o cuatro niñatos que aun conservan la energía suficiente como para pensar que siempre serán capaces de aguantar el peso de sus tinieblas. Dios mío, qué cositas pienso, supongo que no tengo remedio. Si alguien normal tuviera acceso a este tipo de pensamientos, lo más probable es que se buscaría rápidamente otra ocupación. Y, si fuera realmente inteligente, se buscaría esa ocupación con la misma diligencia con la que se alejaría de un acantilado en una noche de viento. Y, si no lo hiciera, iría yo en persona y le convencería de lo encantadora que es la normalidad".

"Ya me estoy acercando al lugar donde debe de estar Frank. Le conozco bien, seguro que está allí. Con su ayuda recuperaré el cuerpo, él nunca me ha fallado cuando lo he necesitado".

"¡Lo sabía, lo sabía! ¡Allí está Frank! Sabía que estaría en esa cama elástica. Su forma de moverse es inconfundible, él es el chico delgado que está saltando en medio de todas esas mujeres tan alocadas. Se lo están pasando como los indios, qué buen rollo me está entrando solo de verlos".

"¡Por fin le encontré! Sabía que estaría ahí, yo también disfruté mucho drogándome y saltando sobre esa cama cuando vine a este festival. Es curioso que la cama elástica esté exactamente en el mismo lugar, debe de ser que tuvo éxito y por eso la ponen siempre ahí, para que la gente la encuentre fácilmente y se desparrame a gusto. Sí, debe ser eso".

"Qué bien me siento; a medida que me acerco, vuelven a mí las sensaciones que experimenté haciendo lo que ahora hace Frank. Fue increíble. Fue más que increíble, fue como volver a la niñez durante un rato. Esas cosas no tienen precio y, en caso de que lo tengan, ahora mismo creo que estaría dispuesto a volver a pagarlo. Malditas pastillas, deberían estar bendecidas. Si el cerebro segregara pastillas en lugar de todas las porquerías que segrega, el mundo entero sería una gigantesca cama elástica donde, además de saltando, nos pasaríamos la vida hozando y queriéndonos mucho".

"Seguro que Frank se siente como un niño en este momento, seguro que se está acordando de los veranos que pasábamos en casa de los abuelos. La cara de la abuela cuando nos pillaba saltando sobre su cama de matrimonio era divertidísima, daba la impresión de que ella se lo pasaba mejor que nosotros. Era un encanto de mujer, un auténtico encanto, las cosas que ella me hacía sentir ya no las volví a sentir con nadie. Esas cosas murieron con ella. A veces pienso que, si me drogo, es para recuperar la niñez. Para volver a sentir la alegría y el entusiasmo que perdí sin saber por qué. Para volver a sentirme como Frank se está sintiendo ahora mismo. Verdaderamente este lugar no se diferencia demasiado del patio de una guardería; así, al menos, es como yo lo veo".

Después de subir una cuesta más agotadora de lo que, en principio, parecía, Tom llegó hasta los pies de la cama elástica. Los focos que anteriormente iluminaban aquel lugar estaban apagados. Lo único que se podía ver era una sombra saltando, en silencio, sobre la ruidosa cama. "Frank, ¿eres tú?", pensó Tom. La sombra continuó dando saltos manteniendo, mientras lo hacía, un aspecto relajado e indiferente.

La primera vez que uno de los focos iluminó la sombra, Tom vio cómo, ante él, aparecía la joven y bella mujer que le había educado en sus años de guardería. Tom comenzó a escrutarla estremecido. Su femenina y rizada melena se agitaba en el aire. Sus brillantes zapatos de charol se rozaban las puntas en cada descenso. Sus calcetines de colores contrarrestaban la palidez del cuello. En sus ojeras anidaba la muerte.

La luz se apagó. El sonido de la cama elástica continuó ahí.

La segunda vez que uno de los focos iluminó a la sombra, Tom vio cómo, ante él, aparecía su abuela. Tom comenzó a escrutarla estremecido. Atrapado entre sus envejecidas manos de abuela, un conejo asustado trataba de huir. Con cada salto, su vestido de flores bordadas bajaba hasta los tobillos y subía hasta las rodillas. Sus pulseras chocaban unas contra otras emitiendo un sonido que evocaba recuerdos tan lejanos como veraniegos. La tristeza que asolaba sus labios le goteaba sobre el pecho de una manera dañina.

La luz se apagó. El sonido de la cama elástica continuó ahí.

La tercera vez que uno de los focos iluminó a la sombra, Tom vio cómo, ante él, aparecía la enfermera que él mismo había matado de un solo golpe. Tom comenzó a escrutarla estremecido. Su pelo estaba encharcado en sangre. Sus blancas medias, rajadas hasta las pantorrillas, ocultaban parcialmente unos muslos amoratados. En todos los pliegues de su cara, saludaban, alargados, los brazos del terror. Un desmesurado sentimiento de culpa descendió del cielo.

La luz se apagó. El sonido de la cama elástica continuó ahí.

La cuarta vez que uno de los focos iluminó a la sombra, Tom vio cómo, ante él, aparecía Frank. Tom comenzó a escrutarlo estremecido. El gorro de la sudadera, mojado por la intensa lluvia, no dejaba ver sus ojos. Un poco más abajo, su boca era una sonrisa al revés. Bruscamente alcanzado por la debilidad, su cuerpo entero giró durante el tercer salto y cayó desencajado sobre la elástica lona.

Aquel inesperado impacto fue sumamente violento. Tan violento como para que Frank saliera despedido fuera de la lona y para que, tras golpearse contra el suelo, el gorro de la sudadera cayera hacia atrás y dejara ver los ojos del inmóvil muchacho. Tom no se atrevía a acercarse. Un miedo oscuro, nunca antes padecido, le mantenía en estado contemplativo. La posibilidad de que ya no hubiera pulso en el cuello de su hermano le hacía desear, con fuerza, ser él quien yacía sobre el húmedo suelo. Pero, aunque lo deseara con total intensidad, no era él quien yacía sobre el húmedo suelo, y la única realidad visible era la que tenía delante. Esta certeza, acompañada de un amago de apagón por parte del foco, le hizo salir del inhóspito pánico en el que estaba metido. Sacudiéndose las gélidas manchas de lo atroz y, con todo su ser en vilo, Tom se acercó al cuerpo que debía hacer posible que el alma de su hermano continuara paseando sobre el mundo. Paseando, discutiendo, sorbiendo, aplaudiendo, sosegando, desvistiendo, escuchando, desatascando, amando, bromeando, seleccionando, cortando, recordando, interesando, bailando, chasqueando, omitiendo, mojando, incomodando, saltando y todo lo demás.

Cuando Tom llegó hasta ese cuerpo, no pudo evitar la atracción de una inercia que le obligó a precipitarse, absorbido, adentro de Frank. Filtrado a través de la inmensa dilatación que abría las pupilas de Frank, Tom sintió cómo el vértigo le llevaba en sus brazos, atravesando claustros y galerías, hasta el centro de aquel monasterio de carne fraternal. ¿Era eso posible? Sí, era posible. De hecho, estaba sucediendo.

Lo primero que Tom encontró dentro del cuerpo de su hermano fue el poema que el propio Tom había escrito mentalmente algún tiempo atrás. La verdad es que, al principio, no se acordaba de haber escrito nada de eso pero, cuando terminó de leerlo, recordó incluso la conversación que tuvo con Frank el mismo día que lo escribió. El poema decía así:

Serio y, muchas veces, pensativo
callado cuando se aburre
casi vago
habitante de la nostalgia más cursi
siempre entre algodones.
De vez en cuando dice que el precipicio le ama,
pero no es verdad, todos lo saben.

Con sus elaborados silencios,
reparte porciones de desconfianza
¿a quién le apetece una?
Con sus palabras sabe hacer muchas cosas
sabe, por ejemplo, remar contra mi aflicción
sabe, por ejemplo, excitarme la niñez
sabe, por ejemplo, dosificar el olvido
Con mis trampas para cazar osos juega al escondite
y, cuando menos lo espero,
me las devuelve pintadas de rosa.
Así es él,
así es Frank
siempre a mi lado.

No había tiempo para sentirse mal, ni siquiera para asustarse. Las columnas del monasterio crujían zarandeadas, y cualquier cosa que no fuera evitar el derrumbe estaba fuera de lugar. Con el instinto como guía, Tom avanzó por la mal iluminada sacristía y comenzó a mirar hacia arriba, buscando frenéticamente una ventana que le permitiera ver lo que estaba sucediendo en el exterior. No tardó en encontrar lo que buscaba.

A muchos metros de allí, junto al techo de la capilla mayor, dos anchos ventanales, del mismo color que los ojos de Frank, dejaban entrar algunas ráfagas de luz que se deshilachaban angustiosamente antes de alumbrar nada. El temblor que, con rabia autodestructiva, lo agitaba todo era cada vez más exagerado: los crucifijos caían fulminados como moscas, los muebles donde se guardaba el vestuario de la liturgia luchaban por no venirse abajo, el aire se hacía cada vez más irrespirable; todo, en definitiva, parecía encaminarse al desastre.

En su dificultosa batalla contra el miedo, Tom comenzó a subir una escalera que conducía a los ventanales. La contundente impresión de que iba a descubrir algo sencillamente insoportable le oprimía el espíritu. Durante todo el trayecto,

Tom supo que cada peldaño de aquella escalera encerraba un abismo en potencia. También supo que cada peldaño superado era una pequeña conquista.

Finalmente, Tom llegó hasta los ansiados ventanales y se entregó, agotado, a la contemplación de lo que afuera estaba sucediendo.

Y lo que afuera sucedía, visto desde los ojos de Frank, era más o menos lo siguiente: Frank bebía tequila apoyado sobre una de las barras del festival; alguien se le acercaba dando tumbos, se trataba de un tipo con cinco o seis dientes y una calva indigna que parecía amarrada por una insuficiente cola de caballo; se ponían a hablar, se reían, salían del festival, cogían un autobús, se bajaban del autobús, andaban por las afueras de una ciudad, el tipo desdentado se caía una y otra vez, entraban en un edificio sórdido a más no poder, una mujer gorda, en bata, les recibía con los brazos abiertos, entraban en un salón mugriento, tres muchachos, de cara grasienta, saludaban sentados en un sofá, un niño desnudo se paseaba por el salón luciendo un monstruoso herpes facial, Frank sacaba mucha droga de un bolsillo, a cambio recibía dinero, como por arte de magia un encantamiento general, en forma de alborozo, surcaba las caras de los allí presentes, el tipo desdentado iba a la cocina a coger un plato, el tipo desdentado entraba de nuevo al salón, el plato se le resbalaba, el plato caía al suelo haciéndose añicos, la gorda de la bata montaba en cólera, los tres muchachos del sofá hacían gestos de desaprobación, la gorda de la bata golpeaba la cabeza del tipo desdentado con el palo de una escoba, los tres muchachos del sofá se tronchaban de risa, el tipo desdentado recogía minuciosamente cada pedacito de cristal, el niño del herpes traía una bandeja de metal sin que nadie se lo pidiera, sobre esa bandeja se volcaba una ingente cantidad de droga, cuatro hombres escuálidos salían de una habitación frotándose las manos al unísono, el amanecer se colaba por las ventanas, Frank iba al cuarto de baño y vomitaba, Frank volvía al salón, Frank se encontraba a toda esa gente menos al niño del herpes alrededor de la droga, uno de los hombres escuálidos empezó a cantar en inglés una canción sobre la violación, el niño del herpes se sentaba en el sofá con un tebeo en las manos, Frank se abría paso entre un barullo de narices aspirantes, Frank empezaba a drogarse como el que más, las conversaciones se cruzaban, el niño del herpes empezaba a llorar, nadie le hacía caso, el niño del herpes se iba, el tipo desdentado se dejaba caer en el sofá, el tipo desdentado llamaba a Frank, la gorda de la bata despegaba la cabeza de la bandeja de droga y, mientras miraba a Frank, decía que no con un dedo, Frank no le hacía caso y se sentaba junto al tipo desdentado, ambos iniciaban una conversación delirante, el tipo desdentado reconocía su bisexualidad, el tipo desdentado llamaba a Frank "guapo" e "intenso", Frank se levantaba del sofá completamente aturdido, Frank caía al suelo, la gorda de la bata echaba al tipo desdentado golpeándole en la espalda con los puños cerrados, un anillo de oro se clavaba sobre la espalda del tipo desdentado, el tipo desdentado gritaba de dolor antes de empezar a rodar escaleras abajo, Frank descubría sangre en su nariz, todo se volvía negro.

"¡Esto me ha pasado a mí! ¡Lo que acabo de ver lo he vivido yo!", pensó Tom acorralado por el caos. El monasterio se estaba deshaciendo con estrépito. De los duros suelos surgían más y más grietas, de los techos caían cascotes como puños, los mosaicos se despedazaban insufriblemente, los manuscritos de la biblioteca llevaban un rato ardiendo, y, en medio de todo eso, Tom continuaba pensando: "¡Eso lo hice yo! ¡No fue Frank quien se metió en ese jodido suburbio! ¡No fue Frank quien eligió la inmundicia mientras el Sol empezaba a calentar el balcón de nuestra madre! ¡Fui yo! ¡Fui yo!". Pero a pesar de la ya incontrolable desesperación de Tom, la desolación seguía su curso y, tras los enrojecidos ventanales, comenzaron a desfilar nuevas situaciones. Dichas situaciones se desarrollaron más o menos así:

Frank hablaba con unos amigos bajo una farola encendida, un hombre que empujaba una moto se paraba junto a ellos, el hombre de la moto decía que necesitaba dinero para gasolina, nadie le daba nada, el hombre de la moto se hacía el gracioso, Frank se reía más que el resto de sus amigos, Frank y el hombre de la moto anunciaban su intención de irse juntos, a nadie le parecía bien, Frank y el hombre de la moto se iban, un amigo se acercaba a Frank para repetirle que no se fuera, Frank le abrazaba y se iba, el hombre de la moto llenaba el depósito de su moto en una gasolinera, pagaba Frank, se montaban en la moto, el hombre de la moto hablaba por el teléfono móvil a la vez que conducía, llegaban a un descampado, esperaban allí hablando del tiempo, un silbido proveniente de la oscuridad les interrumpía, se acercaban a la fuente del silbido, una mano llena de cicatrices les daba droga, pagaba Frank, la niebla hacía acto de presencia, Frank y el hombre de la moto se metían en el portal de un edificio, el hombre de la moto se sacaba de la manga un trozo de papel de plata, el hombre de la moto echaba droga sobre el papel de plata, un pájaro negro se estrellaba contra el cristal de la puerta del edificio, Frank y el hombre de la moto se miraban el uno a el otro, el pájaro negro se quedaba allí observando, Frank y el hombre de la moto fumaban droga, la voz de alguien cansado amenazaba con llamar a la policía, Frank y el hombre de la moto abandonaban el edificio, se montaban en la moto, llegaban a la entrada de un concierto, se bajaban de la moto, el hombre de la moto le pedía a Frank la droga, Frank decía que él no tenía la droga, el hombre de la moto se ponía de todos los colores, nuevamente se montaban en la moto, volvían al mismo edificio, rastreaban el suelo del portal sin decir ni media palabra, el hombre de la moto le daba un puñetazo al cristal de la puerta, la voz de alguien cansado e irritado amenazaba con llamar a la policía, Frank encontraba la droga, el hombre de la moto pegaba un alarido de felicidad, Frank y el hombre de la moto abandonaban el edificio por segunda vez, Frank y el hombre de la moto volvían a la entrada del concierto, se drogaban, Frank se guardaba la droga en la cartera, entraban en el concierto, pagaba Frank, escuchaban media canción, el hombre de la moto se sacaba una bolsita de su zapato izquierdo, Frank preguntaba por el contenido de la bolsita, el hombre de la moto contestaba que era buena coca, Frank cogía la bolsita, Frank entraba en unos servicios públicos, Frank ponía la droga sobre la tapa del retrete menos sucio, Frank se drogaba, todo se volvía negro.

"Qué desastre, Dios mío, qué desastre", pensaba Tom sabiendo lo que inevitablemente iba a ocurrir. Parte del monasterio ya se había venido abajo, y lo que aun quedaba en pie pendía de un hilo casi roto. Lo único que podría haber evitado el fatal desenlace era que alguien coherente hubiera entrado en los servicios y se hubiera llevado a Frank al hospital más cercano. Pero Tom sabía, por propia experiencia, que no era eso lo que iba a terminar ocurriendo. Por desgracia, Tom sabía perfectamente que Frank se despertaría con la cabeza apoyada sobre el retrete y, después de fumarse un cigarro, continuaría drogándose como si nada hubiera pasado. Era una autodestrucción desbocada a la que no le importaba que la droga estuviera tan adulterada como una sonrisa en un funeral.

"Ya no se puede hacer nada, ni por él ni por mí. Qué tristeza más grande, esta insufrible resignación me produce mil náuseas pero no puedo huir de ella, es inútil. Lo único que me consuela es que el final de este sufrimiento tan absurdo está cerca. Estoy deseando que todo esto se venga definitivamente abajo. Estoy deseando que estos techos me entierren para siempre y acaben, por fin, con mi errante existencia. Perdóname, Frank, perdóname y llévame contigo", pensó Tom.

Y parte de los pensamientos de Tom se hicieron realidad.

Los ventanales estallaron en mil pedazos, y los techos se derrumbaron sobre él. Pero su errante existencia parecía no haber terminado aun. Una polvorienta oscuridad, construida piedra a piedra, descansaba sobre Tom mientras la angustia reptaba, emitiendo un sonido de cascabeles, entre las silenciosas ruinas.

"¡No puede ser! ¡Sigo vivo! Esto no tiene sentido, ¡sigo vivo! ¡Socorro, estoy atrapado, que alguien me ayude! Tengo que intentar moverme como sea… ¡Aaaaaaah, no puedo! Esto es imposible, es imposible sobrevivir a tanta destrucción. ¿Cómo es posible esto? Piensa, Tom, piensa… Quizás todo esto no sea más que una maldita pesadilla, es lo único que se me ocurre. Tiene que ser eso, tiene que ser eso, Dios mío, tiene que ser eso. Necesito quitarme esta oscuridad de encima como sea, si no voy a volverme completamente loco. Lo único que deseo ahora mismo es ver un rayo de luz, no pido más. Voy a concentrarme en ese deseo con todas mis fuerzas: deseo ver un rayo de luz, deseo ver un rayo de luz, deseo ver un rayo de luz, deseo ver un rayo de luz…", pensaba Tom justo antes de que apareciera un rayo de luz. "¡Ahí está! ¡Es un sueño, estoy soñando! Por favor, Dios mío, que esto solo sea una pesadilla, por favor, por favor… Relájate, Tom, tienes que relajarte, ahora vas a concentrarte en la luz y a olvidar todo lo demás, concéntrate en la luz, concéntrate en la luz…", pensaba Tom justo antes de que un fogonazo de luz alumbrara hasta el último rincón de la polvorienta oscuridad.

Sorprendido por la potencia del fogonazo, Tom notó cómo sus párpados se cerraban. "Vuelvo a tener párpados. Vuelvo a tener cuerpo", pensó agradecido. Esa leve y casi imperceptible sensación que le causaron los párpados al cerrarse venía preñada de vida. ¿Cómo no sentirse agradecido?

Al abrir sus párpados tras los párpados, Tom se descubrió a sí mismo volando entre los destellos del Sol. Junto a él volaban, sin miedo, un nutrido grupo de pájaros blancos que se dirigían al Sur. En el movimiento de sus plumas podía leerse, con bastante claridad, que la vida es un viaje hermoso lleno de posibilidades. Gozosamente convencido de que todo era un sueño, Tom se dejó llevar, entre lágrimas, por la obnubiladora serenidad que los pájaros de su cabeza eran capaces de transmitir. Nunca antes se había sentido Tom tan aliviado. Nunca como durante esa breve fracción de sueño que, con tanto mimo, había empezado a curarlo por dentro. Mientras los pájaros se alejaban, el sueño coloreaba los parches del corazón de Tom con frágiles pinceles. Frágiles pinceles impregnados de todo el poder de una abundante marea de besos.

Abrazado por un sentimiento de gratitud indescriptible, Tom se miraba las manos con detenimiento, en lo más alto del cielo de sus sueños. Sencillamente se estaba deleitando con la abrumadora perfección que había redescubierto en las líneas de sus palmas. Allí donde muchos dicen que el destino da pistas acerca de sus planes, allí miraba Tom en su infinita dicha. De pronto, algo surgió entre sus dedos. Eran las amenazantes ruinas del monasterio vistas desde muy arriba. "Es un sueño", se dijo Tom a sí mismo, con los puños cerrados y el corazón dispuesto a pelear. Extrañado de su propia fortaleza, comenzó a perder altura poco a poco, ya que su sabia intención era la de disfrutar del descenso como este se merecía. Como, en realidad, se merece gran parte de la irrepetible colección de instantes que cualquier vida es.

Aproximadamente en la mitad del descenso, Tom comenzó a vislumbrar, cerca de las ruinas, lo que parecía ser una mujer descansando bajo la generosa sombra de un árbol. A medida que se acercaba a la mujer, iba quedando cada vez más claro que se trataba de una persona mayor bebiéndose el contenido de una gran copa. En silencio, Tom aterrizó sobre la rama más ancha del árbol y se dedicó a observar, con esmero, cómo la mujer iba vaciando, sin prisas, una botella de vino de Rioja.

Debido al fuerte viento que soplaba, la identidad de la mujer permanecía insistentemente cubierta por su gris melena, lo cual provocaba en Tom una curiosidad voraz. Esta curiosidad fue sustituida por sorpresa cuando la dirección del viento cambió y dejó al descubierto la cara de la mujer. Uno de los motivos que justificaban la sorpresa de Tom era que la mujer le estaba mirando fijamente con sus penetrantes ojos negros. Unos ojos que parecían dos corales arrancados de un arrecife tan profundo como puede llegar a ser un pensamiento bajo las estrellas.

Otro de los motivos para la sorpresa, sin duda el más importante, era que, a pesar de las apariencias, Tom estaba seguro de que quien estaba mirándole era en realidad Frank. No se trataba de una impresión, ni de una corazonada, ni de un deseo, ni de nada de eso. Estaba completamente convencido de que esa mujer era su hermano y, en función de este convencimiento, Tom comenzó a hablar:

—Hola, Frank, no sabes lo que me alegro de volver a verte. Todo esto es muy extraño, ¿no te parece?

—Hola, Tom, yo también me alegro mucho de volver a verte. ¿Qué es lo que te resulta tan extraño?

—No sé, supongo que nada es extraño en sí mismo. Quizás el extraño soy yo.

—No digas eso, recuerda que soy tu hermano. A mí no podrías resultarme extraño ni aunque lo intentaras.

—Ya lo sé, Frank, pero me he equivocado tantas veces que no puedo evitar sentirme raro, es difícil escapar de esa sensación.

—Mira a tu alrededor, Tom; toda esta belleza está naciendo de ti. Tienes que intentar ser más paciente y benevolente contigo mismo; aunque no lo creas, estás aprendiendo mucho.

—Sí, es verdad que todo esto es muy bello, pero no te puedes imaginar lo mal que lo he pasado hace un rato. Por momentos he creído estar besando las llamas del infierno. Y eso, me guste o no, también nació de mí.

—¿Te das cuenta de lo que estas haciendo?

—¿Qué estoy haciendo?

—Estás menospreciando la posibilidad de que, a partir de ahora, todo vaya a ser mejor para ti. Ten por seguro que el mundo aun está esperando oír tu mejor canción, solo tienes que relajarte y dejar que tu voz se oiga.

—¿Y cómo se hace eso?

—¿Cómo se hace qué?

—Dejar que mi voz se oiga.

—Lo más importante es no gritar. Está claro que no estamos aquí para convencer a nadie de nada, no se me ocurre una mayor pérdida de tiempo que esa. Se trata más bien de hablar para ti mismo sin miedo a que los demás no encuentren la musicalidad de tus palabras. Actuando de esta manera, tu voz adquirirá matices que solo tú podrás ofrecer. Si hay algo que he aprendido de la soledad, es que ni la soledad ni la incomprensión duran mucho cuando un hombre encuentra la mejor versión de sí mismo.

—A veces me impresionas bastante.

—¿En serio? Pues no deberías impresionarte tanto. Al fin y al cabo, este es tu sueño. Yo solo soy un invitado que está muy honrado de formar parte de tu mundo inconsciente.

—Eso tiene gracia. Ahora que lo pienso creo que, si me he drogado tanto a lo largo de mi vida, ha sido precisamente para que mi verdadera voz se oyera de vez en cuando. Te juro que no lo hacía para divertirme, lo único que quería era encontrar algo que mereciera realmente la pena. Algo que me conectara con los demás y me liberara de mis inseguridades. Solo se trataba de eso.

—Pues para eso no existen los atajos, Tom. Si te fijas, te darás cuenta de que todo en la naturaleza requiere su tiempo. Nada que realmente merezca la pena es inmediato. Y está bien que sea así. La búsqueda de cosas como la serenidad, la confianza o la fortaleza es, en cierta medida, algo muy parecido a un proceso creativo. Un proceso en el que, poco a poco, aprendes de todo mientras vas moldeando tu manera de mirar al mundo. Ni la comida rápida, ni los prostíbulos, ni la droga tienen mucho que ver con lo que trato de explicarte.

—Me parece que estoy despertándome, Frank. Si dependiera de mí, seguiría hablando contigo durante horas, este lugar es casi tan fantástico como tu conversación.

—Sí, es verdad. Yo también la he notado entrar.

—¿A quién has notado entrar?

—A la realidad. ¿No la oyes?

—Pues la verdad es que no.

—Yo sí puedo oírla. Está muy cerca; si tuviera que apostar, diría que está curioseando dentro de las ruinas del monasterio. Ella es así de señorona, siempre aparece sin pedir permiso.

—¿Crees que estará escuchando nuestra conversación?

—Seguro que sí. Además de señorona es muy celosa, que no te quepa duda de que está deseando volver a tenerte entre sus brazos lo antes posible. De todas formas, aunque no siempre te apetezca estar entre sus brazos, no te enfrentes nunca a ella. En el fondo no es mala, lo que le pasa es que tiene mucho trabajo y está muy estresada. Tú trátala con cariño aunque tenga un mal día, y ya verás cómo a la larga te recompensa con creces.

—Lo intentaré, hermano, lo intentaré.

—Que así sea, ahora has de irte.

—Ha sido un placer. Adiós Frank, espero volver a verte pronto.

—Adiós, Tom, aquí me quedo brindando por ti. Recuerda que todo lo que, con tanta ansiedad, buscabas en las drogas más dañinas, lo puedes encontrar en una copa de vino como esta. Y si un día no lo encuentras dentro de una simple copa, búscalo en el mar, o entre las estrellas, o en el roce de una mano. Hay mil formas de exprimir cada uno de los latidos que te sacuden el pecho. Salud y suerte, hermano.

Tom se despertó destapado sobre la revuelta cama de su celda. Incluso la humedad de la cárcel le resultó agradable.

IV. Tres gotas

… Y si volvemos a aquel insobornable presente…

Desde que salió de su casa, Frank no había podido parar de caminar. En cierto modo tenía la sensación de estar siendo perseguido por las palabras de Maika y, por mucho que acelerara el paso, esa extraña sensación no desaparecía. Su incansable cabeza, en plena ebullición, daba vueltas alrededor de detalles de su vida en los que solo reparaba cuando estaba agobiado. Incluso llegó a rizar el rizo al percatarse de cómo le afectaba el agobio, y acabó pensando en su propia forma de pensar. Este desagradable giro mental fue la alarma que detuvo aquella avalancha de pensamientos encadenados a la inseguridad. Fue entonces cuando Frank llegó a la conclusión de que se iba a tomar un respiro; fue entonces cuando Frank decidió que aquella noche, pese a tener la etiqueta de martes, no sería un bodrio; fue entonces cuando Frank comprendió que aquella noche ni tan siquiera merecía pasar inadvertida por su vida. Con estos contenidos mentales, Frank se sentó en un banco que, sin duda, olía a whisky barato y, gracias a ese olor, recordó el nombre de un garito al que hacía mucho tiempo que no iba. Se trataba del tipo de lugar cuya reputación, indiscutiblemente, adquiriría en una gráfica la forma de dientes de sierra; y aunque era tarde, hubiera apostado a que allí no habría espacio para el aburrimiento, entre otras cosas, porque el dueño del garito tenía la merecida fama de juerguista trasnochado. Además de un juerguista trasnochado, el tipo en cuestión también era el ex novio de Maika, y este detalle hacía que Frank le conociera bastante más de lo necesario.

Veintiocho segundos después de haberse sentado, Frank se levantó del banco y, dejándose llevar por la parte de sí mismo que más le gustaba, comenzó a caminar en dirección al garito. De pronto se sentía despreocupadamente aliviado. Su mundo interior se estaba proyectando hacia fuera y, cuando esto sucedía, las imperfecciones de la realidad no tenían más remedio que ocultarse hasta nueva orden.

Mientras volvía a caminar, Frank se puso a pensar en sí mismo desde un ángulo completamente distinto al de hacía apenas un cuarto de hora. Y lo hizo sin dejar de sonreír. Con la noche observándole, Frank pensó en su relación con los demás y en cómo, a veces, sus ingeniosas ocurrencias rebotaban contra la sencillez humana. Esto solía ser muy molesto, porque la incomprensión actuaba como un muro que devolvía sus opiniones transformadas en simple eco. Sin embargo, cuando en el interlocutor había suficiente profundidad, tal eco no tenía lugar, y prácticamente podía sentir cómo lo que, con tanto ardor decía, penetraba en la lucidez ajena. Como un obús le llegó la certeza de que hay pocas cosas que igualen semejante bendición.

Y así, metido en este tipo de reflexiones, Frank llegó a la calle que estaba buscando. Se trataba, en opinión de Maika, de una de esas estrechas callejuelas que durante el día carecen de atractivo debido a lo cutre que resultan; pero que, al llegar la noche, adquieren un encanto especial. Frank estaba de acuerdo con esa opinión.

Como era de esperar, ni se veían luces ni se escuchaba música. Tanto las luces como la música estaban cuidadosamente ausentes. El motivo para ese par de ausencias tan bien cuidadas era que aquel lugar, además de los fines de semana, abría clandestinamente de lunes a jueves a partir de la una de la madrugada. Además de saber eso, para poder entrar, era necesario pronunciar dos palabras mágicas. En caso de no pronunciar dichas palabras, resultaba imposible entrar.

Repitiendo en voz alta las dos palabritas, Frank atravesó la calle a grandes zancadas y se plantó, en cuestión de segundos, delante de una puerta negra y metálica sobre la que descargó su puño dos veces. Al no obtener de ello respuesta alguna, acercó una oreja al frío metal para acabar de confirmar lo que ya sabía. Dentro había gente pasándolo bien. O intentándolo.

Y justo cuando Frank se disponía a separar su oreja del metal, la puerta se entreabrió, y una voz ronca, que trataba de disimular en vano su lamentable ebriedad, preguntó: "¿Qué quieres?". A lo que Frank respondió: "quiero más". Una vez pronunciadas las dos palabritas, la puerta se abrió del todo a gran velocidad, y el tipo de voz ronca desapareció en una humareda de origen diverso.

Lo mínimo que se podría decir de dicha humareda es que no tardó en envolver por completo a Frank que, a pesar de entrar medio ahogado por la tos, llegó hasta la pista principal con el alma rumbosa.

Como era previsible, el garito no estaba lleno del todo pero, como también era previsible, la gente allí reunida rellenaba el vacío con ajetreo y locuacidad afilada.

En cuanto a la descripción del garito, se puede decir que las desconchadas paredes se ocultaban, a duras penas, tras cientos de dibujos, fotografías y frases escritas por los clientes menos peleados con el esquivo ingenio. También se puede decir que, presidiéndolo todo, una cabeza de jabalí con gafas de sol invitaba a la risilla floja o a la náusea, dependiendo de una combinación de variables químicas y morales que no siempre daban el mismo resultado. Y, por último, se puede decir que de la iluminación de todo aquello se encargaban unas cuantas velas sujetas por candelabros, mientras que la música elegida para darle brío a la ocasión era predominantemente electrónica.

Lo primero que hizo Frank, al notar que la tos iba remitiendo, fue sentarse junto a la acogedora barra con la intención de pedir algo. Antes de tener tiempo de elegir la bebida que iba a tomar, fue interrumpido por una voz incómoda. La causa de la incomodidad era que esa voz, además de ser inoportuna, mezclaba de maravilla familiaridad con pedantería. "Vaya, vaya. ¡Qué sorpresa! El bueno de Frank apoyado en una barra a estas horas tan nocturnas, ja, ja". Frank se giró con el semblante de un jugador de póker y se encontró lo que temía. Se trataba de un ex compañero de la facultad cuyo nombre no recordaba, por el cual siempre había sentido reparo debido a la gran cantidad de risotadas sin justificar que el tipo solía emitir. Lo más objetivo que se podría decir de él —además de que era bastante grande— es que se trataba de uno de esos individuos aparentemente afables, que continuamente tienen que mover sus músculos faciales hacia la exaltación de sus virtudes, a los que les importa un bledo dejar al prójimo con cierta cara de tonto y preguntándose si lo que acaba de oír no merece un tartazo.

—Te invito a lo que quieras, chaval —dijo Ahren (así se llamaba el adorable fanfarrón).

—No, gracias, si yo ya… —comenzó a decir Frank, que se vio nuevamente interrumpido de forma tajante.

—Si yo ya nada, ja, ja. Te voy a invitar, y punto.

Entonces el grandullón alzó un brazo sin prestar atención a nada más que a sí mismo, e hizo un gesto con la mano que a punto estuvo de costarle un ojo a Frank; a pleno pulmón, pidió dos raciones del whisky más caro que conocía.

El inicio de una conversación rabiosamente indeseada era inminente. Sin posibilidad de escape, ocurrió lo que tenía que ocurrir. En un principio, la conversación fue acaparada por Ahren, que no paraba de hablar de sus afortunados huesos y de lo bien que le iba en el trabajo. Aunque, siendo justos, hay que decir que Ahren también tuvo en cuenta a Frank ya que, haciendo un alarde de generosidad, le incluyó en su monólogo con varias observaciones que, de manera indirecta, enjuiciaban negativamente su forma de ver la vida.

La actitud externa de Frank, ante semejante aluvión de vanidades, era la de alguien que está escuchando con atención y que, ocasionalmente, participa de la supuesta conversación con un monosílabo o, en su defecto, asintiendo un poco. Sin embargo, su actitud interna, como cualquiera que conociese a Frank hubiera podido imaginar, era la de alguien a quien le cuesta mucho no ponerse a pensar en otra cosa (a modo de ejemplo, Frank llegó a perder, hasta en tres ocasiones, el hilo del discurso tratando de recordar el nombre de la persona que tenía delante).

Pero, en el fondo, sería incompleto decir que todo era puro aburrimiento; ya que si Frank observaba, con detenimiento, los gestos faciales y los aspavientos del grandullón, no tardaba en notar un murmullo interior que le hacía considerables cosquillas en el sentido del humor. Evidentemente esta situación no podía durar mucho, porque todo harta cuando la novedad empieza a bostezar; pero ni al propio Frank le hubiera costado reconocer que, en cierto modo, los dos ganaban algo.

Por un lado, Ahren tenía una nueva oportunidad para oírse a sí mismo rememorar antiguas y actuales conquistas; y, por otro lado, Frank disfrutaba de un whisky carísimo a la vez que se le ocurrían sentencias como "curtido en la insustancialidad". Sentencias que ahuyentaban el tedio con eficacia, y que, además, echaban leña a la hoguera de su creatividad literaria, tan apagada últimamente.

Dos copas después, justo cuando Frank empezaba a aburrirse de verdad, Ahren hizo el siguiente comentario: "Yo no sé tú, pero en lo que respecta a las mujeres, opino que con cuantas más te acuestes, mucho mejor. Siempre he pensado que tomarse a una en serio es perderse a mil que te podrías tomar en broma. Además cada vez me caen peor: a los cinco minutos de acostarse contigo, ya te están recomendando que cambies el color de tus calzoncillos. Por no hablar de lo retorcidas que son, ¿no te parece?".

Oír esto fue para Frank como un empujón que le arrojó a la más burlona de las sinceridades. En menos de cuatro segundos, justo antes de contestar, por la cabeza de Frank sobrevolaron sutilmente los siguientes pensamientos: "Maika estaba llorando, y me he ido", "ya está bien de oír idioteces", "le voy a explicar un par de cosas a este tío", "mañana hablaré con Maika", "me apetece divagar" y "a este tipo le huele fatal el aliento". Tras darle un corto trago a su copa, Frank empezó por aclarar que no estaba de acuerdo, de ninguna de las maneras, con la opinión de Ahren acerca de las mujeres. Una vez aclarado ese punto, Frank fue, poco a poco, transformando su apetencia por divagar en una realidad que, sin alejarse definitivamente de la coherencia, rozó en varias ocasiones la provocación intelectual. Sin ningún escrúpulo, comenzó a saltar de un tema a otro siguiendo un hilo argumental que, con la oculta intención de desconcertar, rompía cada vez que le apetecía. Lo que estaba haciendo era jugar a un juego que se le había ocurrido leyendo acerca de la esquizofrenia. Dicho juego consistía en ir enmarañándose en temas cada vez más alejados de la cotidianeidad sin respetar el orden habitual de las conversaciones. No obstante, a pesar de este desorden, lo que decía no solo era profundo sino que, además, estaba expresado con un lenguaje muy rico. La verdad es que el jueguecito se le daba bien.

Transcurrido un buen lapso de tiempo, Frank concluyó su disertación multitema de la siguiente manera: "Yo, que vengo del dolor y me encamino hacia la muerte, ¿a qué hombre puedo temer?".

De pronto Frank cerró la boca. En el ojo izquierdo de Ahren brillaba la estupefacción. En el ojo derecho de Ahren brillaba el asombro. La repetitiva música electrónica seguía ahí. El jabalí con gafas parecía sonreír. Las copas estaban vacías.

—Ahora invito yo, ¿qué te apetece tomar? —preguntó Frank amablemente.

—No, tío, muchas gracias, pero creo que ya está bien por hoy. Mañana por la tarde tengo bastante trabajo y con resaca no me puedo concentrar —contestó Ahren mientras se ponía su fina chaqueta de piel y se despedía con el levantamiento de cejas más espasmódico imaginable.

Al otro lado de la barra, una atenta mirada no había perdido detalle de lo sucedido. La mirada pertenecía al ex novio de Maika y, por desgracia para Frank, este sujeto que acababa de empezar a servir copas había tomado una decisión incalificable. Si Frank volvía a pedir algo para beber, se iba a llevar una sorpresa desagradable.

El poco original motivo que dio pie a la incalificable decisión era el siguiente: el sujeto seguía enamorado de Maika. Simple y llanamente.

Por supuesto alguien tenía que pagar el desagradable ardor que el sujeto soportaba en su pecho cuando, por ejemplo, se encontraba a Maika por la calle o cuando, por ejemplo, veía la foto de una modelo que le recordaba a Maika; o cuando, por ejemplo, besaba a otra chica pensando en Maika. Absurdo, infantil y habitual.

La maldad, en forma de personaje inmaduro y celoso, no tardó en cobrarse su peligrosa satisfacción. Antes de que eso ocurriera, Frank anduvo de acá para allá, hablando y riendo con cualquiera, ajeno a lo que una ruin y cercana mente había planeado. Pero, como siempre que algo imprevisto tiene que suceder, llegó el momento clave. Entonces Frank, sonriente y sediento, se acercó, con despreocupación, a la barra donde le esperaba lo inesperado y saludó al pensativo dueño del garito. Evidentemente Frank había reconocido al sujeto pero, pese a todo, se sentía tan bien que la situación no le resultaba incomoda en absoluto.

—Un whisky con cola, por favor —dijo Frank mientras buscaba su paquete de tabaco.

—Ok —contestó el sujeto.

Durante el minuto escaso que Frank tardó en encontrar el paquete, coger un cigarro y encendérselo, tres gotas de una potente droga alucinógena cayeron en su copa. La verdad es que el sujeto quería echar una sola gota, pero estaba tan nervioso que al final acabaron cayendo tres. Cualquiera que hubiera probado aquella droga sabría que se trataba de una sustancia demasiado fuerte como para dejar caer esas tres brillantes gotas de un modo premeditado. Pero cayeron.

Después de pagar, Frank regresó a la mesa donde estaba sentado dando largos y confiados tragos a su bebida. Las conversaciones, amenas e intrascendentes, volvieron a surgir alrededor de él pero, lamentablemente, la realidad era mucho más compleja que las conversaciones, y el alucinógeno comenzó a actuar en silencio.

Al cabo de un rato, Frank ya notaba que el mundo había cambiado sutilmente. En un principio lo achacó al ambiente tan cargado de humo que había allí dentro pero, un trago después, se dio cuenta de que no podía ser solo eso. No se trataba de un ligero mareo; lo que estaba notando, cada vez con más claridad, era que el mundo había cambiado sutilmente. Sin decir nada, se levantó de su silla y, con dificultad, fue hacia el baño dejando a su espalda todo un catálogo de caras de extrañeza.

Al llegar al baño, Frank ya estaba convencido de que algo grave le sucedía. El problema era que no sabía qué. Con la angustia abarcando cada vez más espacio, Frank decidió echarse agua en la cara pero, lejos de encontrar mejoría, lo único que consiguió fue potenciar el efecto de la droga, ya que esta amplificaba sus sentidos con una fuerza tan desquiciadamente alejada de lo soportable que le llevaba a sentir cada gota de agua como un complejo universo resbalando por sus mejillas.

Más que asustado, Frank miró a su indiferente alrededor y llegó a la drogada conclusión de que todo le resultaba nuevo. Sí señor, era como verlo todo por primera vez.

Tratar de serenarse e intentar pensar eran simples quimeras dadas las circunstancias, así que, guiado por el instinto de supervivencia, acabó corriendo con todas sus mermadas fuerzas, en dirección al aire de la calle.

Todo sucedió tan deprisa que nadie le vio abandonar el garito. Nadie excepto el retorcido imbécil que había provocado aquella situación, el cual, en su infinito regocijo, se limitaba a limpiar las mesas con una sonrisa en la cara.

Ya en la calle, Frank comenzó a caminar descoordinado y a tropezar una y mil veces con todo lo que se le ponía por delante. Lo peor no era que la sustancia que había tomado sin desearlo fuera peligrosa. Lo peor tampoco era que hubiera tomado una dosis excesiva. Lo peor, por lejos, era que, de repente, su mente estaba completamente descontrolada, y ni siquiera tenía la capacidad mínima necesaria para buscar algo parecido a una explicación.

Con el pánico acomodado en la garganta, la voz de Frank fue desplazada hacia el silencio, y la única opción asequible, además de tragar saliva, era tratar de ignorar, por todos los medios, la sensación de tener amarrado un nudo en el interior del cuello. Un cuello cuyo aspecto exterior se estaba volviendo cada vez más amarillento.

Y debido a la mezcla surgida al unir, en un mismo punto, la sobredosis de alucinógeno y la imaginativa personalidad de Frank, la realidad comenzó, disimuladamente, a fundirse y confundirse con las raíces de su subconsciente.

Por desgracia, este inicial disimulo fue sustituido, con inmediatez, por el más tóxico de los descaros; quedó desterrada la cordura a un lugar tan lejano como las galaxias que el ser humano nunca descubrirá.

A partir de aquí, distinguir lo real de la alucinación no era algo al alcance de Frank. Si estaba quieto o en movimiento, si soñaba con los ojos abiertos o perseguía grillos con los ojos cerrados son cuestiones sin una conclusión estable.

V. Pasen y vean

Acto I: Creación y añil

Sumergido en un inmenso océano celeste iluminado desde las profundidades. Esa era la situación de Frank, que en ningún momento sintió la angustia propia de quien teme acabar sus días flotando bajo el mar. Todo lo contrario; podría decirse, sin exagerar, que Frank nunca había sentido sus pulmones tan pletóricos.

"Esto es precioso, es algo realmente indescriptible", pensó Frank poco antes de darse cuenta de que se movía con más soltura de la habitual en esas circunstancias. Con unos movimientos de piernas casi imperceptibles, atravesaba grandes distancias sin ningún esfuerzo añadido. Eso sí, la desorientación era total, ya que la escasa luz reinante surgía bajo sus pies pero, a pesar de ello, no tenía la sensación de estar flotando cabeza abajo. Y no se equivocaba. Si nadaba hacia arriba, el tono celeste que lo envolvía todo se iba volviendo cada vez más oscuro y, si nadaba hacia abajo, el agua se volvía cada vez más transparente.

En la profunda lejanía, aparecía el foco luminoso y, a su alrededor, multitud de destellos temblaban rítmicamente formando un aura difícil de explicar. Ajeno a cualquier intento de explicación, Frank se limitaba a divertirse como si hubiera retrocedido veinte años en el tiempo, haciendo piruetas hacia un lado y hacia el otro. De pronto, en la mitad de su mejor pirueta, Frank fue a tropezar con algo resbaladizo. Cómo es lógico, el susto fue monumental y ni siquiera la dulce risa que llegó a sus oídos fue capaz de tranquilizarle un ápice.

El ser que con tanta dulzura reía era una sirena morena de piel pálida y escamas añil. Comparada con sus ojos, la profundidad marina parecía algo insignificante que parte con desventaja. Sobre aquellos ojos dos finas cejas, arqueadas hacia arriba, acompañaban la bella carcajada. "Hola, guapo, mi nombre es Melisa", dijo el sorprendente ser con una amplia sonrisa. Al oírla decir esto, Frank notó cómo el miedo retrocedía y la vanidad avanzaba. Entonces dijo:

—Eres perfecta, es decir, me llamo Frank… Perdona, no sé qué me ha pasado, no suelo ser tan directo pero… vaya.

A esto Melisa contestó:

—¿Sabes que eres muy gracioso cuando quieres? Ya sé cómo te llamas. La verdad es que sé muchas cosas de ti. Aun así, y aunque te resulte raro, todavía quiero saber muchas más, mi curiosidad en este sentido no conoce límites. Además deberías saber que no todo el mundo despierta en mí este interés, te lo aseguro —y añadió—: por cierto, ¿te has percatado de la cantidad de veces que he utilizado el verbo "saber"? Me gusta mucho.

—No entiendo nada, dices que me conoces y… ¿Podrías dejar de dar vueltas a mi alrededor?… Bueno, yo no te conozco, y ¿qué es eso del verbo "saber"? ¿Me estás hablando en clave o algo así? —dijo Frank con cierta cara de fastidio.

La respuesta de Melisa fue lanzar una mirada cuyo calificativo no puede ser otro que el de terriblemente seductora. Una mirada a la que Frank podría haber estado enganchado hasta que, en el transcurrir de los siglos, alguien se lo hubiera llevado de allí utilizando la fuerza. Pero por fortuna no se tuvo que llegar a tanto, ya que Melisa recogió su mirada, como quien guarda un arma, y se fue nadando hacia lo más profundo.

No hace falta ser un genio para imaginar cual fue la reacción de Frank, que salió disparado detrás de ella en una persecución de lo más divertida.

El añil de las escamas de Melisa aparecía frente a Frank rodeado de burbujas, y el movimiento de la aleta provocaba ondulaciones submarinas que, al dar contra la cara de Frank, le hacían sentir invadido de niñez.

Poco después, hubo un momento en el que Frank, al perder de vista a Melisa, se quedó quieto preguntándose adónde podía haber ido semejante belleza. Acto seguido, fue víctima de la típica bromita en la que una sirena aparece a tu espalda (¿típica?).

Así de entretenidos estuvieron los dos hasta que, cuando menos lo esperaban, se hizo demasiado evidente lo que la diversión y el jolgorio habían estado ocultando. El foco luminoso, que antes aparecía como algo lejano, ahora brillaba en la cercanía. Su mágica aura, que lo envolvía, era inmensa, indescriptiblemente bella, inexplicablemente misteriosa, exageradamente mística. Tanto esplendor parecía irreal. Pero, sin embargo, allí estaba, vaya si estaba.

De pronto, sin ninguna fase intermedia, Melisa había cambiado su aire desenfadado y juguetón por un semblante solemne, algo serio tal vez. Frank, que no sabía qué hacer, se quedó mirándola como esperando a que dijera algo, hasta que, por fin, la hermosa sirena dijo lo siguiente: "Estamos prácticamente dentro. Algo te va a ser revelado. Cuando estemos dentro del aura, sabrás qué es todo este océano pero, antes de entrar, debo hacer algo que es necesario. De no hacerlo, probablemente te volverías loco en cuestión de segundos". Entonces Melisa agarró a Frank de los hombros y le besó prolongadamente. Cuando terminó de besarlo, añadió "Ahora estás preparado, ven conmigo". Tras recibir el beso, Frank no concebía que ningún tipo de mal tuviera acceso a él, y la siguió.

Una vez dentro del aura, todo quedó claro. Frank y Melisa estaban en el interior del océano de la creatividad y el conocimiento humano. Allí flotaba cada verso, cada teoría, cada fórmula, cada cuadro, cada escultura, cada canción... Y lo hacía de una manera tenue, disimulada, discreta pero, a la vez, majestuosa y complacida.

Frank no sabía adónde mirar. Melisa le miraba a él. La sirena disfrutaba, en silencio, observando cómo Frank, con ojos incandescentes y una sonrisa que parecía un afluente de su alma, nadaba lentamente de acá para allá.

Resultaba llamativo el hecho de que el océano, en el interior del aura, fuera mucho más transparente. Flotar en aquel lugar no debía de ser muy distinto a volar. Con respecto a la temperatura, se podía decir que Frank estaba envuelto por la misma refrescante sensación que hubiera disfrutado cuando, después de una larga caminata bajo el Sol y con la camisa pegada a la espalda, se hubiera dejado caer sobre una agitada orilla. Era un alivio permanente del que nadie querría salir una vez dentro de él.

Repentinamente a Frank le surgió una duda y se dio la vuelta para llamar a Melisa. Su sorpresa fue grande cuando descubrió que entre él y ella flotaba alguien.

Era un hombre mayor de larga melena blanca, frente despejada y frondosa barba. Sus ropajes eran recios y antiguos. Su aspecto era rural y elegante. Entre las manos llevaba agarrado, con fuerza, un ancho sombrero. Entre los párpados llevaba encendidas, con más fuerza, dos pupilas que se perdían en dirección al cercano foco luminoso.

—A este hombre le conozco de algo, pero no sé de qué —dijo Frank sin dejar de mirarlo.

—Pues claro que le conoces, fíjate bien —contestó Melisa en plena diversión. Entonces Frank se acercó con todo el sigilo que pudo. Ese hombre imponía mucho respeto, e importunarlo no parecía una buena idea.

A la distancia que Frank se detuvo, podía distinguir cada arruga de aquel sereno rostro. En especial llamaba la atención el suave movimiento de la plateada barba.

Súbitamente los ojos del barbudo caballero se clavaron en Frank y, tras el correspondiente sobresalto, se volvieron a perder en dirección al foco de luz. Esto bastó para que en la mente de Frank irrumpiera, con brusquedad, la siguiente sentencia: "Vengo a magnificar y a afirmar, ofreciendo más desde el principio que los viejos cautelosos que regatean".

Si no fuera porque en ese contexto era imposible, a Frank se le hubieran saltado las lágrimas. La sentencia que acababa de llegar a su mente formaba parte de un poema de Walt Whitman, y aquel hombre era el poeta en persona.

—Por la expresión de tu cara supongo que ya sabes quién es, ¿no? —preguntó Melisa mientras que, con un sutil movimiento de aleta, se acercaba a Frank. Al no obtener respuesta, la sirena dejó caer una nueva pregunta con la certeza de que esta sí sería contestada:

—¿Por qué te gusta tanto el viejo Walt?

A esto instantáneamente Frank respondió:

—Porque decodificaba los mensajes de la naturaleza para mí. Bueno, para mí y para todo aquel que tenga la suerte de darle una oportunidad a su literatura. —Frank paró un momento su argumentación debido a que unas sentimentales ganas de abrazar a Whitman le oprimían el pecho. Una vez reprimidas las ganas, tragó un cóctel de saliva con agua marina y continuó—: Realmente no sé cómo explicarme, pero este señor alcanzó algo que no es accesible para todo el mundo. Leerle da la sensación de que andaba por las calles un palmo por encima del suelo. Para mí es evidente que llegó a una difusa verdad superior que conseguía transmitir con precisión. ¡Con qué grandeza lo miraba todo! Al animal y al humano. A lo conocido y a lo desconocido. Cuando pienso en este tipo de personas, siempre me pregunto lo mismo: ¿captarían los demás, aunque fuera mínimamente, lo grandes que eran? Es decir, este hombre tuvo varios trabajos a lo largo de su vida, en los cuales nunca destacó y, sin embargo, en su interior, hervía ese tipo de fiebre intemporal capaz de hacer soñar a cualquiera. Me puedo imaginar a cualquier compañero suyo… A su lado día a día, desencuentro a desencuentro, completamente ajeno al insondable e irrepetible universo literario que estornudaba en la mesa de enfrente. En fin, cosas mías.

—¿Y qué quieres decir con eso de que llegó a una difusa verdad superior que conseguía transmitir con precisión? —preguntó Melisa que, al captar cierta obnubilación en Frank, reformuló la cuestión de la siguiente manera—: Frank, escúchame. Si esa verdad superior de la que hablas es difusa, ¿cómo conseguía transmitirla con precisión?

Frank contestó:

—Lo conseguía gracias a su condición de poeta. Eso es precisamente lo que hace admirable a este tipo de personas. Cogen algo tan difuso como el amor y te hacen con ello un retrato utilizando palabras. Lo que acaba ocurriendo es que te ves reflejado en esos textos como si fueran de cristal… Pero, al hablar de esa verdad superior, no me estaba refiriendo al amor. Me refería a un estado de conciencia donde, a pesar del tedio ocasional, se puede percibir la eterna conexión en la que vivimos todos los seres. ¡Cuánto orgullo había en él! Orgullo por el simple hecho de estar vivo. Vivo y consciente de cada una de sus células. Levantando acta de los sinuosos milagros que, a su alrededor, parecían ignorarse. Desde una hoja de trébol hasta el último confín imaginable. Todo era esplendor a sus ojos.

—Ok, creo que te entiendo. Sígueme —comentó Melisa, con brevedad, antes de reiniciar el acuático paseo. Frank se quedó mirándola, molesto por la facilidad con la que *Miss* escamas añil se iba de su lado. Sencillamente no entendía cómo era posible que a Melisa no le apeteciera seguir allí.

Además le molestaba que ella no le hubiera preguntado su opinión al respecto. Melancólicamente, Frank buscó con la mirada a su amigo el poeta, pero en aquel lugar ya no había nadie. Resignado, murmuró "adiós, maestro" y se fue sin más.

Durante lo que parecían horas, Frank y Melisa surcaron, sin intercambiar una palabra, aquellas profundidades iluminadas por la inspiración. Melisa siempre iba más adelantada que Frank y daba la impresión de que buscaba algo. Frank, por su parte, buceaba disfrutando, con los mismos ojos que un niño en una feria, de esa sensación de estar en casa que le circundaba.

De pronto Frank se azaró un poco. Aproximadamente a un par de metros por detrás de Melisa, algo había cruzado frente a él. Se trataba de una botella de un tamaño exagerado. Tan exagerado que, al parecer, tenía a alguien dentro. Frank, en un principio, se quedó quieto pero, tras ceder ante los encantos de la curiosidad, se dirigió velozmente hacia la botella. Mientras tanto Melisa, que ya se había dado cuenta del hallazgo de Frank, miraba desde lejos.

Cuando Frank llegó a la botella se encontró a una mujer dormida dentro. Entonces, entregado definitivamente a la curiosidad, pegó sus dos manos al vidrio tratando, sin conseguirlo, de identificar quién era esa persona que dormía dentro de la botella. La larga melena castaña de la mujer le cubría toda la cara pero, aun así, la sensación de familiaridad era muy grande, casi tan grande como las ganas de saber quién era esa persona.

Aquella escena no varió durante el tiempo suficiente como para impacientar a cualquiera. A cualquiera que no fuera Frank, que parecía disponer, como mínimo, de todo el tiempo del océano.

Y cuando menos esperable era, la mujer se dio la vuelta para cambiar de postura, dejando su cara al descubierto. Ante Frank acababa de aparecer la cara de Janis Joplin. La primera cosa que le vino a Frank a la cabeza fue gritar: "¡Melisa! ¡Ven aquí! ¡Es Janis, es Janis!". Pero no lo hizo porque no quería despertar a la inimitable cantante. Quería conservarla en la memoria tal y como estaba en ese momento. Descansando sumida en una paz profunda, en una apacible felicidad. Decenas de recuerdos agradables surgieron en Frank, y todos tenían en común a esa chica. Porque así, vista desde tan cerca, no era más que una chica, una muchacha de piel joven y encendida que ocultaba un precioso fuego negro.

"Cuánto me han hecho disfrutar con su voz rajada y su entusiasmo. Cuántas veces me ha dado la impresión de que cantaba con el dolor palpitándole en la garganta. Y ahora parece tan tranquila... Esa manera de entregarse a lo que hacía no es nada frecuente", pensó Frank que, tras acariciar el vidrio con la yema de los dedos, se fue en busca de Melisa.

Poco antes de llegar hasta la sirena, Frank reparó en que el sonido de una guitarra se estaba extendiendo, derramado y hermoso, en el ambiente. Daba la impresión de que hacía rato que esa guitarra había comenzado a sonar, pero Frank no podía recordar en qué momento había empezado a hacerlo. Tal vez llevaba ahí desde el principio, tal vez llevaba ahí un minuto. No se podía asegurar nada al respecto.

Cuando Frank dejó de pensar en ese asunto, ya no se oía nada pero, de pronto, una desagradabilísima voz vociferó: "¡Que te vas a matar, subnormal!". Frank, que ya estaba al lado de Melisa, se quedó mirándola con cara de perplejidad. Ella, lejos de la perplejidad, se encogió de hombros y soltó una risilla que de alguna manera compensó la incomprensible estridencia. Aunque realmente no era tan incomprensible.

Lo que sucedía era que, al otro lado del océano —en tierra firme por así decirlo, o, más concretamente, en algún lugar de Hamburgo—, Frank acababa de espantar a un vagabundo que tocaba una raquítica guitarra con solo tres cuerdas. El tipo, completamente saturado de disparates y excentricidades a granel, había salido corriendo, sin mirar atrás, con el único anhelo de alejarse de Frank y utilizaba, para lograrlo, todas las fuerzas que le permitía su alcoholizado organismo. Cuando, muchas zancadas después, ese hombre se giró para asegurarse de que por fin se había zafado del incalificable personaje que le acechaba, robándole parte de su libertad y de su cordura, se percató de que dicho personaje deambulaba en medio de una carretera. Fue entonces cuando, tratando de evitar una posible tragedia, el vagabundo soltó una vociferación en forma de advertencia y volvió a salir corriendo.

—Bueno, ¿seguimos o qué? —preguntó Melisa con gesto de buen humor.

—Vale; ¿sabes a quién acabo de ver? —preguntó Frank con toda la ilusión del mundo.

—¿A un vagabundo entrenándose para las Olimpiadas? —bromeó Melisa sin apenas contener las carcajadas.

—¿Un vagabundo? ¿Qué te has fumado? Era Janis Joplin, estaba dormida dentro de una botella. ¿Pero de qué te ríes? —decía Frank casi ofendido.

—De nada, de nada… Además aquí no se puede fumar, ja, ja, ja. Venga, fenómeno, sígueme —concluyó Melisa.

Una vez reiniciada la marcha, empezó Frank a vislumbrar una especie de gruta flotante que, según decía Melisa, albergaba más colores de los que un ojo humano puede captar. A medida que se acercaban al colorido lugar, la gruta parecía más lejana pero, cuando más lejana parecía, Frank y Melisa aparecieron, de repente, en la entrada. De todas formas el alivio no duró mucho porque, tras un pestañeo de Frank, nuevamente estaban lejísimos. Y cuando fue a pedirle explicaciones a Melisa acerca del motivo que les había hecho alejarse, se dio cuenta de que ya estaban adentro.

La tentación de preguntar qué estaba ocurriendo era evidente pero, al final, Frank no lo hizo por un motivo muy razonable. Dicho motivo no era otro que la repentina presencia, tras una rocosa columna, del mismísimo Galileo Galilei. La columna estaba maquillada con alargadas y viscosas algas que ondulaban y se retorcían, empujadas en parte por las corrientes submarinas y en parte por la mirada de Frank. Se veía que Galileo tenía pinta de estar afanado en resolver alguna cuestión de gran envergadura. No obstante, el incauto de Frank pasó por alto este sesudo matiz, quizás movido por la admiración que sentía hacia el señor Galilei, e intentó resultar ocurrente para, de alguna forma, dejar constancia de dicha admiración. Fue entonces cuando Frank, señalando con un arrugado dedo, dijo: "Al final se movía, ¿no?". Lo único que se puede decir de la reacción de Galileo es que miró a Frank como se mira a un niño pesado y que, acto seguido, se fue de allí con diligencia. Frank quedó con cara de tonto.

Sucedido esto, Frank cayó en la cuenta de lo estúpida que había sido su ocurrencia. Al fin y al cabo, era demasiado lógico que ese hombre no estuviera para bromas. Teniendo en cuenta que, en su momento, le habían amenazado con ser torturado por decir algo cierto; teniendo en cuenta que, en su momento, nadie le había creído, y él sabía que tenía razón; teniendo en cuenta que, en su momento, había tenido que retractarse de un descubrimiento histórico; teniendo en cuenta todo esto y mucho más, es razonable pensar que a ese señor no le hiciera ni la menor gracia aquel torpe intento de resultar cordial.

Y cuando Frank ya estaba casi recuperado de la en principio abrumadora sensación de ridículo se vio, inopinadamente, asaltado por una densa nube de peces abisales. Lo primero que pensó fue que eso no podía durar mucho; sin embargo, varios minutos después habría pagado lo que le hubieran pedido por tener entre sus manos un arpón lo más afilado posible. Pasaban los minutos, lentos como trámites, y aquel ajetreado sobresalto abisal no paraba de ninguna de las maneras. Alrededor de Frank pasaban, igual que flechas de ásperas escamas, toda la colección imaginable de seres acostumbrados a las tinieblas. "¡Joder, Melisa! ¿Dónde me metes? ¡Melisa! ¡Melisa!", gritó Frank con comprensible desesperación. Pero a Melisa, por más que se la llamara, ni se la veía ni se la podía ver, porque esos intrépidos animalillos, brotados del subsuelo del subconsciente de Frank, no dejaban ver absolutamente nada. Hastiado de la situación hasta límites insospechados, Frank comenzó a lanzar dentelladas a diestro y siniestro con la absurda intención de mejorar su repentino estado o, cuanto menos, de desahogarse en la medida de lo posible. Veinticinco dentelladas después, consiguió alcanzar a un pez con forma de gusano, que le resultó tan repulsivo al gusto, al tacto y a todo que, cuando lo escupió, notó que la náusea había alcanzado la gloria. Cuando por fin cesó el castigo, a Frank ni siquiera le dolían las escamas clavadas entre las encías, ya que este hecho no podía competir con la entrecomillada normalidad que, al parecer, había recuperado. Cabreado con su suerte, Frank se puso a buscar a Melisa con ganas de insultar a alguien; entonces asomó medio cuerpo por un boquete lleno de vacío y, con la cabeza metida en una profunda oscuridad, gritó, una vez más, el nombre de *Miss* escamas añil. Por desgracia, ese desacertado acto no tardó en provocar la aparición de una nueva comitiva de pececillos enloquecidos, brotados del sótano del subsuelo del subconsciente de Frank, que acariciaron el flequillo del hastiado joven a una velocidad sorprendente. Afortunadamente esta vez los peces brotados no fueron demasiados; de todas formas no está de más aclarar que estos repelentes animalillos ejecutaron, a la perfección, el rol de gota que colma el vaso.

Convencido de que lo mejor que podía hacer era no moverse, Frank se sentó en una piedra ciertamente incómoda con la esperanza de que, tarde o temprano, el despropósito se aburriría y se largaría de allí. "Tengo que relajarme como sea, voy a cerrar los ojos y, cuando los vuelva a abrir, las cosas serán menos irritantes", musitó mientras cerraba los ojos. Todavía no había acabado Frank de cerrar los ojos cuando un contundente aletazo se dejó sentir sobre su espalda. "¿Pero qué demonios pasa ahora?", pensó Frank a la vez que se incorporaba y se encontraba con que el aletazo se lo había propinado Melisa en plena indignación.

Lo que a continuación ocurrió —como no podía ser de otra manera— fue que Frank y Melisa se enzarzaron en una larga y amarga discusión del tipo "¿Pero esto qué es?", "no te despistes", "¿dónde estabas?", "no tengo porque aguantar tu mal humor", y cosas así. Al cabo de un buen rato de dimes y diretes, ocurrió lo habitual; es decir, la exaltación del momento fue cediendo y, hablando de cualquier cosa excepto del suceso, los dos hicieron lo posible para recuperar la amabilidad.

Mientras eso acontecía, Frank y Melisa habían avanzado, sin prestar mucha atención a lo que les rodeaba, por el interior de la misteriosa gruta. "Creo que nos hemos pasado de largo la entrada", dijo Melisa rompiendo el silencio. Frank miró a su alrededor, como saliendo de una especie de modorra, y se percató de que estaban en el extremo derecho de una imperfecta bóveda llena de salientes afilados y entrantes oscuros. El agua, en ese lugar, seguía siendo tan clara y transparente como en el exterior; sin embargo había algo en su sabor que hacía recordar a palabras como "catacumbas", "subterráneo" o "entrañas".

Melisa, cuyo aspecto no era el de alguien excesivamente bien orientado, se quedó con la mirada fija en la dirección más lejana posible, hasta que, con una voz casi convincente, dijo: "No, no nos hemos pasado de largo, tenemos que llegar al otro extremo de la bóveda". A Frank eso de tener que llegar al otro extremo de la bóveda no era algo que le hiciera especial ilusión ya que, por alocado que pudiera parecer, tenía la intimidante sensación de que ese lugar le estaba observando analíticamente. No obstante, pese a esa sensación, se armó de valor y siguió raudamente a Melisa, sorteando piedras y peces con cara de susto, hasta que llegaron a una profunda grieta.

"Es por aquí", afirmó Melisa que, sin esperar una contestación por parte de Frank, se metió por la grieta y desapareció en la negrura más renegrida. Frank, ante la grieta, no podía ocultarse a sí mismo que tenía todas las dudas del mundo acerca de si seguir a Melisa, pero estas dudas se evaporaron como por arte de magia cuando miró hacia atrás y vio un grupillo de peces, con aspecto de mal sueño, mirándole seriamente. Sin ningún tipo de valentía, Frank se dejó caer en la grieta igual que un saco de patatas; pero, al instante, descubrió que no era posible avanzar horizontalmente. La única forma viable de continuar por ahí era siguiendo una vertical descendente. Entonces Frank, huérfano de opciones amables, comenzó a bajar a tientas, rodeado de la visibilidad más insuficiente posible, pensando en que la pegadiza cobardía no iba a ser más fuerte que él. La cosa parecía ir bien pero, cuando estaba más o menos a la mitad de la grieta, sintió una súbita e incontenible angustia que le empujó a llamar a Melisa con un grito sereno solo en apariencia. Una vez lanzado el grito, la voz de Frank cayó hacia lo más hondo, rebotando en lo invisible, hasta que, tras unos segundos de incertidumbre, Melisa contestó: "Venga, hombre, date prisa que no tenemos todo el día". Cuando esa frase llegó a los oídos de Frank, el angustiado muchacho acababa de ser tocado por algo blando y esquivo que le catapultó, en poco más de un suspiro, hacia el final de la grieta. El golpe que Frank se pegó contra Melisa, que esperaba tranquilamente, fue digno de la mejor película de humor y, aunque la verdad era que a ambos les dolió el impacto, acabaron tronchándose de risa.

Las carcajadas parecían no tener fin. Tan pronto como la risa aparentaba remitir, Frank y Melisa se daban cuenta de que el regreso de la normalidad era solo un espejismo y de que no les iba a resultar sencillo deshacerse de ese estado anímico. Cada vez que parecía que la seriedad estaba de vuelta, uno de los dos rompía a reír nuevamente. Era una felicidad incontrolable y pegajosa, empotrada en ambos rostros hasta el hueso.

No es nada exagerado decir que Frank llegó incluso a preocuparse porque, a decir verdad, ya le dolía la barriga a causa de los continuos e insistentes espasmos abdominales. Pero tan volátil era esa preocupación que, solo con mirar un instante a la risueña Melisa, cualquier malestar naufragaba.

Aproximadamente diez minutos después, Frank y Melisa lograron serenarse lo suficiente como para que él consiguiera, no sin esfuerzo, articular palabra: "¿qué nos pasa?", preguntó. "No nos pasa nada, Frank, lo único que pasa es que, cuando la vida nos da tregua, sabemos aprovecharlo", contestó Melisa mientras decoraba el paisaje con una nueva sonrisa tan preciosa como todas las demás. Frank, con los ojos vistosamente alborozados, se quedó mirándola hasta que ella, víctima de la timidez, tuvo que disimular su acaloramiento, quizás injustificado, señalando con su hermoso brazo hacia una dirección incierta.

Lo que, en apariencia, había delante de ese hermoso brazo no era más que una especie de terraplén submarino bastante común. Frank, algo confuso, trató en vano de ocultar su decepción con un insípido "no está mal". Entonces Melisa le miró con rabia y preguntó: "¿Eres tonto o qué? ¿Qué es exactamente lo que no está mal?". Ante tales preguntas, Frank se sintió pequeño. Lo único que el muchacho pretendía era identificar el punto concreto que Melisa acababa de señalar. Si, además de eso, podía ser honesto y despistado sin parecer altivo, mucho mejor.

Estaba claro que, de un plumazo, la situación se había vuelto un poco incómoda; pero, afortunadamente, Melisa era una sirena muy lista, muy comprensiva y muy sentimental. Así que, presa de su perfección, la maravillosa sirena se acercó a Frank con la mejor cara posible y dijo: "Perdona mi incomprensión y mi impaciencia. A veces olvido la fragilidad de los seres con piernas. A veces olvido cómo se os mezclan todas esas contradicciones en un instante. Sé que vuestra existencia, más de una vez, os resulta absurda, pero eso da igual porque, aunque lo penséis mil veces, no lo es. Pero bueno, esta reflexión ahora mismo no viene a cuento. Lo que trato de indicarte es ese boquete tan llamativo que tienes a dos metros y que, al parecer, no ves".

Efectivamente. Tal y como Melisa había dicho, allí, en el suelo, había un boquete rodeado de corales, difícil de no ver. Al reparar en la presencia del boquete, Frank miró a Melisa de un modo al que solo le faltaron los signos de interrogación. Entonces Melisa sonrió por dentro e hizo un gesto con la cabeza que, sin estar del todo claro, Frank interpretó como una invitación a acercarse al boquete. Cuando Frank asomó su cabeza por este para comprobar qué había ahí abajo, se encontró con un despacho perfectamente decorado y con un hombre sentado en un escritorio. Visto desde ahí arriba, era imposible identificar quién era ese hombre pero Frank, que ya estaba escarmentado gracias a Galileo, no se atrevió a decir nada. Todas las sensaciones que Frank venía experimentando referentes a sentirse observado, al sabor del agua o a la constancia de una rara inquietud se intensificaron aun más. Y cuando el nivel de la intensificación había subido, al menos, cuatro peldaños, el hombre se aclaró la voz con una leve tos y, sin levantar la cabeza, dijo: "adelante, adelante, tome asiento". Posteriormente el hombre hizo un gesto con la mano, dirigido a Frank, y añadió: "por cierto, dígale a su amiga que, si lo desea, también puede pasar". Al escuchar eso, Frank miró a Melisa y empezó a gesticularle dándole a entender que no comprendía cómo ese hombre les había visto sin levantar la cabeza. Pero Melisa, lejos de mostrarse sorprendida, pasó de gesticulaciones y cuchicheos y se metió por el boquete antes que el propio Frank. Entonces Frank se guardó su asombro para otra ocasión y descendió por el boquete en dirección a un sillón de cuero marrón.

En el mismo momento en el que Frank se sentó, le quedó claro que el señor que tenía delante era Sigmund Freud.

Pasaron unos segundos, y Frank, que no sabía qué decir debido a que Freud no levantaba la cabeza de un grueso libro, miró hacia atrás y se encontró a Melisa curioseando por el despacho. Luego miró otra vez hacia delante y se encontró con que Freud aun no había levantado la cabeza del dichoso libro. Luego volvió a mirar a Melisa, que continuaba con el curioseo, y, finalmente, se encontró con que los ojos de Freud le estaban inspeccionando de arriba a abajo.

—Bueno, si no le importa, le voy a desnudar el yo. ¿De acuerdo? —dijo Freud.

—Nada me apetece más —contestó Frank sin titubear.

Y así fue. Durante el larguísimo psicoanálisis al que, gustosamente, se sometió Frank, su yo quedó desnudo y expuesto a mil corrientes submarinas. Quedó expuesto a la lluvia y al viento. Quedó expuesto al deseo estéril y a la tristeza infantil. Quedó expuesto a secretos inconfesables incluso para sí mismo. Quedó expuesto a Tánatos, a Edipo, al fantasmagórico superyo, a la melancolía justificada, a la frustración sin edulcorar, al sonido del adiós, a la enfermedad de su hermano, a la insatisfacción de Maika, a la soledad más sádica, a la genialidad al servicio de la pesadumbre, a los escotomas del corazón, a la vejez, a incomprensibles perversiones, al oculto temor a la locura e, incluso, al príncipe de Dinamarca. A todo esto y a alguna cosa más quedó expuesto el yo de Frank.

Cuando el psicoanálisis terminó, se hizo un silencio cómodo a más no poder. En los labios de Melisa, habitaba la ternura más orgullosa; y en el movimiento de Freud, al tocarse la barba, había algo de congratulación.

La causa de que esa situación fuera tan agradable era la firmeza de Frank. A decir verdad, no era un secreto para ninguno de los presentes que Frank había sido su propio salvavidas. Abrazado a sí mismo y a nada más, el muchacho había chocado, inalterable, contra el monótono oleaje que le asediaba y, sin perder la fe en algo mejor, había soportado serenamente aquel ejército nacido de los suburbios del alma. Lo había soportado. Y si lo había soportado, no fue precisamente gracias al azar; si lo había soportado, fue gracias a la mano de un susurro pacificador y comprensivo que le acariciaba por dentro. Ese susurro era su yo.

De pronto, como una centella, Freud se levantó de su sillón, pegó un salto, le dio la mano a Frank y, con un amigable tono de voz, dijo: "ha sido un auténtico placer, es usted peculiar e interesante. Ahora les dejo a solas porque su bonita amiga tiene algo que decirle. Espero que haya aprendido algo en el día de hoy. Buena suerte".

Dicho esto, el padre del psicoanálisis se fue nadando con sobresaliente agilidad, y desapareció por el boquete. En el mismo segundo en el que Frank, pensando que estaba a solas con Melisa, se disponía a hablar, Freud asomó su cabeza por el techo y añadió: "tengan sumo cuidado con este despacho porque es muy caro", y desapareció definitivamente.

Una vez sucedido esto, Melisa se abrazó a Frank mostrando todo el cariño que cabía entre sus brazos y dijo: "ahora sé que estás preparado. Necesitaba saberlo. ¿Ves aquella puerta negra? Pues me temo que debes cruzarla y te advierto, desde ya, que no te va a resultar agradable. La droga que tienes en la sangre está deseando mostrar su cara más sórdida, y no hay nada que podamos hacer para evitarlo. De todas formas. te aseguro que eso hace rato que ya no me preocupa; ahora lo único que siento es una gran tristeza por tener que despedirme de ti. Espero volver a verte pero, si no fuera posible, quiero que sepas que esta tristeza que siento significa que, de alguna manera, siempre estaré contigo. Sé fuerte, Frank".

Dicho esto, la preciosa sirena se alejó, con su inconfundible elegancia apretujándose a su alrededor, mientras Frank sonreía en la distancia.

La puerta y el espanto esperaban ansiosamente.

ACTO II: HOTEL LAMENTO

Al atravesar la puerta, Frank apareció en las afueras de Hamburgo. En su cabeza resonaba la palabra "droga" como un eco distante. ¿Acaso tendría razón su amiga la sirena? No podía pensar con claridad pero, a cambio, sentía una enorme angustia ante la posibilidad de estar drogado.

En el camino de vuelta a casa, todo parecía normal. Los lejanos edificios, las carreteras, los árboles... Todo le era al menos tan familiar como el océano que acababa de dejar atrás. Sin embargo, la normalidad reinante no duró demasiado ya que, ante los ojos de Frank, acabó apareciendo algo fuera de lugar.

Se trataba de una pequeña colina en cuya cima había un edificio que parecía llamar a Frank a través del viento. Ni la colina ni el edificio habían estado nunca allí.

A un lado la ciudad, su hogar y Maika. Al otro lado una colina, la bruma y, tal vez, el horror. No pudo resistirse, el viento era muy convincente.

A medida que Frank se acercaba a la colina, se fueron haciendo cada vez más presentes, en él, dos certezas. La primera certeza era que la Luna se estaba agigantando. La segunda certeza era que su vida cotidiana estaba menguando. Para más inri, los puntiagudos árboles que le rodeaban no paraban de batir sus resecas ramas provocando que centenares de aves nocturnas acudieran, con una inverosímil sorna en el pico, al encuentro de Frank. Decir que las aves pasaban junto a Frank silbando como ancianos por el parque y que luego volvían a los animados árboles agitando la cabeza con estrépito es decir exactamente lo que ocurría.

No tardó Frank en comprender que, a su alrededor, se estaba celebrando un ritual. Era evidente que las ramas de los árboles, igual que teclas de piano al paso de un dedo, solo se movían cuando él pasaba junto a ellas. También era evidente que los pájaros se movían en grupos. Un grupo salía despedido de las ramas, pasaba junto a Frank y se posaba en otro árbol varios metros más adelante. El siguiente grupo se comportaba de la misma manera, y así sucesivamente. Frank, embutido en el pasmo, llegó a contar hasta siete grupos distintos en función del silbido que los pájaros empleaban al pasar a su lado. A partir de la variedad número siete, los grupos se repitieron hasta que llegó a los pies de la colina.

Harto de la situación, Frank comenzó a subir a paso ligero, dejando atrás graznidos y aleteos, sin ni siquiera preguntarse por qué esa panda de pajarracos no lo seguían colina arriba. Una vez que llegó al edificio y se dio cuenta de que estaba en su parte trasera, comenzó a rodear la zona en busca de la entrada principal. Fue entonces cuando irrumpió en el ambiente un desagradable olor a humedad y a descomposición que no tenía un origen concreto. Desafortunadamente se trataba de algo a lo que Frank no iba a tener más remedio que habituarse mientras permaneciera merodeando por ese lugar.

Con respecto a la Luna, es inevitable destacar que flotaba tan grande en el firmamento que daba la sensación de que se había descolgado y estaba a punto de caer sobre el edificio. Además de eso, por momentos, parecía que, entre los cráteres lunares, algo se movía como pidiendo ayuda. De no ser por la deslumbrante luz lunar, Frank hubiera jurado distinguir, sobre la superficie del satélite, la figura de un insecto gigante que corría en círculos, saltaba y agitaba suplicante las patas.

Que algo correteaba acabó siendo evidente. Que reclamaba atención, también. Su naturaleza, en cambio, permaneció confusa.

Aturdido a causa de estos asuntos, Frank llegó a la parte delantera del edificio y descubrió que se trataba de un hotel con aspecto de abandonado. No obstante, dicho aspecto contrastaba, de modo anómalo, con las iluminadas ventanas y con el incesante murmullo que de ellas surgía. Un murmullo compuesto de conversaciones cruzadas y de casi imperceptibles quejidos que transmitían una dolorosa resignación.

Debido a que no era nada agradable soportar aquel imperturbable olor, y a pesar de que no era algo recomendable, Frank entró en el edificio. En el mismo instante en el que puso un pie en el interior del hotel, el murmullo desapareció y quedó sustituido por el sonido de un goteo de origen tan inidentificable como el del olor. Olor que, por cierto, persistía.

A causa de la desaparición del murmullo, Frank pensó que, quien quiera que fuera esa gente, debían de haberle oído entrar y que seguramente alguien saldría a su encuentro. Sin embargo, abandonó rápidamente esa idea. "Esto es absurdo, no creo que, por oír algo, se vaya a quedar todo el mundo callado... No va a venir nadie, ¿verdad?", musitó Frank. En efecto, como era de esperar, nadie salió al encuentro de nadie y, sin meditarlo en exceso, Frank decidió aventurarse y descubrir él mismo qué demonios ocurría.

A lo largo y ancho de la planta principal, Frank se fue encontrando, primero, con un recibidor exageradamente amplio; después, con una habitación llena de estanterías vacías; posteriormente, con un cuarto de baño con los lavabos arrancados; y, por último, con un enorme salón comedor decorado al estilo victoriano.

Cuando ya no quedaba nada por inspeccionar en esa planta, Frank empezó preguntar, casi gritando, si había alguien allí. A pesar de sus intentos de comunicación, no se escuchaba ni se veía a nadie; así que, tras varias vueltas en círculo, Frank dirigió su titubeante mirada hacia una escalera que, a buen seguro, conducía a las habitaciones. Además de esa escalera, había otra escalera descendente que tenía pinta de conducir a un sótano. Pero ante esa escalera no se producían titubeos. Ante esa escalera simplemente se pasaba de largo con urgencia.

Una vez inmerso en la dificultosa tarea de subir a las habitaciones sin que los peldaños crujieran demasiado, Frank comenzó a sentir un molestísimo temblor en ambos párpados. Parecía como si algo en su interior estuviera a punto de desbordarse. Como si su sistema nervioso le estuviera lanzando indirectas en dirección a la salida, en dirección al aire de la noche, en dirección a los brazos de Maika.

Después de obviar las más que probables indirectas de su sistema nervioso, Frank se encontró, en la primera planta, con un panorama que era de todo menos tranquilizador. Ante las retinas de Frank, a ambos lados de un aparentemente interminable pasillo, colgaban infinidad de fotografías cuyo reiterado contenido era la imagen de Frank mientras dormía. Mientras dormía en su cama. Mientras dormía en su sofá. Mientras dormía en la playa. Mientras dormía en su coche. Mientras dormía sobre su escritorio. Mientras dormía en aquel pasillo… Y un muy largo etcétera. El otro denominador común de todas esas fotografías era una desdibujada figura que daba la impresión de señalar en dirección a los párpados de Frank. Cerrados, inmóviles y perfectos.

Con un sudor frío empapándole la frente, Frank se acercó a la fotografía más llamativa que encontró y comenzó a escrutarla detenidamente. En esa fotografía aparecía su imagen mientras dormía sobre el mostrador de una carnicería. Llevaba puesto un pijama que le había regalado Maika las últimas navidades, y estaba rodeado de pedazos de carne. La figura que le señalaba en las demás fotografías no lo hacía en esta. En esta ocasión aparecía inclinada sobre sí misma y con las manos en la cabeza.

Ante semejante despropósito, Frank respiró profundamente y se acercó un poco más para observar, al detalle, la expresión de su cara mientas dormía sobre el mostrador. Fue en ese momento cuando su propia imagen abrió los ojos.

"¡Joder!". El sobresalto fue tan intenso que Frank, después de gritar "joder", salió despedido hacia atrás, se golpeó contra la pared que tenía a su espalda y cayó al suelo. Coincidiendo con la caída, una voz acobardada, proveniente del otro extremo del pasillo, exclamó: "¡ya lo has despertado, no deberías haber hecho eso!". Frank, bastante dolorido, miró rápidamente en dirección a la voz pero, pese al poco tiempo que tardó en reaccionar, lo único que pudo ver fue una pierna desapareciendo en el interior de una habitación.

Cuando Frank se puso en pie, estaba a oscuras. El constante sonido del goteo había desaparecido sin despedirse, engullido por un murmullo muy parecido al anterior. La única diferencia, con respecto al anterior murmullo, eran unas lejanas carcajadas que iban y venían de manera inexplicable.

Ante semejante situación, Frank comenzó a padecer un mareo tan fuerte que este llegó a asustarle más que la inaudita situación en la que estaba metido. Después de centrar sus pensamientos como pudo, se le ocurrió que una buena manera de orientarse y volver a la planta principal era seguir las líneas de luz que surgían bajo las puertas que le rodeaban. Pero, como suele ser habitual, entre la teoría y la práctica se abrió un trecho tan considerable que le resultó imposible estar seguro de si iba en dirección a la escalera por la que había subido o, por el contrario, se alejaba de dicha escalera a través del pasillo.

Seriamente aterrorizado, Frank trató de llegar a la anhelada escalera avanzando primero en una dirección y después en la contraria; pero, a pesar de poner todo su empeño, le resultó imposible salir de ese pasillo. Daba la impresión de que, incluso quedándose parado, el pasillo se lo estaba tragando.

Con todo el terror del mundo acentuándose más y más, Frank comenzó a correr en la oscuridad, soportando un temblor tan intenso en ambos párpados que ya casi le dolían los ojos. Pero, pese a todo, Frank corrió. Corrió y corrió. Corrió mucho, corrió con todas sus fuerzas durante mucho tiempo. Tanto tiempo estuvo corriendo y a semejante ritmo que la respiración empezó a entrecortársele, y tuvo que detenerse para recuperar el aliento. Y fue en ese momento, entre jadeo y jadeo, cuando Frank comenzó a notar una inmóvil presencia aproximadamente a dos metros de él. "¿Hay alguien ahí?", preguntó, rodeado por un barullo hecho de conversaciones, quejidos y carcajadas.

Para cuando, después de reunir fuerzas, Frank pudo repetir la pregunta, ya notaba la no tan inmóvil presencia aproximadamente a un metro. "¡Sé que hay alguien! ¡Contéstame!", gritó con rabia. Poco después de gritar, Frank sintió cómo unos dedos primero le rozaban las pestañas y, posteriormente, le acariciaban el borde de los párpados haciendo círculos alrededor de los ojos.

Entonces la presencia tomó la palabra: "Me lo temía. Me duele todo por tu culpa. Llevo aguantando la presión de una terrible aflicción casi una eternidad. Esa enfermiza carnicería huele a maldición endemoniadamente... Siempre supe que llegaría este funesto momento... Y me lamenté tanto... Mi único consuelo es poder sentir, por fin, estos párpados como ahora los siento. Alejado como me encuentro de aquel sangriento lugar, puedo imaginar todo lo que de verdad encierran tus párpados tras esta fina capa de piel. No obstante, y muy a mi pesar, debo comunicarte que es tarde para el alivio y que hay desgracias preguntando por ti en las esquinas. Ahora quiero que me olvides para siempre. En mí ya no queda más esperanza que marchitar".

Dicho esto, la presencia empujó a Frank, tras balancearlo un poco, al concurrido interior de una de las habitaciones.

Al abrir los ojos, Frank estaba tumbado boca arriba, con las manos cruzadas sobre el abdomen. Del techo colgaban unas brillantes y coloridas tiras de papel. El suelo sobre el que yacía le estaba helando la espalda. Aun mareado, Frank trató de enfocar la vista en algo que colgaba de una pared y, cuando lo logró, descubrió que era un calendario caducado. Tras varios intentos, consiguió girar sobre sí mismo y ponerse bocabajo. Con esta maniobra logró una perspectiva mucho menos intrascendente.

Al fondo de la habitación, alrededor de una mesita atestada de botellas, ceniceros, paquetes de tabaco y restos de comida, había un grupo de jóvenes felizmente entregado a la conversación y a la ginebra.

Todavía en los brazos del mareo, con una mano sobre la frente y la otra mano sobre la pared, Frank se puso en pie y, con la intención de que los jóvenes repararan en su presencia, trató de hacer ruido pateando una silla. Contra todo pronóstico, la silla, tras caer a una velocidad inusitada, volvió a su posición de origen sin emitir el más mínimo sonido.

Empeñado en hacer ruido y en que le prestaran atención, Frank volvió a patear la silla tres veces más y obtuvo idéntico resultado. La única solución era sobreponerse al mareo y acercarse al escandaloso grupo que con tanta entrega le ignoraba.

La descripción del grupo sería la siguiente: estaba formado por tres chicos de entre veinticinco y treinta años, y cinco chicas de entre veinte y veinticinco años. Dos de esas chicas estaban cómodamente recostadas sobre una cama. El resto del grupo permanecía sentado en el suelo o de pie. Uno de los chicos estaba apoyado sobre una ventana. El chico de la ventana sostenía la cortina con un dedo mientras dejaba caer su mirada a través del hueco abierto entre la tela y el cristal.

Frank —que a pesar de haberse unido al grupo, seguía siendo ignorado— no pudo hacer nada por sofocar una punzante frustración y, con toda su rabia, le pegó un certero manotazo a la mesita en torno a la cual se desarrollaba el jolgorio. El resultado del manotazo no hizo sino engordar su frustración, ya que todo lo que había sobre la mesita cayó al suelo a una velocidad nuevamente exagerada y volvió milimétricamente a la posición original sin provocar ni un solo pestañeo por parte de los asistentes.

Cada colilla en su sitio. Increíble.

Presa de una mezcla de ira y claustrofobia, Frank le soltó un bofetón al tipo que en ese momento tenía la palabra; pero lo único que logró, con tan seco golpetazo, fue que el tipo cayera fugazmente al suelo y continuara nuevamente de pie con su jocosa anécdota.

Resignado al hecho de que el mareo estaba definitiva y preocupantemente instalado en la nuca, Frank decidió tomar asiento para tratar de aclarar su mente en la medida de lo posible. Entonces se sentó en el suelo, cruzó las piernas y se limitó a observar y a escuchar.

Lo que allí se dijo, mientras Frank observaba, fue más o menos esto:

—"¡Oye, Berta! Cuando vuelvas del baño, tráeme una cerveza del minibar, por favor".

—"Te la va a traer tu padre, guapa".

—"Por cierto, Ernest, ¿cómo te fue con la tía del vestido verde? Se os veía encantados de haberos conocido, ¿no?".

—"Sí, sobre todo a Ernest se le notaba muy pero que muy encantado".

—"No me hagáis hablar de esa tía porque pueden saltar chispas".

—"Venga, hombre, no te hagas de rogar... ¡Si estás desando contarlo! Además está claro que lo pasaste bien. Llevas todo el día con la sonrisita puesta".

—"¡Leyna, joder! Estás derramando el vaso en mi cama".

—"Un vaso no se puede derramar. Lo que se está derramando se llama ginebra, ja, ja, ja".

—"Escuchadme, chicos, creo que hay una borracha en la sala dejando claro que no sabe beber y pidiendo a gritos que le quiten la botella".

—"Tranquilízate, chaval, que no es para tanto. Solo es una pizca de bayas de enebro para aromatizarte la almohada".

—"Mira, preciosa, como me hagas subir a la cama para quitarte eso, vas a terminar suplicándome que no baje nunca".

—"¡Guau! Tenemos al auténtico macho alemán en la habitación… Y nosotras sin saberlo".

—"No le hagas caso, tío. Ellas son así".

—"No queda cerveza en el minibar y... ¿Qué es eso de "ellas son así"? No querrás oír cómo sois vosotros, ¿verdad?".

—"Pues mira, ahora que lo dices, me apetece oírlo. Sobre todo si sale de la boca de mi queridísima Berta".

—"Ya está bien, escuchadme un momento y os aseguro que después podréis seguir con vuestra conversación si eso es lo que deseáis. Solo quería deciros que a mí todo esto dejó hace mucho tiempo de parecerme ni tan siquiera soportable. Tengo la sensación de haber abierto todos los regalos, y ninguno me gusta. El hecho de haber elegido este momento realmente no tiene una trascendencia especial... No tratéis de buscarle una explicación. Tomadlo como un cruel desvarío que os sorprende injustamente y os da la medida de mi estado mental. A alguno de vosotros supongo que le dolerá de verdad lo que va a suceder... Lo siento, Ernest, agradezco tus inmejorables palabras de apoyo, pero ya no puedo más".

Tras pronunciar estas palabras, el chaval que miraba por la ventana se lanzó al vacío sin que nadie pudiera evitarlo.

Frank, impactado por lo que acababa de ver, se llevó las manos a la cara y continuó sentado en el suelo. Todos los demás estaban alrededor de la ventana, apretujados unos contra otros, mirando en silencio hacia abajo. De repente, como si se tratara de una unidad, el grupo de jóvenes se dio la vuelta a la vez. Los catorce ojos caían, a plomo, sobre Frank. "¿Qué está pasando aquí?", se preguntó Frank a sí mismo al comprobar que la expresión de todas las caras era idéntica. Tan pronunciadamente exagerada era esa expresión de repulsa y aversión, que resultaba difícil distinguir a unos de otros. Tanto coincidían en aquella expresión, que podría decirse que cada una de las caras era en realidad la misma.

—¿Ahora podéis verme? —preguntó Frank medio atragantado. El silencioso grupo se limitó a formar un estrecho círculo alrededor de Frank. La sensación de repentino e injustificado avasallamiento era abrumadora.

El silencio, por parte del grupo, continuó ahí. Continuó ahí, continuó ahí, continuó ahí y continuó ahí hasta que uno de los chicos lanzó tal alarido que consiguió mover, de manera ostensible, el pelo de todos los presentes. Cierto es que se trataba de un horripilante alarido pero, ni mucho menos, se trataba solo de eso. Además de un alarido, también era una frase cuyo significado se diluía debido a la espeluznante estridencia que la acompañaba. Lo que a Frank le pareció entender, en el mencionado alarido, fue lo siguiente: "¡¿Acaso crees que no sabíamos de tu presencia y de cada uno de tus movimientos?!". Aun en el suelo, Frank trató de incorporarse para tratar de controlar lo que se le venía encima, pero fue frenado en el acto por una mano femenina con las uñas pintadas de negro.

—No sé que estáis pensando, pero está claro que no es nada bueno. En cualquier caso me parece increíble que no acudáis urgentemente a prestar auxilio a vuestro amigo. Me parece increíble que estéis aquí mirándome con esas caras que, supongo, tratan de darme a entender algo que no entiendo —dijo Frank mientras apartaba, no sin encontrar resistencia, la mano que tenía sobre el hombro.

—Nuestro amigo está más que muerto, ya nada se puede hacer por él. Eso es algo que sabes tú y sabemos todos; pero lo que aquí no sabe absolutamente nadie, exceptuándote a ti, es por qué motivo no nos dejas en paz —dijo el tipo del alarido con una extraña serenidad.

—¿Que os deje en paz? No me parece una situación digna de andar bromeando. Tal vez, si os apartarais un poco, podría yo deshacerme de este irrespirable agobio que tengo y largarme de este lugar para no volver —replicó Frank.

Entonces el otro chico, al que anteriormente habían llamado por el nombre de Ernest, tomó la palabra;

—Eres un hijo de puta. Ya has conseguido lo que querías y ahora te quieres ir sin más. No es justo, desde el principio sabíamos que estabas ahí y no te hemos prestado la menor atención. Lo primero que has hecho, ante nuestros indiferentes ojos, ha sido tratar de hacerte notar dándole puntapiés a aquella silla. Después, indignado a causa de nuestro difícil esfuerzo por seguir obviándote, has mandado la mesita a la mierda y, como colofón para tu *show*, me has soltado un guantazo con la palma de la mano abierta, del cual no me acabo de recuperar... Finalmente el pobre Odell no ha podido ignorarte por más tiempo y ha puesto punto final a su existencia. A él hacía años que lo visitabas, ¿verdad? No fueron pocas las veces que, invadido por la indefensión, me habló de ti con las pestañas encharcadas en lágrimas. Ahora contéstame una pregunta: ¿Es cierto que visitas más frecuentemente a los débiles?

Frank contestó:

—Mira, Ernest, ahora mismo la única respuesta que te puedo dar es que todo esto es un malentendido inexplicable. Ante todo quiero disculparme por el gratuito porrazo que te propiné antes. Ya sé que no es excusa, pero mi día empieza a ser demasiado largo, y estaba fuera de mis casillas... Quiero aclarar que, si te he agredido, ha sido porque previamente he comprobado que, esta noche, la realidad y yo vamos por caminos distintos y, en ese momento, nada hacía presagiar que cualquier cosa que yo hiciera fuera a tener la más insignificante de las repercusiones.

—Todo lo que tú haces tiene repercusiones. Aunque los demás nos esforcemos en mirar hacia otro lado hasta el agotamiento. Aunque todo vuelva aparentemente a su lugar. En realidad, basta con tu presencia para que las repercusiones se precipiten en manada —repuso Ernest.

Dicho eso, el círculo de caras desencajadas que rodeaba a Frank se volvió aun más estrecho, siendo ya del todo imposible encontrar algo distinto al pavor en el interior del mencionado círculo.

—¡Esperad! Si vuestra intención es asustarme, lo estáis consiguiendo. Yo a vuestro amigo Odell no le conocía de nada. Veis en mí algo que no existe. ¡Os juro que no tengo nada que ver con lo sucedido! —dijo Frank con la tez amarillenta.

—¿Que vemos en ti algo que no existe? ¿Que no tienes nada que ver con lo sucedido? ¿Acaso no eras tú quien dormía en esa carnicería de la foto? ¿Acaso no eres tú quien ha irrumpido en esta desolación casi olvidada y ha despertado al sufrimiento? —preguntó Ernest mientras se arrancaba el pelo con las dos manos.

Entonces Frank, impulsado por el malestar que le provocaba la desagradable escena, consiguió levantarse y, después de repartir varios empujones, comenzó a gritar:

—¡Estáis todos locos, sois unos supersticiosos macabros, y vuestra absurda intención es convencerme de que el culpable de este turbio suicidio soy yo. Pero no lo vais a conseguir; por más surrealista que sea todo esto, tengo muy claro que vuestro amigo recibía las desesperantes visitas del dolor desde hace mucho tiempo. Esas visitas no tienen nada que ver conmigo. Además, tú mismo dijiste que era yo quien lo visitaba desde hace años... Eso es imposible, es imposible sencillamente porque toda esta insania se ha desencadenado hace tan solo un rato. Esto no tiene ni pies ni cabeza, aquí los únicos malditos sois vosotros. Yo no me identifico en absoluto con nada de lo que aquí me rodea. De todas las fotos que colgaban en ese interminable pasillo, solo había una que tuviera la capacidad de producir arcadas. Solo una. No tenéis derecho a hacerme esto. ¡Que esta tragedia se haya desencadenado justo cuando yo estaba mirando esa fotografía es un capricho del azar!

Al mismo tiempo que Frank pronunciaba estas palabras, los siete jóvenes se comportaban como si algo insoportable les estuviera martirizando.

Ernest continuaba arrancándose el pelo a manojos, una de las chicas se tiró al suelo tiritando, otra se arañó la cara hasta sangrar, otra se acercó corriendo a la ventana y empezó a mirar hacia el vacío y hacia Frank alternativamente, el otro chico comenzó a golpear su cabeza contra un armario, y las dos chicas restantes se abrazaron entre lágrimas.

Frank trató de tranquilizarlos como buenamente pudo pero, por mucho que lo intentara, resultaba imposible. A cada intento de evitar que se hicieran daño, los jóvenes respondían con autolesiones cada vez más contundentes.

La cosa estaba clara: o Frank salía de allí urgentemente, o se iban a matar.

Con las dificultades propias de su estado nervioso, Frank se dirigió a la puerta y, después de caerse un par de veces, trató de abrirla con todas sus fuerzas. Por desgracia, el pomo no giraba.

A la espalda de Frank, todo eran llantos, golpes e insultos dirigidos al cielo. Lo que en esa habitación estaba ocurriendo era tan insufrible que llegó un momento en el que mirar hacia atrás resultaba ya una fatal idea.

Luchando por no girar la cabeza, Frank, de espaldas al espanto, retrocedió tres metros y, empleando todas sus energías, se lanzó contra la puerta. Sin embargo, aquel furibundo intento de derribo solo sirvió para que cayera al suelo inconsciente. Instantes antes, mientras caía aun con algo de conciencia, le pareció oír: "ya pasó lo peor".

Una espesa niebla negra flotaba con parsimonia. Lentamente cambiaba de forma. Eso era todo. Poco a poco, una aguda punzada, en forma de palpitante punto blanco, empezó a distinguirse en la distancia. A medida que el punto blanco se acercaba, aparecían y desaparecían imágenes proyectadas sobre la niebla. Eran imágenes confusas, un tanto ocres. Cuando la punzada se aproximó lo suficiente, la niebla desapareció y dejó solas a las imágenes. Estas acabaron formando escenas cada vez más reconocibles. En ellas, Frank podía contemplar, con total claridad, el extrañamente entrecortado movimiento de las nubes en mitad de la madrugada. Más abajo, la fachada del hotel envejecía y rejuvenecía, en eterno ciclo, rodeada del crujir de la madera y el metal. Aun más abajo, una chica subía por la colina. Parecía tratarse de Maika.

Frank abrió los ojos con un dolor de cabeza muy severo. Lo primero que notó fue que estaba tumbado sobre unos bultos fríos, húmedos y blandos. Lo segundo que notó fue que los bultos resbalaban y olían a carne cruda. Lo tercero que notó fue que estaba tumbado en el mostrador de una carnicería.

A pesar de lo siniestra que era la situación que estaba viviendo, Frank no se dejó impresionar más de lo estrictamente inevitable. Lo único que ocupaba su alma, de un extremo al otro, era impedir que Maika entrara en el hotel.

¿Pero estaría Maika realmente acercándose a ese lugar? No podía ser. Ella debía estar descansando en la seguridad de su cama, rodeada de sus cuadros, de postales, de poemas escritos por Frank. Debía estar durmiendo en ropa interior, con su despertador en la mesita de noche, con los quehaceres del nuevo día a la vuelta de la esquina. Sin embargo, las dudas atormentaban a Frank. ¿Y si era real esa imagen de su dulzura dorada caminando por la colina? La simple idea de que ella entrara en el edificio y se viera expuesta a las cosas que allí dentro sucedían era tan insoportable como para que Frank sintiera que algo sagrado estaba a punto de ser profanado.

Ante la sombra de ese amorfo temor, Frank abandonó el mostrador de un salto y, al entrar en contacto con el suelo, se percató —con grandes cantidades de repugnancia acumulándosele en el estómago— de lo mucho que resbala la sangre si no tienes cuidado. Cuando, después de varios patinazos, recuperó el equilibrio, echó un breve vistazo al panorama. El aspecto que tenía era este: la carnicería era completamente blanca. Sobre el mármol del mostrador, brillaban pequeños charcos de sangre coagulada. Frank llevaba puesto un pijama. El pijama estaba manchado de rojo. Por supuesto, se trataba del mismo pijama que tenía puesto en la fotografía. La iluminación era tan excesiva que casi molestaba a la vista. Junto a una de las esquinas de la carnicería, había una metálica puerta gris. Sobre la metálica puerta gris, había dibujada, con tiza, la cabeza de un ser cornudo. Al lado de los cuernos, escrito con letra grande, se podía leer "llorarás".

Con toda la urgencia que puede caber en una persona, Frank salió corriendo hacia la puerta y, tras abrirla furiosamente, varios azulejos saltaron hechos añicos, víctimas del estruendoso impacto de la puerta sobre la pared.

Lo que se encontró Frank, detrás de la puerta, fue una escalera que ya había visto antes. Era la oscura escalera que, desde la planta principal, tenía pinta de conducir a un sótano. Ni siquiera se preguntó cómo había llegado hasta allí.

Cegado por el cambio de luz, Frank subió la escalera como alma que lleva el diablo y, en un visto y no visto, salió del hotel.

—¡Maika! ¡Si me estás oyendo, no entres ahí! ¿Dónde estás? ¡Maika! —gritaba Frank importunado a unos cuantos búhos desconcertados por el alboroto.

En la senda ya no había nadie. Horrorizado por la posibilidad de que Maika hubiera entrado en el hotel, Frank empezó a correr alrededor del edificio con la debilitada esperanza de encontrarla por allí. Pero no hubo suerte.

Lo único que Frank se encontró en su lamentable correteo fue el cadáver de Odell descansando pálidamente bajo las estrellas. Agobiado hasta límites insospechados, Frank miró hacia la ventana por la que el pobre chico había saltado y se encontró con un grupo de cabezas curioseando. Desde abajo no se podía distinguir quiénes eran, pero lo que sí se distinguía era que, a pesar de que no era una escena agradable, esas cabezas estaban amontonadas unas sobre otras, mirando hacia el cadáver. Por detrás de ese cúmulo de personas tan desesperantemente impasible, aparecían y desaparecían, saltarines, algunos ojillos ávidos de detalles.

—¡Llamad a una ambulancia! ¡Por favor! ¡Dejad de mirar y llamad a una ambulancia! —gritó Frank justo antes de que la ventana se cerrara y la cortina fuera corrida sin contemplaciones.

Presenciar eso fue para Frank como perder algo valioso. Como encontrar algo nefasto. De pronto se sentía muy solo. Y fue ese sentimiento de soledad el que le llevó automáticamente a su opuesto. Le llevó a Maika.

Tenía que encontrarla fuera como fuera. Tenía que alejarse de aquel lugar a su lado. Quizás esa fuera la única manera de abandonar el paraje que le atormentaba.

—Lo siento mucho, Odell, de verdad que lo siento, chaval —dijo Frank alejándose en dirección al interior del hotel.

Al cruzar el umbral de la puerta principal, lo primero que se hizo evidente fue que, dentro del bonito y victoriano salón comedor, había alguien hablando.

—Sé que él ha estado aquí; con vuestra ayuda o sin ella, le voy a encontrar —dijo una voz que parecía ser la de Maika.

Frank, en un estado de excitación contenida, se acercó despacio a la entreabierta puerta del salón comedor y asomó la cabeza con cautela. Lo que tenía delante era una multitud de personas demacradas mirándole a la cara sin pestañear.

—¿Dónde está la chica que acaba de hablar? —preguntó Frank. La respuesta que obtuvo, por parte de la multitud, fue un murmullo ininteligible del que no se extraía más que mal humor.

—¡La chica! ¡Contestadme de una puta vez! —gritó Frank con ganas de matar a alguien. La respuesta que obtuvo esta vez, además del murmullo ininteligible, fue el gimoteo de tres mujeres que habían caído al suelo asustadas por los gritos de Frank. Detrás de las mujeres, había una ventana abierta. Al otro lado de la ventana, corriendo colina abajo, una melena dorada se alejaba.

Impulsado por un anhelo de mil colores y con toda la rapidez que sus piernas le permitían, Frank salió del hotel persiguiendo esa familiar melena. Durante el inicio de la persecución, se giró un instante y vio como, junto a la ventana abierta, la demacrada multitud le observaba en silencio. La fachada del lamento rejuvenecía en ese momento.

Ante tan deprimente espectáculo, Frank se juró a sí mismo que nunca más volvería a ese lugar por iniciativa propia. Mientras tanto, en el cielo, la agigantada Luna era pura turbación. Sobre la bella superficie del satélite, yacía, patas arriba, el cuerpo de algo parecido a un insecto.

Acto III: Amor

"Quejarse es fácil. Yo voy a luchar", se repetía Frank como un autómata sentimental.

El hotel y sus desvelos habían quedado atrás. Lo que ahora aparecía por delante eran las lejanas luces de la ciudad. Lo que ahora aparecía por delante era un río que olía a esperanza. Sin embargo, no todo era mejoría ya que, a pesar de correr al límite de sus posibilidades, Frank no conseguía acercarse, ni tan siquiera mínimamente, a la veloz chica que, como una exhalación, avanzaba hacia el río. Y aunque, a semejante distancia, no era posible distinguir si se trataba realmente de Maika, el desánimo no consiguió sugerir nada en esa ocasión. El simple hecho de perseguirla lo hacía sentir bien. El ajetreo era lo de menos.

El río estaba cada vez más cerca, el paisaje era cada vez más bello, y a Frank —que había cerrado los ojos unos instantes— le vino el siguiente pensamiento a la cabeza: "la estela de su olor me guía con una naturalidad llena de equilibrio. Nadie debería perderse esta sensación".

Cada uno de los detalles que rodeaba a Frank (los destellos lunares sobre el ancho e inminente río, los sonidos de la noche, aquella fragancia femenina…) eran para él como perlas ante las que, por separado, podría haberse sentado con la paciencia y el disfrute de un joyero. Pero, para su mayor goce personal, esta espectacular colección de matices no llegaba hasta sus sentidos por separado. Llegaba en dulce mezcla. Mezcla que tenía a Frank literalmente embrujado.

"Qué suerte tengo, ja, ja, ja. ¡Uuuuuau! ¿Me oye alguien? ¿Me oyes, rubia? ¡Qué suerte tengo! Ja, ja, ja", gritó Frank sin poder ni querer evitarlo.

Cuando la chica llegó a la orilla del río, no se detuvo. Se lanzó al agua directamente y comenzó a nadar con decisión y entrega. Frank, que iba muchos metros más atrás, intentó disuadirla de seguir nadando utilizando, a voces, los augurios más catastrofistas posibles. Realmente ni siquiera él se creía que cruzar el río a nado fuera algo tan peligroso, pero el agotamiento era ya evidente y, a ese ritmo, no se veía capaz de alcanzarla.

Lo que Frank sintió al ver llegar a la chica a la otra orilla, y seguir corriendo como una poseída fue ordenadamente caótico. Era imposible nadar a semejante velocidad. Él acababa de llegar al río, y ella ya estaba en tierra firme, absorbida por el bosque. ¿Cómo era posible? Frank comenzaba a estar hastiado de esta pregunta y, en un acto reflejo, lo pagó con una rana con sombrero que pasaba por allí en mal momento. Tras recibir una tremenda e inesperada patada, la rana se incorporó iracunda, croando en hebreo, con las ancas extendidas hacia el cielo. Sin dejar de pestañear, Frank se quedó mirando los aspavientos de la rana, amenazantes y ridículos, con una leve sensación de remordimiento rondándole por la cabeza. Poco después el remordimiento se desvaneció por completo cuando la rana recogió su sombrero del suelo y, tras increpar a Frank nuevamente, se metió, de un brinco, en una charca cercana.

Una vez cerrado, sin mayor novedad, el capítulo de la rana, Frank se dispuso a lanzarse al agua con la convicción, entre ceja y ceja, de que alcanzaría a esa chica aunque fuera lo último que hiciera en la tierra. Mientras se quitaba, con alivio y cierta inestabilidad estomacal, el ensangrentado pijama que llevaba puesto, se percató de que al otro lado del río había alguien agitando los brazos. Sin duda se trataba de un hombre. Un hombre que parecía sostener algo de ropa entre las rodillas. Frank se quedó perplejo e intrigado. ¿Un hombre? ¿Haciendo eso? ¿En ese sitio? ¿A esa hora? Como una indeseada invitada, la zozobra se acomodó entre las sombras de la noche, pero, cuando Frank reparó en la posibilidad de volver a besar a Maika, dicha zozobra se tornó intrascendente. Digamos que a la zozobra, en esta ocasión, le tocó desempeñar el triste papel de aspirante a anécdota.

Deseoso de alcanzar ese beso, Frank se tiró de cabeza al río y empezó a nadar con todo el frío de la zona reunido en sus huesos. A mitad de camino, levantó la cabeza ansiando vivamente que el tipo de la supuesta ropa hubiera desaparecido de allí (la verdad era que no le apetecía ni saludar, ni dar explicaciones, ni nada parecido). Pero por desgracia el tipo seguía allí, agitando los brazos y sosteniendo, ahora con toda seguridad, algo de ropa.

La identidad del tipo seguía siendo una incógnita pero, sin saber por qué, a Frank le daba la impresión de que le conocía de algo. Una impresión que no tardó en ser confirmada cuando de repente se oyó: "¡Vamos, Frank, los he visto más rápidos!".

Esa voz era muy familiar. Pero, más que la voz en sí, lo que realmente resultaba familiar era el tonillo prepotente que la voz encerraba. Aunque, siendo rigurosos, tratándose del personaje que esperaba en tierra firme, no es del todo exacto decir que el tonillo prepotente estuviera encerrado. Más bien se podría decir que, de vez en cuando, el tonillo quedaba liberado para que juguetera con la autoestima ajena. Se trataba de Ahren, el ex compañero de facultad de Frank. El listo del garito.

—Estás hecho todo un nadador, ja, ja, ja… Si participaras en unas olimpiadas, tu estilo sería "nadador contracorriente", ¿no? Ja, ja… Habría que instalar en la piscina unas turbinas o algo así para que te sintieras cómodo, porque está claro que lo que a ti te va es enfrentarte a un oleaje innecesario. Vaya fenómeno estás hecho, ja, ja —dijo Ahren con las mejillas enrojecidas.

Frank, que salía entumecido del río, se pasó ambas manos por el pelo y sonrió sin ganas. Cuando el frío le dio tregua, contestó:

—Sea cual sea el motivo de tu presencia en este lugar, se me antoja difícil de asimilar. Probablemente tu compañía sea inevitable y, si esto es así, quiero que sepas que difícil de asimilar no es, en absoluto, lo mismo que insoportable. De todas formas, te advierto de que estoy buscando a alguien que no tiene nada que ver contigo.

—A juzgar por la oscilación de tus pupilas, me imagino a quién andas buscando. Toma esta ropa. Te va a hacer falta, independientemente del calor que tus tripas generan solitas. Te guste o no te guste, te va a hacer falta —repuso Ahren.

Frank, tiritando ostensiblemente, cogió la ropa y empezó a ponérsela con cierto sentimiento de aversión. Cuando terminó de vestirse, era inevitable percibir una sonrisilla rara en la cara de Ahren. Pero, afortunadamente, esa sonrisilla quedó eclipsada, con rotundidad, por el olor de la chica y, gracias a ese inconfundible olor, Frank salió de una especie de letargo y se adentró entre los árboles.

Ahren, en un principio, se quedó clavado mirando cómo Frank se alejaba, pero poco después contrajo la cara con una mueca rocambolesca y salió corriendo detrás de Frank igual que alguien a quien persigue la muerte. Al cabo de un minuto, Frank tuvo que oír estas palabras saliendo por la boca de Ahren:

—Si no te importa, te voy a acompañar en esta búsqueda tuya. No quiero que, víctima de la insensatez, amanezcas mañana cantando junto a los pajarillos. Por supuesto, tampoco quiero que amanezcas colgado de una rama con la cara lila. Ya sabes que, en esta vida, todo es posible si no se toman las cosas con un poco de mesura. Mesura, Frank, mesura, esa es la palabra clave. No sé por qué, pero tengo la sensación de que eres muy aficionado a los extremos y eso, como ya te habrán dicho, no es nada bueno. Más bien es algo nefasto. Y más nefasto aun si lo que estás haciendo es buscar desaforadamente algo que, con toda probabilidad, no está a tu alcance. En mi opinión, este comportamiento que estás desplegando no tiene ni pies ni cabeza. Es tanto lo que me gustaría aclararte en torno a esta situación, que uno realmente no sabe ni por dónde empezar. Pero bueno, lo primero que se me ocurre es hacerte la siguiente pregunta... ¿Estás siguiendo algún rastro para encontrar a la persona que buscas?

Frank, después de cambiar rápidamente de dirección, contestó:

—Sigo el rastro de su olor —y después añadió—: creo que Maika no anda muy lejos de aquí.

Entonces Ahren hizo una cabriola en el aire y se puso a caminar, marcha atrás, delante de Frank. Dos cosas hubieran llamado sobremanera la atención de un hipotético observador respecto a esta situación. La primera era que Ahren parecía tener ojos en la nuca, ya que podría decirse, sin exagerar lo más mínimo, que caminaba mejor hacia atrás que hacia delante. Por más surrealista que a Frank le pudiera parecer, daba la sensación de que ese incalificable sujeto había nacido para estar así, incomodando de esa manera, saltando troncos alejados de su campo de visión. La segunda cosa que hubiera llamado la atención de cualquiera era que Frank daba la sensación de ver a través del cuerpo generoso en carnes de Ahren. A Frank le daba igual el hecho de tenerlo delante, caminando marcha atrás absurdamente; le daba igual que aparentemente dificultara, en cierta medida, su pasional arrebato; le daba igual que supusiera un estorbo de lo más vulgar. Le daba igual. Tal era el calibre de su fuego.

La situación no cambió durante un tiempo que se hizo largo. Cuando a Ahren le dio la gana, dijo lo siguiente:

—Ok; resulta que, como me imaginaba, estás buscando a Maika. Espero que esto que te voy a decir no te moleste, pero sé que no estás seguro de si realmente la estás siguiendo a ella o si se trata de otra persona. No me mires con esa cara, porque yo no tengo la culpa de nada. Recuerda que si estoy aquí es única y exclusivamente por tu bien. No queremos tener nada que ver con el color lila, ¿verdad? Bueno, pues, como te iba diciendo, sé que la certeza de que esa chica es Maika anda tan lejos de aquí como la propia chica. Sea quien sea. Yo creo que la pregunta que cabe hacerse en este caso es bastante obvia. ¿Es posible que no estés seguro de que el olor que tan impetuosamente vas rastreando sea el olor de Maika?

—Pues sí. Sí es posible. Me recuerda mucho a ella, pero no podría asegurar que se trate de su olor —contestó Frank con toda la seriedad que pudo.

Entonces Ahren soltó una única y contundente carcajada y dijo:

—Me lo temía. Esto es inverosímil, estás muy cegado. Tengo que admitir que tu actitud me resulta bastante entrañable, pero reconóceme que es un poco infantil. No estás seguro de lo que buscas pero, aun así, lo persigues con esa cara tan cómicamente seria e ilusionada. En fin, tú sabrás lo que haces. No obstante, me vas a permitir que, mientras echamos el rato dando carreritas, te cuente un par de cosas acerca del amor. Aunque, a decir verdad, la palabra "amor" me parece tan ranciamente manoseada que, a partir de ahora, utilizaré la palabra "espejismo" cuando me refiera a ese concepto. No creo que te importe.

—No me importa —murmuró Frank.

—Pues mejor —dijo Ahren que, tras rascarse su sudada barriga, añadió—: espero que esto tampoco te moleste, en el supuesto de que aun estés libre de molestias; pero, si no me equivoco, tú debiste de ser de los últimos de tu clase en dejar de creer en Santa Claus, ¿no? Desde luego tienes toda la pinta. Permíteme informarte que el espejismo ese detrás del cual no dejas de corretear es sencillamente una especie de Frankenstein cuyas piezas, en su mayoría, no son más que —y perdón por lo terrenal de la expresión— divertido sexo. Partiendo de esta base, ya pueden venir a la puerta de mi casa toda la colección imaginable de enamoradizos poetas sin afeitar, a los que —si tienen la paciencia suficiente como para hacer cola— yo les atendería y les haría comprender. Además probablemente les estaría haciendo un favor en más de un sentido ya que, si no he oído mal, esa gente se alimenta del desengaño, y de eso iban a tener conmigo una buena dosis.

Mientras Ahren, que se había sentado sobre una piedra, pronunciaba estas palabras, Frank se enfrentaba a una jauría de lobos desesperados por el hambre. Los fieros animales caían desde la oscuridad como espesas mantas carnívoras; sin embargo Frank se los apartaba con el virtuosismo de un bailarín. Una y otra vez, conseguía quitárselos de encima sin apenas notar aquellas frías garras deslizándose sobre su piel. Deslizarse, eso es lo único que las garras hacían. Deslizarse sin llegar a profundizar nunca.

—Tus amigos los poetas —continuó Ahren—… Vamos a dejarlos en paz porque bastante tienen los pobres con ser como son… Respecto al espejismo, también me gustaría destacar el importante papel que juega la conveniencia en ese asunto. A nadie se le escapa lo sonrientes que se vuelven las chicas cuando el chiste sale por la boca de alguien como yo. Es decir, un tío bien situado y generoso como yo. Entiéndeme, no es que sea generoso con todas… Solo me muestro de esa manera con los ejemplares más femeninos y pasionales del lugar. Ya sabes a qué me refiero. Lo bueno que tiene aceptar las cosas tal y como son es que no te complicas la vida. ¿Ves lo sencillo que es mi planteamiento? Nada de persecuciones sin sentido, nada de atravesar ríos en plena madrugada, nada de andar olisqueando por ahí... No, no y mil veces no. ¡Por favor! Se trata de darles lo que están buscando y nada más. Eso sí; por favor te pido que no me vayas a considerar un tío sin entrañas gratuitamente. Yo también tengo mis momentos. Por ejemplo, cuando estoy con una chica guapa en la cama, después de una larga noche, a veces digo cosas de lo más ridículas. Cosas como "eres única", imagínate el papelón. Pero lo acepto, a ella le gusta pensar que yo creo que ella cree que lo digo de corazón. Forma parte de la salsa de la vida, pero eso no quiere decir que haya que indigestarse, ¿no te parece?

Nadie contestó. Los lobos estaban quietos. Ya habían comprendido que no podían vencer a Frank. El hambre que esos animales sentían era una tortura que les castigaba el estómago utilizando los refinados tormentos de la necesidad pero, por mucho que lo intentaran, no podían hacer nada para saciarse. Toda la rabia, toda la fiereza, toda la convicción y todo el salvaje regocijo ante el asegurado festín habían desaparecido. Ahora tan solo eran una manada triste y cabizbaja. Tan solo un grupo de seres torturados que lamentaba su suerte. El sonido de sus aullidos resultaba penoso.

—¿Qué haces jugando con estos inútiles? ¡Maldita panda de chuchos piojosos! —preguntó con una exclamación Ahren utilizando una voz más que intimidante. Tras escuchar las palabras de Ahren, los lobos dirigieron una última mirada a Frank y, con aspecto de inesperada derrota, desaparecieron entre la maleza.

—Aquí no había nadie jugando. Ni ellos ni yo —dijo Frank pausadamente mientras reiniciaba la búsqueda que le había llevado hasta allí.

Comenzó a llover de una manera brusca e intensa. De repente parecía el fin del mundo pero, a la vez, era algo tan grandioso que se podía palpar que haber nacido es sencillamente un regalo. Cuando Frank palpó eso, todo lo demás, incluida la propia lluvia, pasó a un segundo plano. Las llamadas telefónicas, los desamores, el reloj, los golpes en el dedo chico del pie, la mala educación, la prisa compulsiva, las contratos de dos días de duración, etcétera. Todo eso quedaba reducido a efectos colaterales de la existencia humana. Tanto se podía sentir que, a pesar de su belleza, el mundo exterior había pasado a ser un reflejo en las pupilas.

—Vaya, parece que llueve —dijo Ahren reiniciando su discurso—. Supongo que te resultará raro que me ponga otra vez a caminar delante de ti. Y más raro aun si lo hago de espaldas. Realmente lo que a mí me gustaría es que te pararas de una jodida vez y nos sentáramos en cualquier parte. De esa manera yo podría decirte lo que tengo que decirte con tranquilidad y mucho esmero. Pero como sé que no te piensas parar, no me queda más remedio que hacer esto. Dime la verdad: ¿nunca has pensado que el espejismo es una cosa distinta según la persona de quien estemos hablando? Seguro que sí lo has pensado alguna vez. Tú eres inteligente. El espejismo es algo muy subjetivo. Cada uno lo vive a su manera. Para algunos es algo puntiagudo y doloroso. Para otros es sometimiento y dependencia. Para otros es vino y rosas, etcétera, etcétera. En realidad da la sensación de que tiene mil caras. No es algo unitario, objetivo o concreto. Es un cachondeo. Hay un refrán que lo advierte: "en el espejismo y en la guerra, todo vale". Y después está toda esa panda de tristes descorazonados soltando lagrimillas. Pobres desdichados, desencantados de la vida. Si tuvieran pasta, otro gallo les cantaría. Es más, se comprarían el gallo más lustroso de la tienda e intimarían con la dependienta. Je, je, je, me estoy imaginando a la dependienta a medio vestir, debajo del mostrador. Recibiendo caricias en el lóbulo de la oreja y haciendo planes. Escalofriante.

"Pero, volviendo al meollo del asunto; aquí lo que determina, en gran medida, el aspecto que en cada persona tiene el espejismo es el tipo de apego familiar. Si mama fue buena. Si papa pasaba de ti. Si te pegaban en el culo. Si te daban abrazos, bla, bla, bla".

"Después influye también otro tipo de comportamientos. Que si papa se fue un fin de semana al monte con la peluquera de mama, que si mama traía amigos a casa cuando papa trabajaba, que si tengo dos papas, que si el abuelo tiene revistas con señoras desnudas. En fin, hasta donde la imaginación alcance. Por cierto, si no subes aquí arriba, te vas a ahogar".

Había un motivo para la última frase de Ahren, y este era que —debido a la intensidad del chaparrón— el río se había desbordado, y una gran riada estaba sorprendiendo a Frank por la espalda. Ahren, que la había visto venir, se había subido a la rama de un gran árbol del que colgaban frutos negros. La fuerza del agua era devastadora. Exceptuando a Frank y a una gran piedra de cristal, todo cedía a su paso.

Es necesario señalar que, si las condiciones hubieran sido normales, Frank habría oído el sonido de la riada acercándose. Sin embargo, las condiciones tenían poco de normales. Tan ocupado estaba en seguir el rastro de aquel embriagador olor, que el sonido de la riada pasó inadvertido. Agarrado con todas sus fuerzas a la gran piedra de cristal, Frank aun podía percibir el olor.

—No subas si no quieres, pero creo que esa piedra está empezando a ceder —continuó Ahren—. ¿Por dónde iba? Ah sí, ya lo recuerdo, te iba a hablar de la importancia que tienen las experiencias de cada cual a la hora de vivenciar el espejismo. Tú, por ejemplo, eres guapetón, y eso facilita mucho las cosas. Seguro que acumulas un montón de experiencias positivas con las mujeres. Y si no acumulas demasiadas, seguro que has notado que es porque tú no quieres. Sabes que, siendo la mitad de amable y simpático que un tipo físicamente del montón, puedes tumbarte con el doble de mujeres que él. Si, además de carecer de atractivo físico, ese hipotético tipo del montón también carece de billetes en el interior de la cartera... Si esas dos carencias se juntan, es sumamente probable que el espejismo llegue a ser detestable para el pobre tipo. Aunque detestable quizás se quede corto. Ese espejismo, tan bonito, puede llegar a transformarse en una sombra alargada y deforme plantada en mitad del tipo. Una sombra que le acompañe en sus intentos de resultar cordial a las damas. Una sombra que le muestre lo lejanas e insignificantes que, caminando desgreñadas e indolentes, se atisban las carantoñas que seguramente se merece. Una sombra que, en definitiva, le obligue a pensar cosas raras. Por supuesto que soy consciente, en todo momento, de lo bien que queda decir que no hay que generalizar. Y reconozco que es probable que sea mejor no hacerlo, por lo menos en público. Pero que una sola persona, sea hombre o mujer, se identifique con lo que te acabo de decir me resulta, además de penoso, justificación suficiente como para decir esto cada vez que se me antoje.

Frank continuaba luchando contra la riada. Como Ahren le advirtió, la gran piedra de cristal había empezado a ceder y no tardó mucho en ser empujada por la corriente. Frank, ya sin nada a lo que agarrarse, cerró los ojos, apretó los puños y afinó el olfato. Su cuerpo permaneció inmóvil mientras en su interior se producía una lucha agotadora. Parecía una estatua.

Alrededor de Frank, animales muertos, ramas destrozadas y todo tipo de despojos eran arrastrados con urgencia hacia algún lugar sin esperanza. En el peor momento, la riada le llegaba a la altura del pecho.

Acerca del peor momento, lo más suave que se puede decir es que duró el tiempo suficiente como para que Frank empezara a dudar de sus propias fuerzas. El tiempo suficiente como para que empezara a dudar de si merecía la pena oponer resistencia. Afortunadamente, optó por comportarse con las dudas como el más indiferente de los anfitriones. Las dejó entrar con educación y paciencia. Pero, una vez dentro, las ignoró sistemáticamente.

Poco a poco, la virulencia del agua fue decreciendo. El nivel de la riada pasó del pecho al abdomen, del abdomen a las rodillas y de las rodillas a los tobillos. Ni un segundo antes ni un segundo después de cuando tocaba, la riada desapareció.

Frank aflojó los puños, pero permaneció con los ojos cerrados. Sus pensamientos menos trascendentes, su forma de ver la vida, sus valores, su manera de sentir, su fe; todo esto brillaba de una manera diferente tras soportar aquella riada. Su corazón palpitaba como un recién nacido al que acaban de lavar. Sus venas tenían más sentido que nunca. Su rostro dibujaba una sonrisa cargada de luz.

Ahren bajó del árbol con cara de pocos amigos y, después de pringarse de barro, dijo:

—Reconozco que estoy un poco sorprendido con tu capacidad de aguante. Vaya ducha te acabas de dar, colega. ¿Estás bien?

Frank abrió los ojos y contestó:

—No ha sido fácil, pero supongo que juego con ventaja.

Ahren torció aun más el gesto y preguntó:

—¿Ventaja con respecto a quién? ¿A qué ventaja te refieres?

Frank no le contestó; se limitó a estirar los brazos y a comenzar, de nuevo, a caminar. Ahren estaba inquieto. Antes de salir tras los pasos de Frank, se quedó mirando la rama donde había estado subido mientras la riada lo arrasaba casi todo. Estaba convencido de que, si no se hubiera subido allí, habría muerto ahogado.

De pronto el cuerpo y los pensamientos de Ahren desaparecieron. De esta manera, la droga que Frank había tomado estaba dando el primer indicio de retirada. Por primera vez desde hacía horas, Frank recibía una señal de la realidad limpia de alucinaciones. Era la imagen de un perro grande y gordo sentado junto a una roulotte.

Transcurrido un tiempo indeterminado, nuevamente apareció el voluminoso cuerpo de Ahren. Otra vez caminando de espaldas. Otra vez charloteando frente a Frank. La diferencia era que, esta vez, no se le oía. Frank, un poco extrañado, miró a su alrededor y se dio cuenta de que realmente no se oía nada. También se dio cuenta de que el olor que estaba siguiendo era mucho más intenso.

Cuando el sonido volvió, lo que Ahren iba diciendo era lo siguiente:

—… Eso es indudable. El factor cultural es claramente decisivo en este asunto. La sociedad te determina desde que naces para que formes una familia, seas productivo y alimentes al sistema. Cuando alguien se sale de la norma, inmediatamente se le cuelga el cartel de sospechoso. Esto es así porque a la mayoría le incomoda pensar que alguien pueda vivir tranquilo y ajeno a las normas que ellos cumplen religiosamente.

Por lo que respecta al espejismo, detrás de la moralidad, lo único que hay es envidia. Imagínate a un señor que lleva casado con su mujer treinta años mientras que su vecino, que aun no había nacido cuando él se casó, cambia de amante una vez al mes. Ese señor, para no sentirse un poco idiota, seguro que recurrirá a ensalzar la importancia de los valores, la familia y todo eso. Seguro que se autoconvencerá pensando que la pasión inicial es superficial y en que, con el tiempo, se alcanza un grado de intimidad profundo. Me está empezando a doler la boca de soltar topicazos, pero a veces son necesarios, ¿no crees? Bueno, como te decía, imagínate ahora a ese mismo señor —y esto es mejor aun— comprobando que quien cambia de pareja una vez al mes es una atractiva vecina. ¿Ves mi sonrisilla? Su razón de ser está clara. Me hace gracia pensar lo mucho que a ese buen hombre le apetecería inspeccionar, a fondo, cada palmo de la vecina. ¿Y qué es lo que haría, con mayor probabilidad? Pues no pasaría de hacer algún comentario despectivo acerca de la vecina mientras lleva a su mujer a comprar calabacines. Está claro que el esfuerzo mental del caballero, para no sentirse idiota, se simplificaría notablemente si fuera una vecina y no un vecino quien compartiera lecho con diferentes personas. Si fuera un vecino, tendría que racionalizarlo aburridamente y llegar a conclusiones morales que justificaran, de la mejor manera posible, su interminable matrimonio. Pero si fuera una vecina, bastaría con aprovechar la inercia de su propio deseo hacia ella y decir que es una chica de cintura alegre. Y volviendo al quid de la cuestión... ¿Por qué crees que se busca con tanto ahínco una pareja estable? o ¿por qué crees que existe la figura del cortés galán que sabe tratar a las damas? Respóndeme, por favor.

Frank, en lugar de responder, salió corriendo convencido de que la chica rubia, tal vez Maika, estaba paseando a no mucha distancia de allí. Y estaba convencido, además de por la intensidad del olor, porque de reojo había visto un destello dorado muy parecido a la melena que tanto ansiaba acariciar.

Pero lamentablemente, algo empezó a variar. A medida que Frank se iba acercando al destello, la fragancia que le había llevado hasta allí fue siendo sustituida por otro tipo de olor. Además de eso, el destello dorado empezó a cambiar de forma y se extendió, súbitamente inflamado, hacia arriba y hacia los lados. De repente estaba completamente rodeado por un colosal incendio. El olor a chamusquina era tan grande que apenas olía a otra cosa.

Estimulado por la nueva situación, Ahren empezó a gritar desde la copa de un árbol: "¡si en lugar de venir hasta aquí a toda velocidad persiguiendo ni tú sabes qué, te hubieras limitado a escucharme y a responder a mis preguntas, no estarías en esa situación tan llamativa! Todo lo que te he dicho esta noche ha sido por tu bien, créeme. Yo no tengo ningún interés particular en que te conviertas en un tipo frío y calculador; simplemente me caes bien y trato de evitarte disgustos innecesarios, eso es todo. Tú eres una buena persona y está bien que lo seas, pero, como ya habrás podido comprobar, ser una buena persona no vale para nada en infinidad de situaciones de la vida cotidiana. Y a mi entender, cuando se trata del espejismo, ser una buena persona es especialmente peligroso. Hay que ser cauteloso en ese sentido, porque estamos hablando de auténticas arenas movedizas. Ya sé que no siempre ocurre lo peor, pero no me negarás que la lista de buenas personas vapuleadas por el espejismo es realmente considerable. ¿Por qué? Pues la verdad es que no lo sé, pero el caso es que es así. Lo que sí sé es que este no es un mundo idílico, y que hay gente que merece que se le dé el carnet de sufridores empedernidos. Me parece muy sobrecogedor ver cómo esas personas van por ahí como si la maldad no pudiera alcanzarles. ¿Pero cómo puede ser eso? Que conste que no estoy insinuando que tú merezcas tal carnet, solo digo que te noto un poco confundido en determinados aspectos. Eso sí; quiero dejar claro que, en el fondo, todas las frases que están saliendo por mi boca solo son desinteresadas sugerencias por parte de alguien que te aprecia. Así, y de ninguna otra forma, es como te lo tienes que tomar.

Aturdido por el olor a quemado, a Frank le resultó inevitable pensar que la culpa de lo que le ocurría la tenía aquello que había estado persiguiendo.

"Quizás la melena que he estado buscando solo fuera este incendio visto desde lejos. Si es así, me temo que, durante mucho tiempo, a mi alrededor solo van a quedar cenizas", murmuró mirando a las llamaradas. Llamaradas que, por momentos, adquirían, con total claridad, el aspecto de rostros burlescos.

El calor comenzaba a ser insoportable y, por si fuera poco, el humo no paraba de provocar lágrimas en los ojos de Frank, que se esforzaba en mantener la mirada seca y calmada.

La situación, desde la perspectiva de Ahren, era dantesca. Lo que desde allí arriba se veía era la empequeñecida figura de Frank, completamente rodeada por un abrasador infortunio, con la cabeza agachada y los brazos tiesamente pegados al cuerpo.

Mientras eso sucedía, proveniente del mar, se acercaba un desmesurado vendaval. Cuando aquella fortísima ráfaga de aire irrumpió en la escena, lo hizo con el rol de actor principal. Había dos motivos que le otorgaban al viento tal rol. El primer motivo era la inaudita fiereza con la que se avivaron las llamas. El segundo motivo era la desaparición del olor a quemado.

Ahren, que hasta el momento no se había perdido ni un solo detalle, dejó de mirar a Frank durante un par de segundos a causa del fuerte empujón que el enloquecido viento le había asestado. Al recuperar el equilibrio, dirigió su mirada al lugar donde estaba Frank y se encontró con que allí ya no había nadie.

Completamente a salvo, lejos del peligro, Frank se despedía con las dos manos.

—¿Cómo es posible sobrevivir, en la misma noche, a una jauría de lobos, a una riada y a un incendio? —preguntó Ahren con un repentino tic en la ceja izquierda.

Para Ahren lo sucedido era absolutamente inexplicable. Haber visto cómo Frank dejaba tras de sí auténticas murallas de fuego, o soportaba una riada, o esquivaba el ataque de unos lobos hambrientos; suponía una cura de humildad para la desbordada capacidad de comprensión de Ahren (casi le dolía la estúpida desnudez de su raciocinio). Sin embargo, para Frank, todo se resumía en dejarse llevar por la estela de un olor.

—Si es un espejismo, huele muy bien —dijo Frank mientras se alejaba del incendio con una sonrisa que, nuevamente, parecía un afluente de su alma.

Más allá de la drogada mente de Frank, a kilómetros de allí, Ahren y Maika descansaban en sus respectivas camas. Maika, por cierto, dormía abrazada a un peluche comprado en Granada.

Acto IV: La habitación grande

1986. Esa cifra, grabada sobre una placa, daba vueltas alrededor de la cabeza de Frank. Molesto por la evidente incomodidad que esto suponía, trató de cerrar los ojos y, tras intentarlo varias veces, se dio cuenta de que ya los tenía cerrados.

"Muy bien, pues entonces habrá que abrirlos", pensó Frank algo confundido.

Cuando, después de un cierto esfuerzo, consiguió abrirlos, se encontró con que tenía delante la misma placa.

La situación no podía ser más extraña. Extraña, entre otras cosas, porque Frank hubiera jurado que llevaba un rato caminando pero, en lugar de eso, resultó que estaba inmóvil, de pie y con la cabeza apoyada sobre esta misteriosa placa. Casi involuntariamente, echó la cabeza hacia atrás y retrocedió un par de pasos para ver dónde estaba. La desorientación que se le vino encima se hizo tan acusada, que de lo primero que tuvo que ocuparse fue de saber cómo era él mismo. Tras unos instantes realmente indeseables, su forma de ser cayó sobre él igual que una madre en el desordenado cuarto de su hijo. En cuestión de segundos, cada rasgo de personalidad estaba en su sitio (un par de polizones, en forma de rasgos ácidos, también estaban en su sitio).

"Ok, mucho mejor. ¿Qué es esto, y donde está Maika?", se preguntó Frank hablando solo.

Lo que Frank tenía delante era una coqueta casita, en cuya gruesa y carcomida puerta estaba incrustada la placa sobre la que se había ¿despertado? Dicha casita estaba rodeada por un florido jardín, cuidado hasta la exageración y, sobre el inmaculado césped, se podían ver columpios, rastrillos de plástico, cómics y un par de casetas de perro deshabitadas. La Luna había desaparecido, y la oscuridad de la noche caía sobre el jardín con todo su peso; pero, a pesar de la escasez de luz, en ese lugar cada pétalo parecía poseer su resplandor particular.

Por mucho, lo más sorprendente para Frank fue darse cuenta de que, más allá del jardín, no se veía absolutamente nada.

Movido por una mezcla de curiosidad e inquietud, Frank se acercó, con los ojos soñolientos, a una pequeña vallita amarilla que hacía las veces de frontera entre jardín y tiniebla. Apoyó las manos sobre la vallita, alargó el cuello, entornó los ojos y se fue como vino porque allí no era posible percibir nada que no fuera su propio desasosiego.

Después de ojear un cómic, y sin dejar de percibir un extraño sabor a invierno en la boca, Frank regresó a la puerta de la casita para darle un suave empujón que, en contra de lo que imaginaba, no hizo crujir las bisagras. Antes de que le diera tiempo a pensarlo demasiado, entró y cerró la puerta tras de sí.

El interior de la casita no resultaba claustrofóbico.

"A pesar de las estrecheces, esto no resulta claustrofóbico", pensó Frank corroborando la sensación anterior. La proximidad de las paredes, lejos de agobiar, causaba una acogedora sensación de arropamiento que no pasó inadvertida. Algo que tampoco pasó inadvertido fue el pulcro orden que allí dentro reinaba; esto último era lo que más llamó la atención de Frank, dado que lo mínimo que podría decirse de él —con respecto al orden— es que nunca lo consideró una de sus prioridades. Aun así, en esa pulcritud había algo lejanamente familiar.

Mientras Frank se adentraba en aquel lugar, el tic tac de un ilocalizable reloj sonaba por toda la estancia de un modo llamativamente lento. Una lentitud que, al parecer, había llegado a contagiar incluso a las cortinas, ya que estas se movían de una forma tan pausada que mirarlas daba sueño. Hipnotizado por tan narcótico movimiento, Frank decidió tumbarse sobre un diván cercano a las cortinas.

"Encontrar una postura cómoda en este diván no es tarea fácil", pensó tratando de controlar la contrariedad. No obstante, se sentía tan profundamente agotado que, pese a tener la cabeza prácticamente colgando, perdió la conciencia en cuestión de segundos.

Al recuperar la conciencia, Frank tenía la sensación de no haber descansado en absoluto. Sin embargo conservaba muy vivo el recuerdo de una especie de sueño inaudito en el que aparecían dos hippies con cara de preocupación. Detrás de esas dos personas de pelo largo, había un perro grande y gordo que no paraba de ladrar.

Con muchas dificultades, Frank se incorporó sobre el diván a la vez que, utilizando los nudillos, se sacudía esas inauditas escenas de los párpados. El parsimonioso tic tac permanecía flotando en el ambiente, al igual que el acompasado movimiento de las cortinas y la también acompasada somnolencia que el movimiento provocaba.

Una vez puesto en pie, Frank comenzó a deambular por la casa con una agradable nostalgia latiéndole en las yemas de los dedos.

"No sé por qué la estoy sintiendo pero, para mí, la nostalgia es como un buen álbum de fotos que puedo mirar cada vez que quiero. Un álbum donde, a pesar del aspecto desgastado y ocre de las imágenes, salgo muy guapo", bisbisó Frank casi sin darse cuenta.

Rodeado por esta grata sensación, Frank atravesó un pequeño pasillo como quien atraviesa una nube y se plantó delante de una diminuta puerta tras la cual surgían, sin cesar, contagiosas carcajadas infantiles. Al abrir la puerta, Frank se encontró a un niño abrazando a la Luna. Con una cara que parecía un signo de interrogación, Frank se quedó mirando a la Luna sin apenas prestar atención a nada más.

—¿Cómo te llamas? —preguntó el niño.

—Frank —contestó el inesperado forastero. Entonces el niño se separó de la Luna y dijo:

—¡Igual que yo! Yo también me llamo Frank. Somos "topayos", ¿no?

—Tocayos, somos tocayos —volvió a contestar Frank con los dos ojos y el espíritu clavados en el satélite.

—Ya no te esperábamos por aquí. Llevamos horas hablando de ti, ¿sabes? —aseguró el niño mientras la Luna daba vueltas en círculo con cara de indignación.

—¿Hablando de mí? —cuando Frank hizo esta pregunta, la Luna dejó de dar vueltas por la habitación y salió, sin despedirse, a través de una ventana.

—Está enfadada contigo —dijo el niño.

Frank, que no comprendía nada, se acercó inmediatamente a la ventana, sacó la cabeza y vio cómo la Luna se iba acercando, poco a poco, a su parcela de espacio vacío. Una vez allí, giró sobre sí misma, dejando ver durante unos instantes su cara oculta, y, tras lanzar una mirada inquisidora contra Frank, recuperó su habitual aspecto rocoso. Después de contemplar semejante espectáculo, Frank miró al niño, que en ese momento estaba de espaldas, y volvió a sacar la cabeza por la ventana. La agradable brisa nocturna que corría por el jardín le hizo relajarse y sonreír pero, rápidamente, su atención fue captada por la tiniebla. Una espesa tiniebla que, a pesar de la potente luz lunar, continuaba instalada al otro lado de la vallita amarilla.

"Está siendo una noche bastante inusual. Tengo la impresión de llevar varios días sin dormir. Necesito descansar; seguro que, cuando lo haga, la luz llegará más lejos", se dijo Frank a sí mismo, sin dejar de mirar a la vallita.

De pronto el cuerpo de Frank se estremeció hasta perder la verticalidad. La causa de tanto estremecimiento fue un desagradable estruendo que lo sorprendió por la espalda. El niño, jugando con un muñeco, había tirado al suelo una batería de cocina de acero inoxidable.

—¿Has visto lo fuerte que es mi muñeco? Todo esto lo ha tirado él —dijo el niño con una evidente satisfacción en cada poro de su piel.

El cansancio y el molestísimo sonido del acero golpeando contra el suelo habían provocado en Frank cierta irritación. Sin embargo, dicha irritación no tardó en desvanecerse cuando por primera vez miró al niño con detenimiento. No había lugar para ningún tipo de duda. Ese niño era el propio Frank, con más de veinte años menos.

—Te voy a decir por qué la Luna está enfadada contigo, ¿vale? Pero no le digas que te lo he dicho, porque ella quiere que lo descubras tú mismo —cuchicheó el niño antes de lanzar el muñeco al aire, darle una patada según caía y continuar cuchicheando—. La Lunita dice que, hace mucho rato, te vio pasándolo muy mal y que trató de ayudarte, y que tú despreciaste su ayuda y que ella se sintió muy triste. Dice que tú ibas como un tonto acercándote a un sitio muy malo, un sitio donde solo pasan cosas malas. Dice que ese sitio es un hotel y que tú entraste como un tonto; y también dice que, antes de que entraras, ella se acercó a ti para explicarte que en ese lugar no debías estar. Para explicarte que tú allí no pintas nada. Dice que se arrimó todo lo que pudo, pero que tú no le hiciste ni caso. Otra cosa que me ha contado, con mucha pena, es que un ser de las estrellas, que estaba encima de ella de visita, empezó a hacerte aspavientos para que te fueras de allí. El pobre ser de las estrellas se angustió un montón porque él estaba allí tan tranquilo y, de pronto, te vio a ti comportándote como un papanatas y vio cómo la Luna trataba de ayudarte desesperadamente. Entonces el pobre ser intentó ayudar como pudo, pero lo único que consiguió fue desmayarse del sofocón. ¿Sabes una cosa? Nunca había visto a la Luna tan disgustada; menos mal que ha venido aquí y se ha relajado un poco, porque estaba que echaba chispas. Al final nos hemos reído y todo, pero cuando llegó no hacía más que hablar de lo mal que había quedado con el ser de las estrellas por tu culpa. La has liado buena, "topayo".

En el preciso instante en el que el niño dejó de hablar, una cacerola que hasta el momento había estado haciendo equilibrismo cedió ante los encantos de la gravedad y se estrelló contra el suelo, provocando el correspondiente desagrado en las orejas de Frank.

—Vaya, después de lo que me acabas de contar, todo este alboroto que has montado con el muñeco no parece tan reprochable —dijo Frank mirando al techo.

—No te preocupes —continuó el niño—. La Lunita es muy buena, y seguro que ya ni se acuerda del cabreo que tenía. Fíjate si es buena que, cuando tú has llegado, me estaba haciendo cosquillas como si no hubiera pasado nada. Además el ser de las estrellas se recuperó y, aunque se fue diciendo que nunca había visto a nadie tan absurdo como tú, seguro que si te vuelve a ver, no te va a decir nada... La verdad es que no estoy seguro de lo que significa "absurdo", pero creo que es malo que te llamen eso, ¿no?

—Pues no sé que decirte, en realidad casi me hace ilusión que alguien me llame así porque creo que es de los pocos calificativos que le faltaban a mi colección —contestó Frank ante la sería y penetrante mirada del niño. Una mirada que obligaba a continuar hablando—. Es broma. Es una broma, ¿vale? Que te llamen absurdo no le hace ilusión a nadie, pero así es la vida. Para que lo entiendas, entre "absurdo" y "tonto" no hay mucha diferencia pero, una cosa sí te digo en serio: no le hagas demasiado caso a lo que los demás digan de ti.

El niño, a juzgar por las carreras y los saltos que iba dando alrededor de la última cacerola en caer, parecía no haber prestado atención a lo que Frank acababa de decir. Pero, cuando Frank ya se creía ignorado, aquella voz infantil volvió a dejarse oír:

—¿Qué quieres decir con eso de que "así es la vida"? ¿Cómo es la vida?

—Cómo es no te lo puedo decir, pero lo que sí te puedo decir es cómo no es. No es como tú te la esperas. Ya te darás cuenta —contestó Frank con la sensación de haber entrado en una fiesta manguera en mano. La reacción del niño fue tranquila. Se sentó en el suelo, con la cabeza entre las rodillas, y comenzó a pasar una uña por la línea que separaba dos placas de mármol. Mientras hacía esto, se balanceaba y tarareaba una canción que Frank ya había olvidado.

—Lo siento —continuó Frank—. Cuanto antes tengas eso claro, mejor. Hay muchas cosas, más allá del año 1986, que te van a dar ganas de volver a este lugar y quedarte aquí para siempre, pero tienes que mirar hacia adelante. Quizás ahora mismo no entiendas lo que te estoy diciendo, pero créeme que lo entenderás.

El niño levantó la cabeza y dijo:

—Yo no puedo entender eso. No es que no quiera entenderlo, es que no puedo. Dices que la vida no es como yo me la espero. ¿Cómo quieres que lo entienda? Además, ahora que lo pienso, tus palabras me recuerdan a algo que me cantó la Luna una noche que me desperté llorando. La canción contaba la historia de unas personas que estaban amargadas y que decían que quienes no pensaran como ellos estaban muy equivocados. Que quienes no pensaran como ellos eran unos inmaduros o unos inocentones. Que con el tiempo se demostraría que ellos tenían razón, y los inmaduros y los inocentones tendrían que reconocer lo engañados que habían estado toda su vida. Pero al final la canción acaba bien. Acaba muy bien porque los amargados se quedan en sus casas esperando a que los que no piensan como ellos vayan, con un regalo, a presentarles excusas. Y como en la calle hace un clima muy bueno, con muchas flores y música, nadie se acuerda de los amargados, que se quedan en sus casas esperando el regalo por toda la eternidad. Es una canción muy bonita.

Como envuelto en la nebulosa del sueño, a Frank le llegó el lejano y brumoso recuerdo de aquella canción que una madrugada había calmado su llanto. No recordaba a la Luna pero, en algún lugar de sus sueños infantiles, una luz nocturna le secaba las lágrimas con paños pálidos mientras se deslizaba entre su despeinada melena de niño dormido.

—¿Conoces la canción? —preguntó el niño al ver cómo Frank bajaba la mirada y movía levemente los labios.

—Sí, creo que me la cantaron una vez cuando tenía tu edad. Cuanto más lo pienso, más convencido estoy de que a mí también me la cantaron, es curioso —contestó lentamente. La ocasional angustia que, hacía un instante, le abrazaba el esqueleto, ahora estaba desterrada. Aliviado por el destierro, Frank se quedó mirando al niño que un día fue con la convicción de que era una buena ocasión para guardarse sus lecciones. Había algo en la forma de sonreír de ese crío que no admitía réplicas.

—Me gustan mucho las canciones. ¿Te sabes alguna? —preguntó el niño entusiasmado.

— Ahora mismo no se me ocurre ninguna —contestó Frank sin mucha convicción.

—Venga, cántame una por favor, venga, cántame una, cántame una… —pidió el niño con cara de pena.

—Pero es que no se me ocurre nada —insistió Frank con algo más de convicción.

—¡Mentira! Seguro que te sabes alguna, pero no me la quieres cantar. Venga, "topayo", cántame una por favor, cántame una… —reiteró machaconamente el niño tirando a Frank de los pantalones.

—Vale, vale, espera que se me ocurra algo —acabó diciendo Frank, sin ganas de decirlo. Entonces le vino a la memoria una canción que él mismo había escrito en su adolescencia. Era una canción que tuvo cierto éxito entre su grupo de amigos y que, más de una vez, llegó a cantar, con su guitarra, en diversas fiestas veraniegas. Acompañando a este recuerdo agradable, venía adjunto el recuerdo de su hermano Tom, completamente drogado, lanzándose desnudo a una piscina sucia. Para evitar este segundo recuerdo, Frank se puso a cantar:

Dentro hay algo que necesita salir
dentro hay algo que necesita salir
dentro hay algo que necesita salir.
Voluntarias anónimas
sonriéndome, tocándome
cambiando de gesto
de peinado
de medias.
Una rubia, otra morena
buscan en mi pecho.
Algo suena dentro
¿Qué puede ser?
Dentro hay algo que necesita salir
dentro hay algo que necesita salir
dentro hay algo que necesita salir.
Buscan en mi pecho.
Algo suena dentro
¿Qué puede ser?
Cuando yo lo sepa
valdrá la pena

Justo al terminar la canción, unas carcajadas francamente contagiosas empezaron a rebotar por las cuatro paredes de la habitación.

—¿Pero qué es eso? No he escuchado nada más tonto en mi vida, ¿cómo es? ¿"Algo necesita salir"? Qué tontería... —decía el niño entre risotadas y con lágrimas en los ojos.

Frank se acercó al niño que estaba revolcándose en el suelo y se puso en cuclillas junto a él.

—¿Sabes una cosa? —preguntó Frank.

—¿Qué? Je, je, ¿qué cosa? —preguntó también el niño.

—Que me caes muy bien —susurró Frank al oído del alegre crío.

Inesperadamente unos ladridos, que parecían provenir del interior de un lustroso armario, comenzaron a hacerse odiar. Al acercarse al armario con la intención de abrirlo, Frank se dio cuenta de que ese mueble formaba parte del decorado de su niñez. No en vano aquel trozo de madera, tan concienzudamente pulido, había sido, años atrás, la pieza de mobiliario más pretenciosa y paladeable de la casa de sus difuntos y queridos abuelos.

Al abrir el armario, en su interior, aparecieron los dos *hippies* con los que Frank creía haber soñado sobre el diván. Por supuesto, el molesto y reiterativo perro grande y gordo también estaba allí.

La escena era simple. Los dos *hippies*, dentro de una *roulotte*, se miraban fijamente como si el uno intentara encontrar en la cara del otro algo que los sacara del asombro. Y esto fue así hasta que uno de ellos dijo: "este tío canta bien, colega". Entonces el otro cogió torpemente unas llaves y trató de arrancar, a toda prisa, la *roulotte* donde estaban metidos. Frank, harto de tanta sorpresa, se limitó a cerrar la puerta del armario.

Por su parte el niño, que tampoco daba la sensación de haberle concedido demasiada importancia al suceso, se acurrucó a Frank y, después de cogerle una mano, dijo: "vamos a la habitación grande, ya verás qué chula es".

El tiempo que tardaron en llegar a esa habitación se estiró de una manera evidente. Aquel ralentizado tic tac de origen esquivo, sin duda, marcaba el ritmo a un enjambre de hilos invisibles que se movían en silencio. Un enmarañado enjambre cuya influencia llegaba hasta al más fugaz de los parpadeos. Además de eso, el ambiente que allí dentro se respiraba otorgaba a cada objeto, pared o ventana la desgastada apariencia de una película antigua.

Durante todo el trayecto, Frank sintió que la pequeña mano que le guiaba no podía llevarle a ningún lugar alejado de la vida.

—Ya hemos llegado, "topayo". ¿Ves esa cortina con estrellitas dibujadas? —Frank asintió con la cabeza—. Pues sal corriendo desde aquí y, cuando estés cerca de la cortina, pega un salto y atraviésala como si te tiraras al mar —añadió el niño con los mofletes encendidos por la ilusión.

Frank, conmovido por la ilusión que desprendían esos mofletes, miró hacia la cortina y, al mirar, notó cómo se le formaba un nudo marinero en el estómago. Casi al unísono, una nube de mariposas se puso a revolotear alrededor del nudo; pero a pesar de tanta cosa rara, Frank estaba decidido a hacer lo que el niño había dicho. Entonces se soltó de la pequeña mano, atravesó corriendo una cocina diminuta, y, cuando estaba a medio metro de la cortina, pegó un salto que le hizo caer al vacío con la estrellada tela pegada a la cara.

La sensación inicial, una vez realizado el salto, fue la de caer por un desagüe. Emitir un grito idéntico a los que se suelen oír cerca de una montaña rusa fue inevitable para Frank. Por suerte ese vértigo duró poco, ya que la ley de la gravedad desapareció antes de que fuera capaz de reprimir su larguísimo grito. El problema —ahora que la gravedad se había ido sin despedirse— era quitarse la cortina de la cara, porque ciertamente la respiración comenzaba a convertirse en un añorado lujo. Una vez solucionado el problema, Frank se encontró flotando en algún punto del universo. A la derecha un planeta rosado, a la izquierda tres asteroides, arriba la constelación de Escorpio y abajo un cúmulo de galaxias arremolinadas girando y chocando las unas contra las otras provocaban así, de esta manera tan distraída, el inicio y el final de miles de civilizaciones.

—¿Qué te parece la habitación grande? ¿Es chula o no? —preguntó el niño en la lejanía.

Abrumado por el colosal espectáculo, Frank necesitó tragar saliva cuatro veces antes de poder contestar:

—Dios mío, ante esto lo único que uno puede hacer es renunciar a cualquier tipo de explicación humana y disfrutar.

Una vez pronunciadas estas palabras se hizo el silencio durante largo rato. Frank y el niño permanecieron quietos, flotando con la vista perdida en la profundidad eterna, mecidos discretamente por una oscura mano ajena al tiempo.

Y, cuando la somnolencia volvía a Frank como una novia enamorada, el niño dijo:

—Es curioso, cuando te he preguntado qué te parece esto, en tu contestación has utilizado el verbo "renunciar" antes que el verbo "disfrutar".

—Bueno, ya me entiendes —contestó Frank importunado por la repentina ausencia de silencio.

—¿Que ya te entiendo? ¿Tengo cara de entenderte? Soy un niño, ¿recuerdas? —dijo el inocente crío levantando una ceja.

Frank, penosamente abandonado por su amada somnolencia, utilizó ambas manos para frotarse la cara y, estrenado ojeras, contestó:

—A veces tengo la impresión de que sabes más de lo que aparentas; eres bastante sorprendente, chaval. —El niño se rió, y Frank continuó—: La verdad es que no me acuerdo de cuál fue exactamente mi contestación y, siendo sincero, no tengo nada claro que fuera tal y como tú dices. ¿Estás seguro de que fue así?

El niño volvió a reírse asintiendo con la cabeza, y Frank volvió a continuar:

—Vale, suponiendo que ese fue el orden de los verbos, lo que sí recuerdo haberte dicho es que lo único que uno puede hacer, ante esta maravilla, es renunciar a buscarle una explicación. Las posibilidades de encontrar una explicación más o menos razonable a la existencia del universo, por parte de un ser humano, son las mismas que tiene una pulga de resolver un logaritmo neperiano. Ni más ni menos.

—Creo que lo que dices es demasiado complicado para mí —dijo con algo de desánimo el niño, que, luego de haberse hurgado sin desánimo la nariz, continuó con lo que tenía que decir—: No entiendo por qué no puedes simplemente disfrutar de esta habitación tan bonita sin renunciar a nada. ¿Para qué quieres una explicación? ¿Los atardeceres necesitan una explicación? No sé, no sé. Y lo que acabas de decir de las posibilidades y los "logarimos" esos, me parece que es el colmo de los colmos. Ni más ni menos.

Un poco ofendido por el rapapolvo del mocoso, Frank tomó la palabra:

—Mira, chico, no quiero deshincharte el globo porque te garantizo que se deshincha solito, pero tú no existías hace solo diez años, y hay cosas que requieren su tiempo para ser comprendidas —una vez dicho esto, el remordimiento se apresuró en aparecer, y Frank continuó hablando—. De todas formas, no creo que...

—¡Cállate! —interrumpió el niño—. Eres muy pesado, ya te hablé antes de la canción de los amargados y no tengo ganas de repetirlo. Además eso de que yo no existía hace diez años es mentira. La lucecita que hay dentro de mí lleva encendida el mismo tiempo que llevan encendidas todas estas lucecitas que ves a tu alrededor. Y, según me ha contado la Luna, aquí siempre ha habido lucecitas brillando, así que hazte el favor de no decir más tonterías.

"¿Pero qué dice este niño? ¿Así era yo? Todo lo que sale por su boca me recuerda, vagamente, a una remota especie de lucidez que debió ser mía y que, en algún momento, se me desdibujó hasta convertirse en un garabato", pensó Frank.

—La Lunita siempre me explica las cosas muy bien — continuó el niño—. Ella y yo hemos hablado mucho sobre dejar de existir y eso. A la pobre le damos un poco de pena los seres humanos, porque dice que tenemos un rompecabezas muy gordo encima. Dice que somos conscientes de todo pero que nunca podremos comprender, utilizando la razón, qué hace aquí este montón de planetas flotando en el vacío. Porque podría no existir nada, pero el caso es que no es así, y nosotros los humanos estamos vivos y respiramos y cantamos y decimos palabrotas... Mucha gente dice que no cree en nada, que nos morimos y ya está, pero nadie puede estar seguro de que todo termine al morir. ¿Sabes una cosa? No se lo digas a nadie, pero a la Luna le hacen mucha gracia esos señores tan serios que afirman tajantemente que después de la muerte no hay nada y que Dios no existe. Esos señores suelen ser muy inteligentes... A veces lo afirma un escritor, a veces un director de cine, a veces un catedrático... Pero realmente no están seguros ni de broma. Con lo inteligentes que son, ¿cómo van a estar seguros? Es imposible. Aunque digan que están seguros, no lo están. Incluso puede que crean que están seguros durante mucho rato, pero siempre hay momentos de flaqueza, y la duda aprovecha muy bien esos momentos. Con lo bien hecho que está todo, lo increíble que es estar vivo y lo inteligentes que son esos señores, no hay más remedio que reírse un poco cuando se ponen tan tajantes.

—Lo de la lucecita de tu interior, ¿te lo ha dicho la Luna? —preguntó Frank.

El niño se rió y contestó:

—No hombre, eso no; ¿para qué? La lucecita es una cosa que siento yo dentro de mí, y no hace falta que nadie me lo explique. Algo que sí me ha dicho la Luna es que a veces se siente muy mal mirando lo que pasa en la Tierra. Tan mal que se tiene que ir a dar una vuelta a que le dé el aire... Eso la tranquiliza mucho. Lo que hace en esos casos es dejar pegada, con chicle, una foto suya y largarse por ahí a maldecir en soledad. Así nadie la echa de menos. Por cierto, hoy estaba tan alterada con tu aventura en el hotel que se le olvidó pegar la foto. Cada vez que me acuerdo de que trató de ayudarte y de que tú pasaste de ella... Mejor hablar de cosas más divertidas,

¿no? A menudo la Lunita me cuenta cosas que son para troncharse, lo que pasa es que ella es muy graciosa y yo no sé si tengo la misma gracia. Una vez estuve a punto de explotar de la risa. Fue cuando me contó lo de... ¿Cómo era? ¡Ah, sí, ya me acuerdo! Ja, ja, ja... Fue cuando me contó eso de la muerte del ateo. Qué bueno fue.

—¿La muerte del ateo? —preguntó Frank con un supremo agotamiento hundiéndosele en las venillas de los ojos.

—Sí, imagínate qué locura —continuó el niño—. Además utilizó, para contármelo, un pequeño teatrillo de marionetas. Había un hombre con cabeza de cerdito, un cangrejo, una mujer embarazada, un cazador de focas y cosas así. La verdad es que todas esas marionetas parecían moverse solas, estoy seguro de que tú también te hubieras partido de la risa. Al final de la representación, se cerraban unas pequeñas cortinitas rojas y se escuchaba la voz de la mujer embarazada que decía que, puestos a ser razonables, lo más normal sería que el universo no existiese. Que todo fuese nada. Igualito que la muerte del ateo, ¿entiendes, "topayo"? Sin embargo, lo que ocurre es que estoy aquí hablándote, y todo lo que nos rodea parece no prestarle mucha atención a la razón humana. El día que la Lunita sacó el teatrillo, comprendí que nadie puede estar seguro de nada, y menos aun de lo que sucederá cuando cerremos los ojos para siempre.

A pesar del placer que le producía oír lo que estaba oyendo, Frank no pudo evitar que sus párpados cayeran como si sus pestañas superiores se hubieran transformado en plomo.

—¡Joder, tío! ¿Cuánto queda para llegar?

—¡Yo que sé! ¡Aquí hay un tráfico de la hostia, y esta gente no me deja pasar!

Al oír esto, Frank, claramente sobresaltado, trató de incorporarse para tranquilizar a esos dos *hippies* tan escandalosos. Entonces se percató de que apenas podía moverse. El dolor de cabeza que le taladraba era de lo peorcito que había padecido en su vida, y lo único que pudo hacer, con gran dificultad, fue mover hacia abajo los globos oculares. Gracias a ese movimiento ocular, Frank pudo darse cuenta de que iba tumbado en la parte trasera de una *roulotte*. Por encima de su torso, llevaba echada una manta que olía a todas las sustancias fumables de la tierra, mientras que su sufrida cabeza iba apoyada sobre un neumático de caucho que —a pesar de considerarse sustancia no fumable— tenía dados unos pellizcos francamente sospechosos.

—¿Qué hago aquí? —preguntó Frank con la boca reseca.

—¡Ey, tío! ¡Está hablando! ¡Se ha despertado! —gritó uno de los *hippies*.

—¿Qué hago aquí? —volvió a preguntar Frank con un perro grande y gordo olisqueándole la cara.

—¿No te acuerdas de nada? Te encontramos tirado delante de nuestra *roulotte*, en medio del bosque. Menos mal que el perro se puso a ladrar, y salimos a ver qué pasaba porque, de no haber sido así, me parece que te hubieras quedado tieso — dijo el *hippie*.

—¿Cuánto tiempo llevo inconsciente? —preguntó Frank, con el perro grande y gordo lamiéndole un pie.

—¿De verdad que no te acuerdas de nada? Qué fuerte, tío. Cuando te levantamos del suelo, montaste un *show* de la hostia y después te desmayaste otra vez. Creo que llevas inconsciente tres cuartos de hora —dijo el *hippie* entusiasmado por lo psicodélicas que le resultaban esas circunstancias.

Imitando a una bendición, los rayos del Sol, que entraban por una ventanilla, iluminaron la cara de Frank provocándole una cálida sensación de regreso al mundo. Al otro lado del cristal, el cielo azul se abría como un abanico salpicado de nubes. Más abajo, se veía pasar el metálico brillo de los coches con sus alargadas antenas.

Mientras Frank dejaba que su mirada se perdiese a través de la ventanilla, el *hippie* comenzó a hablar de nuevo sin ser consciente de que sus palabras estaban siendo completamente ignoradas. Entre el ajetreo de los coches, Frank había visto pasar, sonriente y veloz, a la sirena más bella que el océano de la creatividad podría haber imaginado jamás.

—Melisa —murmuró Frank. Como abriéndose paso entre las sábanas de la realidad, aquella preciosidad morena y añil se había acercado saludando, con sus infinitos ojos de gata marina clavados en Frank.

Ese momento tan vago y sutil quedó detenido para siempre, eternamente apartado de las prisas, en el lugar donde se almacenan las cosas que hacen de la vida un sueño borroso.

—¡Ey, ey, colega! ¿Estás ahí? Te estas poniendo muy amarillo, tronco. ¿Me oyes? —preguntó el *hippie* mientras golpeaba las mejillas de Frank y ahuyentaba, de esta manera, a la preciosa Melisa.

—La cabeza... La cabeza me duele... —contestó Frank, soportando una honda punzada en la nuca.

—Tranquilo, tío, ya estamos llegando al hospital. No sé qué droga has tomado, pero más vale que seas sincero con los médicos, porque esa gente... —el *hippie* siguió hablando pero, pese a sus buenas intenciones, fue nuevamente ignorado debido a que las palabras "hospital" y "droga" habían causado en Frank una desorientación absoluta. Una oscura intranquilidad, ante la posibilidad de que algún tipo de tragedia se manifestase, hizo acto de presencia. Atenazado por el incipiente terror que comenzaba a brotarle del estómago, Frank giró lentamente la cabeza. Frente a él surgió, como desconectado de la realidad, el alargado rostro del *hippie*. Moviendo rápidamente los labios. Haciendo muecas sin parar.

Con un detenimiento espectral, Frank posó su mirada en la manera que la desordenada melena del *hippie* tenía de caer sobre los hombros. Ni el motor de la *roulotte*, ni el ruido de la calle, ni voz alguna. Ningún sonido era más nítido, en ese transcurrir de segundos, que el canto de los pájaros.

De pronto, tan sorpresivos como rollizos, unos pequeños dedos se dejaron ver, juguetones, al enredarse, completamente exentos de delicadeza, en las greñas del *hippie*. Frank levantó, como pudo, los globos oculares y vio al niño sacándole la lengua con una simpatía a prueba de bomba.

—Tranquilo, "topayo", no te preocupes por nada. Todo va a salir bien. Cierra los ojos y descansa.

Dicho y hecho; Frank cerró los ojos y, guiado por la última burla que el niño le regaló, se sumergió en la paz más simple.

VI. Cosas que pasan

—Ahí os quedáis con todas vuestras aspiraciones, con todos vuestros tratamientos contra la caída del cabello, con todos vuestros celos, con todos vuestros malentendidos, con todo vuestro orgullo, con todas vuestras armas, con todo vuestro sadismo, con todas vuestras piscinas, con todas vuestras medias de seda, con todos vuestros alargamientos de pene, con todos vuestros salarios, con toda vuestra inseguridad, con todos vuestros líderes políticos, con toda vuestra cobardía, con toda vuestra economía de mercado, con todas vuestras desigualdades, con todos vuestros desfiles de moda, con todas vuestras apariencias, con todas vuestras aduanas, con todos vuestros calendarios, con toda vuestra ira, con toda vuestra lencería de cuero, con todos vuestros pordioseros ignorados, con todas vuestras agencias de viajes, con toda vuestra desconfianza, con todos vuestros criminales, con toda vuestra esclavitud maquillada, con todos vuestros chicos malos, con toda vuestra bilis, con todas vuestras palizas, con todos vuestros militares, con todos vuestros proxenetas, con todos vuestros látigos, con todos vuestros prometedores futuros, con todos vuestros pulcros ombligos, con todas vuestras traiciones, con todos vuestros alimentos caducados, con toda vuestra idiotez, con todas vuestras listas, con todos vuestros listos, con toda vuestra sofisticación, con todas vuestras verdades hirientes, con todas vuestras banalidades, con todas vuestras refinadas maneras de desfiguraros la vida... Ahí os quedáis con todo

133

eso, muchachos y muchachas del mundo, yo me voy para no volver. Me voy con mis padres, me voy con Neruda, me voy detrás de lo que hay detrás del celeste. De aquí me llevo un beso lento, una palabra, una lágrima compartida, un momento a solas y cien milagros más. Me los pienso llevar todos. No dejaré ninguno, y con el mal… Con el mal haré un florero.

Esto fue lo que Frank escuchó a su lado durante unos entrecortados instantes de agotadora conciencia. Lentamente y sin llegar a abrir los ojos, volvió a quedarse dormido. Horas después, el cuerpo de Frank consiguió reunir la energía suficiente para poder abrir los ojos y, después de enfocar la vista, verse postrado en una mullida cama de hospital. A la izquierda una pared, al frente un señor con pinta de médico, y a la derecha dos enfermeros, acompañados por un celador, se llevaban en una camilla a la persona de la otra cama. El dolor de cabeza que había atormentado a Frank ya apenas se notaba, pero el cansancio físico era más que evidente.

—Pobre hombre —musitó el médico mirando a la camilla que abandonaba la habitación.

—¿Qué le pasa? —preguntó Frank causando cierto sobresalto en el robusto celador.

—Buenas tardes, por fin se ha despertado usted —dijo el médico, también algo sobresaltado.

—Buenas tardes —contestó Frank.

—Por desgracia, su compañero de habitación ha fallecido. Lo están trasladando al mortuorio —afirmó el médico sin ningún tacto.

La reacción de Frank ante tanta frialdad fue girar la cabeza hacia la derecha y, mirando a una luminosa ventana, decir con voz clara:

—Dale recuerdos a Neruda y no te olvides del florero.

Justo en ese momento, el celador, que había vuelto para coger un papel olvidado, pasaba al trote cochinero junto a la luminosa ventana. Sorprendido por lo extravagante de la frase, el fornido celador se frenó como si le fuera la vida en ello y, después de mirar absurdamente a las cuatro esquinas de la habitación, reinició su trote con una extraña despersonalización persiguiéndole por los pasillos del hospital.

—¿Con quién habla? —preguntó el médico. Durante unos segundos se hizo el silencio dentro de la habitación.

—No hablo con nadie, no se preocupe por mi salud mental. Solo estaba pensando en voz alta. ¿Sabe una cosa? A veces siento con demasiada intensidad. Pensaba en lo frágil que es todo. Cualquier vida se parece mucho a una burbuja, y lo que más suele abundar en la superficie de la burbuja son pequeñas bobadas. Me gustaría no ser tan partícipe de lo que estoy diciendo, créame. Por cierto, ¿qué hago aquí? —dijo Frank sin ser muy consciente ni de lo que decía ni de la ofensivamente ausente cadencia de sus palabras.

—¿No se acuerda de nada? —preguntó el médico.

—De nada que me resulte útil para comprender qué hago aquí —contestó Frank.

—Pues resulta que usted casi revienta su propia burbuja porque, al parecer, ha estado gravemente drogado cerca de tres días. Al menos ese es el tiempo que hace que salió de su casa. Lo sabemos gracias a su novia, que llegó esta mañana y que se tuvo que tomar un tranquilizante cuando le explicamos la situación. La pobre chica no se podía creer lo que había ocurrido. Maika es una joven muy agradable y muy guapa; la verdad es que no creo que se merezca esto, ¿no le parece? —dijo el médico.

Frank, cada vez más consciente de la gravedad de la situación, frunció el ceño y, con pesadumbre en el pecho, contestó:

—Recuerdo haber salido de casa enfadado por algo, pero no sé a dónde fui… Dios mío, ¿qué hago aquí? No puedo recordarlo, joder, esto parece un mal sueño. Además me siento tan cansado… Le juro que no entiendo nada… Yo no me he drogado, no me he drogado.

—Que usted ha tomado una sustancia alucinógena es un hecho fuera de toda duda. Al menos eso es lo que hemos encontrado en su orina. Los análisis toxicológicos no mienten. Cuando le trajeron aquí, a usted le temblaba todo el cuerpo violentamente, lo cual es un síntoma. Además de eso tenía las pupilas dilatadas, y decía ver cosas que nadie más veía. Me parecen motivos más que suficientes para decirle, sin temor a equivocarme, que usted ha estado peligrosamente drogado. Usted ha tomado ácido —afirmó el medico con gesto solemne.

En ese momento fue cuando Maika apareció en la habitación. Venía tan guapa como siempre, pero en su desmaquillado rostro se podían apreciar, con claridad, las marcas de la angustia y el enojo. Frank, en su debilidad, la miró con ganas de saltar de la cama, echar al médico de un empujón y revolcarse con ella hasta que alguien se quejara del ruido. Sin embargo, su estado físico no le daba para más de un abrazo.

—¿Nos puede dejar a solas, por favor? —preguntó Maika mirando al médico de reojo.

—Por supuesto —contestó el médico utilizando el tono de voz más seductor que sus cuerdas vocales le permitieron emitir.

Acto seguido, el eminente doctor cerró su blanquísima bata con un gesto elegante para, a continuación, salir de la habitación malgastando una sonrisilla cuya razón de ser no era otra que la de encontrar algo de complicidad en aquella chica tan rubia. Sonrisilla que pasó perfectamente desapercibida.

Ocurrido esto, Maika comenzó a desahogarse:

—No tienes ni idea de lo mal que lo he pasado, Frank. He llegado a pensar que estabas muerto. Por favor, te pido que no me interrumpas, déjame hablar. Lo primero que quiero que tengas claro es que nunca en mi vida me había sentido tan mal por culpa de alguien. No sabía qué hacer ni a dónde ir para tranquilizarme… No lo sabía… Y resulta que tú estabas experimentando con las drogas como un subnormal.

—Maika, escúchame, te juro que no me he drogado. No sé por qué, pero no tengo ningún recuerdo de lo que me ha pasado; de lo único que me acuerdo es de que salí de casa para dar una vuelta. Solo quería pensar un poco…

—¡Que te calles! —gritó Maika conteniendo las lágrimas—. Yo te voy ha decir lo que te ha pasado. ¿Creías que no me iba a enterar? He hablado con gente que te vio aquella noche, y todos coinciden en lo bien que te lo estabas pasando en el garito que tú y yo sabemos. ¿Me estás escuchando? Resulta que a nadie le dio la sensación de que estuvieras pensativo o preocupado por algo, más bien todo lo contrario. Dicen que bebiste con ellos y que, después de muchas risas, entraste en el servicio dando tumbos. También dicen que, ya antes de entrar, tenías cara de haber bebido demasiado. Lo que hiciste allí dentro solo lo sabes tú… Tú y cualquiera que le eche un vistazo a tu análisis de orina. Después de eso, ya nadie te volvió a ver.

—Esto está empezando a molestarme, guapa. Por si no te has dado cuenta, estoy un una puta cama de hospital sin saber cuál es el jodido motivo, y encima tengo que soportar que me hables como si, en lugar de hablar tú, hablara tu madre.

—No me puedo creer lo que estoy oyendo. Esto es demasiado. Eres el caos, y ya me tienes muy harta. He sido todo lo comprensiva que he podido, pero me tomas por tonta. El otro día intenté hablar contigo, y lo único que conseguí fue que te largaras de mala manera… A ti te gustan las cosas sencillitas, ¿verdad? Si me encuentras desnuda, me haces el amor, y si hay una botella de vino abierta, te la bebes. El señor no quiere complicaciones porque, si detecta la más mínima complicación, se larga y se droga hasta perder el conocimiento. ¿Me equivoco? Da igual que yo aun siga desnuda o que esté llorando como una imbécil; el señor se limita a decir algo acerca de unos figurantes lobotomizados y se va por ahí a distanciarse todo lo que pueda de la realidad. Me estás empezando a dar pena.

—Pues te metes tu pena por donde te quepa. Espacio tienes de sobra.

—¿Qué acabo de oír? ¡Ah, ya! Se trata de tu famoso ingenio mezclado con mala leche, qué cosa tan maravillosa. Parecía imposible, pero ahora me das más pena aun; si tú sigues así y yo sigo tu consejo, esto va a terminar gustándome.

—Me estás hablando como si yo me comportara así habitualmente. Déjame en paz.

—Pues eso es precisamente lo que voy a hacer, dejarte en paz. Pero, a cambio, tú tienes que hacer algo. Es muy sencillito, no creo que te cueste mucho trabajo. Lo único que tienes que hacer es olvidarme, ¿de acuerdo? Igual que se te ha olvidado lo que tomaste la otra noche, ahora me vas a olvidar a mí, y todos contentos.

—Todo esto me parece un auténtico asco. Te estás comportando fatal, Maika.

—¿Y tú? ¿Cómo te estás comportando tú? Mírate, Frank. Es tan fácil como eso.

—Me parece estupendo. Eso es lo que vamos a hacer, no sé cómo no se me ha ocurrido a mí. Tú te compras un billete de ida con destino al olvido, y yo me quedo aquí mirándome. No creo que haya nada más que hablar.

Maika no tardó en salir de la habitación. Frank tuvo la impresión de que la temperatura había bajado diez grados. Tal y como él mismo sugirió, no hubo nada más que hablar (ella se había limitado a recogerse el pelo con una goma verde y a desaparecer).

La reacción de Frank fue nula, aturdido por lo que acababa de suceder; lo único que pudo hacer fue quedarse mirando al techo con los ojos como platos. La indignación que le había hecho decir lo que dijo se había esfumado, y ahora lo que más abundaba en esa habitación era el remordimiento. Un remordimiento que amagaba con remitir cuando la indignación amagaba con volver.

Así de entretenido estuvo Frank hasta que al remordimiento se le unió la desolación. Una desolación que no amagó.

Lo más difícil de sobrellevar para Frank, allí tumbado, era el recuerdo de la cara de Maika antes de salir de la habitación. Durante toda la conversación, esa cara había conservado la dosis justa de frialdad. Una dosis que para Maika era muy necesaria cuando quería hacerse entender de verdad, cuando necesitaba mostrar sus inquietudes más lóbregas. Pero aquella frialdad se había desmoronado en el último momento. Justo al acabar de recogerse el pelo, cuando pensaba que Frank ya no la miraba, sus rosados rasgos de chica hermosa se encogieron de pura tristeza.

Poco a poco fue oscureciendo. Y con la luz se fueron también las pocas energías que mantenían a Frank despierto. La principal compañía durante ese inquieto duermevela fueron los sonidos del hospital. Los sonidos y un continuo olor a desinfectante y medicamentos que no ayudaron a que los sueños de Frank fueran dulces.

A la mañana siguiente, el Sol brillaba como si se hubiera inflamado repentinamente y, a causa de una violenta autocombustión, estuviera al borde de la extinción. Avasalladores penetraban sus rayos a través del sufrido vidrio, al cual solo le faltaba sudar. Era como si el mundo se hubiera vestido con sus mejores galas para animar a Frank. Sin embargo Frank, a pesar de estar casi despierto, seguía con los ojos cerrados y la almohada en la cabeza. Tercamente ajeno a esplendores de toda índole.

Bajo la almohada, en la oscuridad de su yo, giraban en un carrusel todos los problemas que le absorbían. Montando un caballito negro, pasó su hermano Tom, que se limpiaba de sangre las mangas de la camisa. Al poco tiempo pasó Maika, montada sobre un pulpo decorado con lunares. Iba riéndose a carcajadas y, entre los dedos, llevaba una foto rota de Frank. Justo detrás pasó un autobús amarillo; en él iban montados algunos ex compañeros de facultad. Parecían pasarlo bien. Cuando el autobús dejó ver lo que venía detrás, Frank vio cómo su propio cuerpo se acercaba, desnudo, arrastrando los pies sobre las chirriantes maderas del carrusel. Mostraba un libro con las páginas en blanco y en su empapada frente, entre los pelos del flequillo, llevaba escrita la palabra "maniaco".

Frank despegó los párpados con fuerza. Tenía ganas de gritar pero, en lugar de eso, cogió la almohada y la lanzó de una manotada contra la cara del recién llegado médico. Con mucha educación, el honorable doctor le devolvió la almohada y le comunicó que tenía el alta médica, que debía abandonar la habitación lo antes posible, que esperaba no volver a verle por allí, que hacía un día sorprendentemente caluroso y que, en consecuencia, era muy recomendable mantenerse lo más hidratado posible.

Ya en la calle, Frank comenzó a deslizarse entre la gente malhumorado consigo mismo. O mejor dicho, malhumorado con la parte de sí mismo menos controlable, es decir, con su subconsciente. Esa especie de sueñecillo detestable que, en la frontera de la vigilia, le había sobresaltado consiguió también revolverle el estómago con más eficacia de la deseable. Sin embargo, en contraposición a las náuseas, lo cierto era que Frank no se sentía totalmente responsable de lo que su mente le había obligado a contemplar.

"Una cosa es ser consciente de los problemas que afean mi vida y otra, muy distinta, es montar a esos problemas en un carrusel y ponerlos a dar vueltas en el centro de mi alma", pensó Frank advirtiendo que ya no se sentía en absoluto responsable de lo que su mente le había obligado a contemplar.

Como si no tuviera nada mejor que hacer, comenzó a mirar a su alrededor. Las calles de Hamburgo, el Sol en todo lo alto, una falda azul, el murmullo del Elba acompañando y, de pronto, la ausencia de náuseas.

—¿Qué pasa, tío? ¿Cómo estás? Que alegría, colega —dijo un buen amigo de Frank surgido tras una esquina, con una alegría tan sincera como contagiosa.

—Pues ya me ves, tío, despistado para variar. ¿Cómo te va? He estado a punto de llamarte muchas veces, pero al final siempre surgía algo —contestó Frank con toda su simpatía a flor de piel.

—Sí, ya, ya… Pues lo que vamos a hacer, y no me digas que no, es ir a comprar un par de cosillas que me hacen falta. Te invito a comer en mi casa, tío, ¿sí o sí?

—Sí, ¿no?

—Je, je, je… Qué ganas tenía de verte. Te voy a hacer unos espaguetis que no olvidarás

Veinticuatro horas después, Frank salía, despidiéndose, de la casa de su amigo. Durante ese tiempo comieron, escucharon música, fumaron, vieron dos películas, jugaron a los dardos, escribieron un poema a medias y, sobre todo, hablaron de Frank (y de sus circunstancias).

Aunque, en principio, se suponía que la visita consistiría en un almuerzo, una charla más o menos animosa y una sobremesa más bien breve, no fue eso lo que ocurrió. Todavía no habían hervido los espaguetis, cuando Frank comenzó a desahogarse como si le fueran a ejecutar al amanecer. No se dejó dentro absolutamente nada y, sin vacilar, aceptó la invitación de su amigo para pasar allí la noche. A grandes rasgos, lo que Frank necesitaba era distraerse, compartir sus inquietudes, oír una opinión acerca de lo que le estaba sucediendo, e improvisar algún verso. Y así fue.

Después de gozar de la cálida comprensión de la amistad, Frank se encontraba bastante mejor y, durante todo el camino a casa, estuvo entretenido imaginando tres posibles variantes de la discusión que, con mucha probabilidad, le esperaba con Maika.

Ya dentro de casa, Frank comenzó a notar, de manera insidiosa, una intranquilidad llena de espinas moviéndose por sus intestinos. A cada paso que daba a través del pasillo de la entrada, crecía en su interior la irracional certeza de que algo no iba nada bien.

Lo que, finalmente, se encontró en el salón no hizo sino confirmar lo que temía. Maika le había dejado de verdad. Un montón de cajas, con las pertenencias de Frank dentro, daban fe de ello. A modo de inexorable confirmación de la ruptura, encontró sobre una mesa la siguiente nota: "Me he tomado unas vacaciones. Cuando vuelva no quiero ver nada tuyo por aquí".

Una vez leída la nota, Frank se dejó caer sobre la caja que contenía su colección de libros. A continuación se sentó en el suelo, miró por la ventana y, de un modo automático, se le ocurrió este verso: "Cuando alguien sale de tu vida, el mundo parece una fábrica abandonada". Rápidamente anotó el verso en un papel y se lo guardó en el bolsillo trasero del pantalón.

Durante horas, Frank permaneció sentado en el suelo con el corazón prácticamente disuelto. De pronto, sin motivo aparente, su estado de ánimo mejoró y empezó a pensar que no todo estaba perdido y que, si buscaba bien, encontraría alguna pista que le indicara cuál era el destino que Maika había elegido para sus vacaciones. Sin embargo, después de rebuscar mucho, no encontró absolutamente nada que arrojara luz al respecto. La consecuencia inmediata fue que su estado de ánimo volvió a empeorar.

"En algún lugar tiene que estar la respuesta, tiene que estar en algún lugar", pensaba Frank antes de que, también sin motivo aparente, le viniera a la mente el ordenador que casi nunca utilizaban. Entonces fue hasta él, lo encendió y se puso a mirar las últimas páginas de Internet visitadas.

Todas eran páginas de agencias de viajes. Todas desembocaban en la Alhambra.

VII. La enfermera muerta

En algún momento de su condena, Tom cerró los ojos y se perdió en lo más profundo de sí mismo. El sueño que le tocó aquella fría noche, en la ruleta del subconsciente, transcurrió tal y como se describe en las siguientes líneas.

Era un día muy luminoso y, en la azotea de aquel rascacielos robusto y metálico, se podía disfrutar de una temperatura sumamente agradable. Tom, que vestía de un modo veraniego, estaba tumbado, sin pensar en nada mundano, sobre el caliente suelo de aquella elevadísima azotea que casi rozaba las nubes. Mientras el planeta Tierra se desplazaba por su camino de vacío, los rayos del remoto Sol se precipitaban sobre Tom como una cálida cascada preñada de bienestar y despreocupación. Nada de lo que pudiera suceder en el mundo era más importante que la relajación que sentía sobre sus pesadas y palpitantes manos.

De pronto, unos pensamientos perturbadores cogieron a Tom por sorpresa. "¿Cómo sé que estoy en un rascacielos? ¿Cómo sé que el rascacielos es robusto y metálico? Todo lo que puedo recordar, por más que me esfuerce, está relacionado con el cielo, con las nubes, con los destellos del Sol y con estar tumbado sin mover un dedo. No hay nada en mi memoria que no sea soleada inactividad y, lo que es peor, no hay nada en mi memoria que me aclare cuándo demonios he ido a ver dónde estoy. Esto es muy jodido, pero la verdad es que no sé por qué sé donde estoy", pensó Tom sobresaltado. Cuando, después de luchar contra su perplejidad, se levantó para ir a comprobar si, efectivamente, estaba en un rascacielos, otra secuencia de inesperados pensamientos perturbadores hicieron acto de presencia. "Un momento, algo me acaba de venir a la memoria. Esto es muy fuerte. Hace menos de cinco minutos he visto claramente cómo el globo terráqueo se desplazaba por su órbita y ni siquiera me ha extrañado. Incluso recuerdo haber pensado que su órbita es un camino hecho de vacío. ¿O eso no le he pensado yo? No lo sé. Y si no lo he pensado yo, ¿quién lo iba a pensar? Lo que está claro es que la única mente que hay dentro de mí es la mía. ¿O no? ¡Pero qué tipo de material radioactivo se me ha metido en las neuronas! ¡Por qué me estoy preguntando estas locuras? Puede que me haya drogado y no me acuerde. Esa es la única explicación que se me ocurre. Pero no puede ser, yo no quiero volver a drogarme en lo que me queda de vida. Esa es una certeza de la que no me puede despegar nadie. Entonces, ¿qué pasa? Lo mejor que puedo hacer es dejar de pelearme con estas cuestiones porque me están pegando una soberana paliza. Voy a relajarme, en la medida de lo posible, y a mirar, de una vez por todas, si es verdad que estoy en lo más alto de un maldito rascacielos", pensó luchando contra la ansiedad. Ansiedad que, por cierto, daba la impresión de estar filtrándose a través del aire mientras Tom, con un temor desfigurado desperezándose entre sus órganos vitales, se acercaba al extremo más cercano del edificio.

Lo siguiente que ocurrió fue que Tom, con el temor desfigurado ya completamente desperezado, se asomó al vacío y comprobó que, efectivamente, se trataba de un rascacielos; que, efectivamente, se trataba de un rascacielos robusto y que, efectivamente, también se trataba de un rascacielos metálico. Tan impactado se quedó Tom al confirmar lo que sin saber por qué sabía que, en un principio, pasó por alto lo más impactante de todo. Y lo más impactante de todo era que la ciudad entera, desde una punta hasta la otra, se encontraba completamente abarrotada de seres humanos. Todas las autovías, todas las avenidas, todos los cruces, todas las plazas, todos los parques, todos los puentes, todas las calles, todos los callejones, todas las esquinas, todo, absolutamente todo estaba cubierto de personas. Visto desde allí arriba, parecía como si una moqueta de material orgánico estuviera decorando, con un gusto bastante discutible, el grisáceo suelo de la urbe. Suelo sobre el que, por mucho que se oteara, no se veía ni un perro, ni un gato, ni una paloma, ni un hipopótamo, ni un autobús, ni una moto, ni un monopatín, ni nada que, en determinadas y descorazonadoras circunstancias, no fuera capaz de torturar a un miembro de su misma especie.

Al contemplar semejante espectáculo, la cabeza de Tom comenzó a recalentarse. "Se me está recalentando la cabeza una barbaridad. Nunca había visto a tanta gente junta, esto es exagerado hasta la saciedad. Todas esas personas que se amontonan bajo mis pies tienen nombres y apellidos pero, desde aquí, solo parecen microorganismos tratando de desplazarse, dificultosamente, hacia su destino. Es mareante pensar en que, dentro de todas esas cabezas que no paran de afanarse en la búsqueda de alguna clase de destino, hay un complicadísimo universo en continuo movimiento. Un universo lleno de recuerdos, de planes, de ideas, de puntos de vista, de sentimientos, de pesadillas y de todo lo demás. Cada cabecita es un filtro, de anchura monumentalmente variable, por el que se desliza la realidad que cada uno es capaz de abarcar. O por lo menos eso es lo que se le acaba de ocurrir a mi patológica cabecita… ¿Por qué pensaré en estas cosas? La vida de un solo ser humano es algo tan valioso que me resulta aterrador comprender, de esta manera tan severa, que tendré que convivir con lo irreparable hasta el día de mi muerte. ¿Qué clase de filtro fue el que me tocó a mí? Estoy harto de ser así, me estoy sintiendo cada vez peor y no sé que hacer para evitarlo. ¿Cómo puedo frenar esta tristeza? No sé qué hacer, me siento indefenso. Algo no va bien en mi cabeza, esto no debería pasarme. Así no se puede vivir. Las drogas ya no son una opción, las drogas ya no son una opción, las drogas ya no son una opción. ¿Por qué? ¿Por qué? ¿Qué puedo hacer con este malestar? Tengo que serenarme, sé que puedo hacerlo, tengo que serenarme", pensó Tom mientras la depresión estrechaba el círculo.

Ya con el círculo estrecho de verdad, el día fue siniestramente cubierto por la noche más oscura que se pueda imaginar. El astro rey, que hasta hacía un instante brillaba en todo su esplendor, había huido igual que un plebeyo endeudado y, por si fuera poco, se había llevado consigo la calidez y el celeste. La multitud, que hasta hacia el mismo instante se desparramaba a los pies de Tom, había desaparecido sin dejar rastro, bajo muchos metros de densa oscuridad. A modo de brutal contraste, la calidez había sido sustituida por un penetrante frío que, descolgado de las estrellas, se dedicaba a yacer, puntiagudamente incrustado, en los temblorosos huesos de Tom. Lo único que por desgracia se puede decir que, dentro del decorado onírico, permanecía inmutable, era el estado de creciente tristeza que, sin remedio aparente, se abría paso en su corazón.

"No se ve nada. No hay ni una sola luz encendida", dijo Tom convencido de que estaba a punto de enfrentarse a la clásica situación en la que, a pesar de la pereza que nace del ánimo marchito, hay mucho que pensar y poco que decir.

Una milésima de segundo después de que Tom pronunciara esas palabras, se encendió, de golpe, la luz de una de las altísimas farolas que se alineaban en la calle que había a los pies del robusto y metálico rascacielos. ¿O ya no eran esas las circunstancias? Pues resulta que no, resulta que ya no eran esas las circunstancias. Lo que en sueños sucedía no era que las farolas de la calle fueran altísimas. Lo que en sueños sucedía era que el rascacielos había menguado hasta convertirse en un edificio muy normalito. ¿Y había mucha gente debajo de la farola? Pues resulta que no; resulta que debajo de la farola había, únicamente, una solitaria mujer que Tom conocía muy bien. Una solitaria mujer vestida de enfermera. Una solitaria mujer a la que Tom había matado con una silla.

Y cuando la tiritera estaba en pleno apogeo, se encendieron las luces de toda la ciudad dejando al descubierto una casi perfecta ausencia de seres humanos. Nadie en las autovías, nadie en las avenidas, nadie en los cruces, nadie en las plazas, nadie en los parques, nadie en los puentes, nadie en las calles, nadie en los callejones, nadie en las esquinas, nadie, absolutamente nadie en el resto de la ciudad. La única persona que sorpresivamente quedaba, de todo el reciente y descomunal gentío, era la pálida enfermera a la que, no hacía demasiado tiempo, Tom había dado muerte.

Ante tan perturbadora visión, el estado de ánimo de Tom comenzó a cambiar con la velocidad propia de la enfermedad que descansaba sobre sus hemisferios cerebrales, en dirección al extremo opuesto a la tristeza.

"¡Está viva! ¡Está viva! Dios mío, no me lo puedo creer. ¡Gracias! ¡Gracias, Dios mío! Esto es increíble, ¡está en pie! ¡Se está moviendo! ¡Está viva!", gritaba Tom en pleno ataque de euforia, a la vez que la enfermera levantaba la cabeza intentando localizar de dónde salían los gritos, y se adentraba, sin mirar, en la carretera que tenía a su espalda. Mientras eso ocurría, un coche rojo sin pasajeros ni conductor en su interior doblaba una esquina y aparecía, veloz e indeseado, en la escena que el subconsciente de Tom estaba diseñando.

—¡No! ¡Cuidado! ¡Detrás de ti! Joder, no me mires a mí, ¡detrás de ti! ¡Hay un coche detrás de ti! ¡Te va a atropellar! ¡Date la vuelta! —gritaba Tom justo antes de que la inevitable tragedia adquiriera forma ante sus incendiados ojos. Ojos que, al igual que los asqueados espectadores de una ejecución detestablemente injusta, fueron obligados a contemplar cómo la enfermera era arrollada, y su cuerpo quedaba descoyuntado en medio del asfalto.

"No está muerta, sé que no está muerta. La voy a salvar, tengo que salvarla y eso es lo que voy a hacer. La llevaré al hospital más cercano y le salvaré la vida. Sé que puedo hacerlo, no tengo ninguna duda de que puedo hacerlo. Todo va a salir bien, todo está bien. Me siento capaz de cualquier cosa, y todo va a ir bien. Nada malo puede ocurrirme", pensaba Tom con la cabeza funcionando a diez mil revoluciones y los pies precipitándose escalera abajo.

Al llegar al escenario del atropello, Tom se encontró con una carretera vacía. Después de mirar, incrédulo, el lugar donde la enfermera fue atropellada, levantó la cabeza con la rapidez de un espasmo y se encontró con una estrecha y húmeda calle de iluminación parpadeante. Al final de la calle, junto a una esquina encharcada, una mujer fumaba tranquilamente. Tom, fuera de sí, dio tres enormes pasos para intentar identificar de quién se trataba y, cuando ya estaba seguro de que se trataba de la enfermera, la mujer tiró el cigarro y desapareció tras la esquina. El sonido del cigarro apagándose en agua de charco impactó en los oídos de Tom tan extrañamente amplificado que, a pesar de tener entrañas curtidas en la toxicidad, consiguió revolverle el estómago hasta el asco más puro.

"¿A dónde va? No debería moverse, ¿qué hace?", pensaba Tom con los pensamientos huérfanos de oxígeno a causa de la carrera que, en teoría, debería llevarle hasta la enfermera. Carrera que, dicho sea de paso, era tan ingrata que, además del mencionado calificativo de ingrata, podrían aplicársele los siguientes calificativos: extenuante, ralentizada, exasperante, odiosa, agónica, patética e infructuosa. Cada una de las zancadas que Tom conseguía completar era el irrisorio producto de una auténtica orgía de esfuerzo. Pero lo peor no era eso; lo peor era que, entre zancada y zancada, la enfermedad de Tom se estaba radicalizando, a una velocidad desorbitada, en su acelerado extremo maniaco.

Imagínese el lector el estrépito que estaba causando, en la mente de Tom, este bestial choque de trenes. Por un lado (tren número uno con destino al caos), estaba la angustiosa lentitud de sus movimientos; y por otro lado (tren número dos con destino al descontrol), estaba la perturbada velocidad de sus pensamientos. Se trataba de una situación tan chirriantemente disparatada que el cerebro de Tom, en un acto de autoconservación, se compadeció de sí mismo y —sin importarle lo mal que pudieran quedar los cambios bruscos— mandó al limbo la importancia de lo estético o lo preceptivo, y modificó el escenario del sueño de arriba a abajo.

"Tengo que alcanzarla, si no la alcanzo se va a hacer daño, tengo que alcanzarla, voy a alcanzarla. Espera, Tom, aquí pasa algo. Tienes que intentar controlar tu puta cabeza porque es evidente que aquí pasa algo", pensó al darse cuenta de que estaba intentando correr en la cocina de un apartamento.

"¡Tranquilízate, Tom! Tengo que tranquilizarme, porque si no me tranquilizo... ¡Si no me tranquilizo! Si no me tranquilizo, me va a ser más difícil conseguir mi objetivo. Mi objetivo, mi único objetivo es ayudar a esa mujer. Lo voy a conseguir, ¡lo voy a conseguir! A ver... Piensa, Tom ¿Dónde estás? ¿Qué haces en esta cocina? Estoy demasiado acelerado, no recuerdo haber entrado aquí. Estoy demasiado acelerado pero me siento bien, me siento muy bien, me siento genial en realidad. Esto va a ser fácil, solo tengo que dejar de intentar correr y actuar con templanza", pensó Tom justo antes de conseguir inmovilizar su cuerpo.

Pese a lo extraño que resultaba todo, no tardó en comprender, con cierta claridad, que estaba en casa ajena y, actuando en consecuencia, comenzó a caminar muy despacio en la semioscuridad de aquella cocina tan moderna.

Al pasar junto a una larga mesa de cristal, Tom se percató de la presencia de un diente de ajo finamente cortado sobre una tabla pero, en realidad, este detalle es tan intrascendente para el desarrollo de la historia que, si el lector puede, debería olvidarlo ahora mismo.

Una vez en el pasillo que había frente a la cocina, Tom comenzó a caminar aun más despacio debido a la ligera intranquilidad que le había empezado a nacer del vientre.

A la semioscuridad en la que se venía desenvolviendo se le había caído el prefijo "semi" y, aunque había una leve luz temblando al final del pasillo, apenas se veía nada. El silencio que habitaba en ese apartamento era tan perfecto que, a pesar de que los pasos de Tom fueran inaudibles, flotaba en el aire la surrealista sensación de que estaba violándose, degradándose o mancillándose algo digno del más hondo de los respetos.

Cuando Tom llegó a la zona del pasillo donde temblaba la leve luz, lo primero que vio fue una foto colgando sobre la pared que tenía a su derecha. Era una foto un poco desenfocada pero, pese a esa imperfección, en ella se distinguía el sonriente rostro de la enfermera bajo los rayos del Sol. En el fotogénico estatismo de aquellos labios femeninos se podía leer, todas las veces que se quisiera, que ese día la felicidad había estado cerca del objetivo de la cámara. Lo siguiente que Tom vio, bajo los temblores de la cada vez más leve luz, fue que la puerta que había al final del pasillo —la cual le había parecido cerrada en todo momento— estaba inquietantemente encajada. Tom puso su mano sobre el pomo de la puerta y, sin pensárselo dos veces, empujó hacia adelante con cautela. Lo que se encontró al otro lado de la puerta daba la impresión de ser el mismo pasillo que acababa de dejar atrás. Con el alma a punto de explotarle, Tom avanzó rápidamente por la estrechez de su sueño tratando de no hacer el menor ruido. Al llegar al final del pasillo, giró la cabeza a la derecha y se topó con una foto un poco desenfocada. Nuevamente el sonriente rostro de la enfermera, nuevamente el brillo de los rayos del Sol, nuevamente el fotogénico estatismo de aquellos labios femeninos, nuevamente la posibilidad de leer en ellos, todas las veces que se quisiera, nuevamente la cada vez más leve luz, nuevamente la misma puerta, nuevamente la misma inquietud al verla encajada. La reacción de Tom fue inmediata. Primer paso: poner su mano en el pomo de la puerta. Segundo paso: empujar hacia delante con cautela. Tercer paso: encontrarse con el mismo pasillo que acababa de dejar atrás. Con el alma a punto de explotarle, Tom avanzó rápidamente por la estrechez de su sueño tratando de no hacer el menor ruido Al llegar al final del pasillo, Tom giró la cabeza a la derecha y se topó con una foto un poco desenfocada. Junto a la foto, una puerta encajada. La reacción de Tom fue inmediata. Primer paso: Estremecerse. Segundo paso: Empujar la puerta hacia delante de un manotazo. Tercer paso: Encontrarse con el mismo pasillo que acababa de dejar atrás. Con el alma a punto de explotarle, Tom avanzó rápidamente por la estrechez de su sueño tratando de no hacer el menor ruido. Al final del pasillo aguardaba un rostro sonriente, aguardaba el brillo de los rayos del Sol, aguardaba el fotogénico estatismo de unos labios femeninos, aguardaba la posibilidad de leer en ellos, aguardaba una cada vez más leve luz, aguardaba una puerta encajada, aguardaba una abrasante inquietud. La reacción de Tom fue inmediata. Primer paso: Llevarse las manos a la cara. Segundo paso: Darle una patada a la puerta. Tercer paso: Encontrarse con el mismo pasillo que acababa de dejar atrás. Con el alma a punto de explotarle, Tom avanzó desesperadamente por la creciente estrechez de su sueño. Otra vez la foto, otra vez la puerta, otra vez el alma a punto de explotar, otra vez el brillo de los rayos del Sol, otra vez la puerta, otra vez la foto, otra vez un poco desenfocada, otra vez la puerta, otra vez el fotogénico estatismo de unos labios femeninos, otra vez la puerta, otra vez encajada, otra vez la foto, otra vez la puerta, otra vez el sonriente rostro de la enfermera, otra vez la puerta, otra vez el alma a punto de explotar, otra vez la foto, otra vez la puerta. Completamente fuera de sí, Tom se detuvo, por enésima vez, delante de la puerta. La reacción de Tom fue inmediata. Primer paso: Patear la puerta con toda la rabia posible. Segundo paso:

Descubrir que había irrumpido en un acogedor salón en el cual se encontraba la enfermera. Tercer paso: Observar cómo la enfermera se asustaba y caía por la única ventana abierta.

"¡No puede ser! ¡Esto no puede estar pasando!", gritaba Tom a pleno pulmón, mientras se acercaba corriendo a la única ventana abierta. El sangriento panorama que, sin poder hacerse nada para evitarlo, se había organizado sobre el suelo de la calle era enormemente duro. Tan duro que el cerebro de Tom, en un nuevo acto de autoconservación, se compadeció otra vez de sí mismo y volvió a modificar el escenario del sueño.

"¿Dónde está? Esa jodida luz no me deja ver nada. ¿Qué está pasando? ¿Dónde está? Dios mío, ¿dónde está? Tengo que salvarla, tengo que salvarla, Dios mío, ayúdame, tengo que salvarla. Esto no puede ser, esto es mucho más de lo que puedo soportar, tengo que salvarla…", decía Tom, arrojado de nuevo a los brazos de la tristeza más insufrible.

De pronto la luz cegadora desapareció por completo. En su lugar un multitudinario aplauso consiguió que un escalofrío recorriera a sus anchas la espalda de Tom. Algo nada extraño si se tiene en cuenta que los aplausos provenían del interior de un cementerio.

Poco a poco, Tom fue reuniendo, con un esfuerzo sobrehumano, el valor necesario para acercarse, dando unos pasitos casi inapreciables, a la entrada del sombrío cementerio. Por supuesto, la entrada estaba abierta de par en par.

"Voy a hacerlo, no tengo nada que perder", pensó al cruzar el umbral de la descomunal puerta de entrada.

A partir de ahí, los pasitos de Tom dejaron de ser casi inapreciables y se convirtieron, con relativa rapidez, en lo que todo el mundo entiende por pasos normales y corrientes. Y gracias a estos pasos tan normales y tan corrientes, Tom llegó hasta una lápida que no era ni normal ni corriente. Era una majestuosa lápida de mármol negro en la que, además de un par de fechas intrascendentes y de un nombre con sus correspondientes apellidos, se había inscrito el siguiente epitafio: "Mis defectos perfilaban los contornos de mis virtudes".

Tom, que deseaba mejorar su estado de ánimo fuese como fuese, se quedó mirando a la lápida con un amago de sonrisa en la cara y, tras enzarzarse con un pensamiento que no le llevó a ningún lado, continuó su camino por el interior del cementerio.

A medida que se adentraba en aquel lugar, se iba imponiendo, sin prisa pero sin pausa, una ingobernable sensación de deriva. Las estatuas de piedra, los cipreses, la hierba, los ángeles de metal, el mármol, la blanca cal, las cruces, las fechas, el olor a jazmín, la certeza de estar siendo observado, el silencio, la infinita pena, el juego de un par de gatos, las coronas de flores, la malherida esperanza de encontrar con vida a la enfermera, la arena, la culpa, las imágenes de los difuntos, todo esto junto, todo esto mezclado, todo esto atestiguaba el inmenso abandono de un alma enferma.

Ya con la sensación de deriva en los límites de la cordura, ocurrió algo que sacó al corazón de Tom del océano en el que se estaba perdiendo. En medio de un jardín lleno de lápidas y hojas secas, junto a una gran cruz blanca, había aparecido la cabizbaja imagen de la enfermera. Por más inverosímil que la situación pudiera resultar, no había duda de que la presencia de esa mujer era un hecho.

"Ahí está. ¡La tengo delante de mí! ¡Sigue en pie! Es imposible sobrevivir a todo lo que le ha sucedido pero, a pesar de tanta desgracia, sigue en pie. Necesito saber si está bien, necesito saberlo", pensó Tom con la alegría titubeando y las piernas llevándole hasta el jardín donde estaba la enfermera. Pero, pese a los titubeos de la alegría, lo que iba a ocurrir no era ni tan siquiera soportable. En el mismo instante en el que Tom puso un pie en el jardín, la enfermera, que hasta entonces parecía inanimada, levantó la cabeza, movió el cuello emitiendo un chasquido, miró a Tom como mira un sonámbulo, lanzó un leve quejido poblado de muerte y se dejó caer como si le hubieran arrancado la vida, en el interior de un agujero cavado junto a la gran cruz blanca.

La lluvia comenzó a azotar el cementerio. Las lágrimas de Tom se confundieron con las gotas provenientes del cielo. El viento consiguió hacer tropezar a un gato que huía del agua. Las hojas esparcidas dejaron de crujir bajo los pies de Tom. La visión de un ataúd cerrado, en el fondo del agujero cavado junto a la gran cruz blanca, le puso una iconográfica imagen al tormento.

"¿Ahora qué hago? ¿A dónde voy con este dolor? No he podido ayudarla, lo he intentado todo, pero todo ha sido inútil. Estoy hablando solo, estoy hablando solo como un perfecto loco... Ya sé lo que voy a hacer... Sí, ya sé lo que voy a hacer. Me voy a quedar aquí por si se despierta. En el caso de que eso ocurriera, necesitaría a alguien que la cuidara... Sí, eso voy a hacer. No cabe duda de que este cementerio es un buen lugar para los dos", decía Tom bajo el intenso chaparrón. Inesperadamente, el sonido de unas campanas se dejó oír por todo el cementerio. Un sonido bello y contundente que, además de causar sorpresa por el hecho de provenir del interior del cementerio, trasladaba a una época en la que ninguno de los cuerpos allí acumulados había sido engendrado aun.

"¿Habrá alguien haciendo sonar esas campanas? Ahora este cementerio es mi hogar, quiero saber quién anda merodeando por mi hogar", pensó Tom antes de coger una gruesa rama y dirigirse, con la rama entre las manos, en dirección a las campanas.

El camino se hizo largo. Muy largo. Los fuegos fatuos que nacían de algunas tumbas parecían pintar el aire de amores vividos por vidas pretéritas, de sueños vividos por vidas pretéritas, de nostalgias vividas por vidas pretéritas, de agotamientos vividos por vidas pretéritas, de soledades vividas por vidas pretéritas, de anomalías vividas por vidas pretéritas, de hipocondrías vividas por vidas pretéritas, de ataques de risa vividos por vidas pretéritas, de miserias vividas por vidas pretéritas, de caricias vividas por vidas pretéritas. Los fuegos fatuos que nacían de algunas tumbas, definitivamente, parecían pintar el aire de tenue melancolía.

Las campanas seguían sonando. El viento no cedía. La lluvia iba a más.

"Ya estoy muy cerca de las campanas. Nadie se va a interponer entre mi castigo y yo", pensaba Tom justo antes de ver a un grupo de plañideras lamentándose alrededor de una agrietada tumba de piedra.

"¡Fuera de aquí! ¡Fuera de aquí, farsantes! ¡Fuera de aquí!", gritó Tom a la vez que agitaba la rama de izquierda a derecha. La reacción de las plañideras fue nula.

Entonces Tom agarró la rama aun con más fuerza y se acercó un poco más al grupo de mujeres.

"¡Estoy hablando en serio! ¡No sois más que un montón de farsantes! ¡Fuera de aquí ahora mismo!", gritó a la vez que agitaba la rama de arriba a abajo. La reacción de las plañideras volvió a ser nula.

"¡Es la última vez que os lo digo! ¡Me estáis empezando a hartar! ¡Fuera de aquí ya!", gritó Tom a la vez que agitaba la rama de atrás hacia delante. La reacción de las plañideras hubiera sido nula si no fuera porque una de ellas se percató de la presencia de Tom y, ante el horror de sus compañeras, dio vida al grito más estridente que se puede llegar a soñar.

A partir de aquí, habría que inventar una palabra que superara a la palabra "grotesco" para explicar lo que Tom tuvo que contemplar. Aquellas mujeres, lejos de actuar con calma, se habían dejado llevar por el pánico y, sin parar de gritar, empezaron a corretear como pollos sin cabeza alrededor de las lápidas que tenían más cerca.

Tom trató de calmarlas soltando la rama y acercándose a ellas con las manos en alto.

"Está bien, está bien. Tampoco hay que ponerse así. Tranquilidad, señoras. Nadie les va a hacer daño", dijo con la voz más tranquilizadora que fue capaz de articular.

"Discúlpenme por los gritos. Lo único que quiero es que salgan de este cementerio. Necesito estar solo", continuó diciendo Tom mientras una de las plañideras, corriendo a su alrededor, lanzaba unos chillidos que un cerdo no sería capaz de superar ni en la hora de su matanza.

La situación parecía interminable. Cuanto más trataba Tom de aclarar que no había motivo para el pánico, más carreras daban las señoras. Carreras que, por cierto, llevaban cada vez a lápidas más lejanas pero que, sin embargo, terminaban siempre en las cercanías de la agrietada tumba de piedra donde el esperpento había dado el pistoletazo de salida.

"Me está empezando a dar vueltas la cabeza", pensó Tom ciertamente mareado.

Y cuando más mareado estaba Tom, una de las histéricas mujeres, concretamente la que parecía estar más dotada para el arte del chillido, perdió el equilibrio y fue a caer en el centro del charco más grande y profundo que se había formado en aquella zona. Todos los intentos que esa mujer estaba llevando a cabo para recuperar la tan ansiada verticalidad resultaban infructuosos. De hecho, lo único que la desdichada estaba consiguiendo era patalear ridículamente y girar sobre sí misma como si se tratara de una peonza humana. "La mujer peonza", habría pensado Tom si la angustia no se lo hubiera estado comiendo.

"Espere, señora… No, no haga eso. Tranquila, ¡tranquila! Me está usted poniendo perdido. No, no… Agárrese a mi mano, le estoy diciendo que se agarre a mi mano, ¡a mi mano! No grite de esa manera, por el amor de Dios. ¿Pero qué hace? Eso no es mi mano, ¿Quiere tranquilizarse? A ver… Si no deja de mover las piernas, va a ser imposible… ¿Me oye? ¿Habla usted mi idioma? Se trata de agarrarse a mi mano… ¡Deje de mover las piernas!", decía Tom instantes antes de que el mareo se multiplicase por setecientos y le hiciera caer de bruces sobre el charco. Este, como por arte de magia, había sido abandonado, a gran velocidad, por la plañidera que tan aparatosamente lo venía ocupando.

Con la cabeza sumergida en aquellas sucias aguas, Tom comenzó a notar que los gritos de las plañideras se oían cada vez más lejanos. Cada vez más y más lejanos. Finalmente, todos esos insoportables gritos acabaron por desaparecer en la oscura humedad del cementerio, mientras Tom, con la cabeza aun sumergida en la turbiedad más fría, no encontraba las fuerzas necesarias para moverse.

"Tengo que llegar a las campanas, tengo que hacerlo", pensó al darse cuenta de que las campanadas seguían sonando por todo el cementerio.

Lentamente consiguió reunir energía y, no sin esfuerzo, sacó al fin la cabeza del agua. Comprobar que, efectivamente, las plañideras habían desaparecido fue un premio para tan agotador sacrificio.

"Tengo que llegar a las campanas", volvió a pensar Tom al sacar el resto de su cuerpo del charco.

Al cabo de un pesado rato, Tom había conseguido llegar al origen de las campanadas. Sorprendentemente se trataba de una alta torre de oscura roca (invisible en la tiniebla) que estaba situada junto a uno de los muros que delimitaban el cementerio.

"¡Escúcheme! ¡Voy a subir! ¡Si usted no baja, subiré yo! ¡Solo quiero hablar con usted!", gritó Tom con todo el cansancio del mundo temblándole en las rodillas. La respuesta que esperaba brilló por su ausencia.

"¡Estoy hablando completamente en serio! ¡Si usted no baja, me veré obligado a subir!", insistió Tom bajo el aguacero. La respuesta que esperaba volvió a brillar por su ausencia.

"¡Muy bien! ¡Si eso es lo que desea, subiré yo!", concluyó Tom, a pesar de que todo el cansancio del mundo continuara temblándole en las rodillas.

—Ya está bien, Tom, no hace falta que subas. Ahí arriba no hay nadie —dijo una mujer en la oscuridad de la torre.

—¿Quién anda ahí? —preguntó Tom escrutando vanamente en dicha oscuridad.

—Soy yo, Tom. Soy la mujer que mataste.

—No me lo creo; si eres tú, dime cómo te maté.

—Me mataste con una silla mientras te arreglaba la cama.

—Dios mío, ¿estás ahí?

—Sí.

—Pero ¿estás viva?

—No, ya te he dicho que me mataste.

—No comprendo nada, estoy muy aturdido… Lo siento muchísimo, de verdad que lo siento. Si pudiera volver atrás, si pudiera volver atrás, yo…

—Ya sé que lo sientes. Tu dolor es visible para mí.

—Déjame reparar mi error, déjame llevarte a un hospital. Hace horas que te persigo, por favor, ven conmigo.

—No puedo ir contigo, Tom, estoy muerta.

—¡No! ¡Tiene que haber algún modo de arreglarlo! ¡Tiene que haberlo!

—El único modo de arreglarlo es que aceptes lo sucedido; yo ya lo he hecho.

—Esto es insoportable, esto es…

—No llores, por favor. Ahora no es el momento.

—¿Sabes una cosa? Voy a quedarme aquí contigo. Lo tengo decidido. Me quedaré aquí y te cuidaré hasta mi último aliento, eso es lo que voy a hacer. Nadie va a poder impedírmelo. Nadie nos va a separar.

—Eso no puede ser.

—Sí puede ser ¡Claro que puede ser! ¡Es mi decisión! Cualquiera que intente echarme de aquí comprenderá inmediatamente que estoy hablando en serio.

—Te repito que eso no puede ser. No puedes cuidar de mí, yo ya no formo parte del mundo de los vivos. Ni siquiera recuerdo muy bien en qué consistía estar viva, ¿no lo comprendes?

—Entonces ¿qué hago? ¿Qué puedo hacer? ¡Dime! Estoy dispuesto a hacer cualquier cosa que me pidas. Soy capaz de hacer cualquier cosa, solo tienes que pedírmelo.

—Lo único que te pido es que aceptes lo sucedido.

—Esto es injusto… Yo… Yo no estoy bien. Cuando te lancé la silla, no sabía lo que hacía… Fue un instante de locura, un instante con repercusiones eternas… Un instante del que no puedo…

—Acércate.

—¿Qué?

—Que te acerques.

—No te veo, ¿dónde estás?

—Estoy junto a la escalera; sigue el sonido de mi voz y llegarás hasta mí. Solo tienes que acercarte un poco, solo tienes que acercarte un poco…

—No veo nada, creo que me he… ¿Qué es eso? ¿Me estás tocando?

—Sí, Tom, te estoy tocando.

—Dios mío, lo estoy sintiendo con tanta claridad…

—Dime qué sientes.

—Estoy sintiendo… Estoy sintiendo tu perdón.

—¿Y cómo es?

—Es transparente, es cálido, es sincero.

—Te encuentras mejor, ¿verdad?

—Me encuentro bastante mejor.

—Me alegro mucho.

—Eres muy generosa conmigo. Desprendes tanta bondad que no sé qué decir. Ojalá las cosas hubieran sido de otro modo, ojalá hubiera alguna manera de arreglar el mal que he causado. Haría lo que fuera por devolverte la vida.

—Ya lo sé.

—¿Tú estás bien?

—Estoy completamente envuelta por la paz. Una paz desconocida para los vivos.

—¿Existe Dios?

—A eso no te puedo responder. No hay palabras humanas que sirvan para resolver esa cuestión.

—Solo te pido un sí o un no.

—No te puedo ayudar. Si te dijera que sí, te asaltarían decenas de preguntas que no se pueden responder con palabras humanas. Si te dijera que no, también te asaltarían decenas de preguntas que no se pueden responder con palabras humanas. Esa búsqueda es solo tuya, yo no debo meterme en algo así.

—No sabes el bien que me está haciendo hablar contigo. No te lo puedes ni imaginar.

—¿Imaginar? Me gusta esa palabra. Creo que ya la había olvidado. Cuando estaba viva me gustaba mucho imaginar. Me pasaba horas imaginando. Imaginar… Gracias por recordármela.

—No hay de qué.

—La verdad es que sí sabía el bien que te iba a hacer hablar conmigo. Por eso estoy aquí.

—¿Por eso estás en esta torre?

—No, por eso estoy en tu sueño.

—¿En mi sueño? No te entiendo.

—Este cementerio no es real. Esta torre no es real. El lugar que te rodea forma parte de un sueño. Estás soñando.

—No puede ser, es demasiado real para tratarse de un sueño.

—Piénsalo mejor.

—¿Pensarlo mejor? Pero… Claro, es cierto… Estoy soñando. Tienes razón… Entonces tú tampoco eres real.

—Yo sí soy real.

—¿Cómo vas a ser real? Estoy soñando.

—Los espíritus podemos comunicarnos con los vivos a través de los sueños. He percibido que estabas soñando conmigo y me ha parecido un buen momento para que entráramos en contacto.

—¿Cómo puedo estar seguro de que tú sí eres real?

—No puedes estar seguro.

—¿Por qué?

—Porque estás dormido. Aunque consiguiera convencerte de que soy real, no conseguiría evitar que, al despertar, acabaras dudando. Cuando abras los ojos, empezarán a nacer dudas del interior de tu razón. Es inevitable.

—¿Y la fe?

—¿Tú tienes fe?

—Mi fe es débil.

—Pues fortalécela.

—Y si consigo fortalecerla ¿podría estar seguro de que eres real?

—Compruébalo.

—No sé cómo hacerlo, la fe me resulta escurridiza.

—Eso es así para casi todos los nacidos.

—Yo quiero creer.

—Pues ese es el primer paso. Y no es un paso cualquiera.

—No… No debe ser un paso cualquiera. De todas formas, tanto si eres real como si no, hay una cosa que es indiscutible.

—Sí, es verdad.

—¿Sabes a qué me refiero?

—Te refieres a que te sientes mucho mejor. Tu alivio también es visible para mí.

—No sé cómo agradecértelo, de verdad que no lo sé.

—No tienes nada que agradecerme. Por cierto, tengo que decirte que lo de las plañideras ha sido todo un espectáculo.

—¿Lo has visto?

—Sí, se me hacía larga la espera.

—Supongo que es mejor reírse, ¿no?

—Mucho mejor.

Tom se despertó en la oscuridad de su celda. La transparencia, la calidez y la sinceridad del perdón, seguían, de algún modo, presentes.

VIII. Diez días

… Y si volvemos a aquel insobornable presente…

—¿Desea usted leer algún periódico? —preguntó una atractiva azafata sacando a Frank de sus pensamientos.

—No, gracias, me marearía bastante si lo hiciera. Me ocurre en todos los medios de transporte —contestó Frank algo nervioso.

—Sin embargo, lleva usted más de un cuarto de hora escribiendo —repuso la sonriente muchacha, intrigada por la actitud de aquel chico que viajaba solo.

—Es verdad, me has pillado. No sé, supongo que el mareo se camufla un poco si escribes algo bonito —dijo Frank sintiéndose raro al sospechar, erróneamente, lo que la azafata estaría pensando después de oír una frase como esa.

—Está bien, como prefiera. Si cambia de opinión, avíseme; todavía queda una hora para aterrizar —concluyó la muchacha, conteniendo con dificultad las ganas de leer lo que Frank acababa de escribir en su recién comprado diario. De haber leído la primera página, la atractiva azafata se hubiera topado con el siguiente poema:

Aunque no lo sepas,
a tu lado hay restos de mí.
Te acompañan.
Acarician tu vientre entre las sábanas,
apenas bajan un poco y vuelven a subir.

Para no desvelarte.
Aunque no lo sepas,
sin ti el mundo está llamativamente incompleto
y solo encuentro sonrosadas jovencitas eligiendo tanga
(niña bonita, perro viejo)
y solo veo acueductos casi enteros
y los besos se me antojan bajo cero
y solo oigo palabras con barba de tres días,
como opiniones de quita y pon huérfanas de melodía.
Definitivamente sin ti solo se me ocurre buscarte,
para, al calor de tus gemidos, en el oído susurrarte:
Piel y mirada de niña
corazón mayor de edad
cementerio de la tristeza
allá por donde vas.

Pero esa situación no llegó a producirse. Nunca llegaron a desfilar estos versos ante los soñadores ojos de esa chica que, con paso decidido, se había acercado a Frank para preguntarle si quería leer algún periódico. Nunca llegó esa chica a sentir el escalofrío que, escondido tras el último verso, la hubiera asaltado por sorpresa a miles de metros de altura.

Lo que sí llegó a suceder fue que, una hora después de lo que nunca ocurrió, la megafonía del avión anunció el inminente aterrizaje sobre el suelo de Granada. Frank, gravemente agitado por sus emociones, miró por la ventanilla y pensó que si estar vivo significa sentir, él estaba muy pero que muy vivo.

Después de un aterrizaje sin incidencias, vino el maremágnum de voces desconocidas y maletas en fila india.

"Ojalá pudiera eliminar de mi vida este tipo de ajetreo. Me daría igual vivir menos tiempo", pensó Frank completamente en serio.

Cuando por fin consiguió zafarse de todo aquello, se acordó de que el aeropuerto de Granada está situado a doce kilómetros del centro de la ciudad, lo cual le introducía de lleno en el maravilloso mundo de los autobuses atestados. La otra alternativa, descartada por naturaleza, era la que le introducía de lleno en el maravilloso mundo de los taxímetros. El tembloroso bolsillo mandaba una vez más.

Transcurridos noventa y cuatro minutos de mal humor en estado puro, Frank consiguió entrar, maldiciendo a causa del tráfico, en la habitación de su hotel, minúscula hasta la insignificancia.

Lo primero que hizo, al cruzar el umbral de la puerta, fue soltar la maleta sin ningún mimo sobre un punto aleatorio de la habitación. A continuación sacó su recién estrenado diario del interior y, ya con algo de mimo, apartó la lamparita de la mesita de noche para ubicarlo en su lugar.

"¿Pero qué hago?", pensó mientras volvía a coger el diario y se tiraba en la cama.

Una vez encontrada la postura más cómoda, abrió el diario y empezó a contemplar las páginas en blanco. Sus planes eran plasmar sobre esas páginas todo lo que le ocurriera durante su corta estancia en Granada. Ninguna incidencia o emoción debían quedar fuera de los márgenes de las primeras páginas en blanco.

"¿Qué ocurrirá? ¿Qué tipo de palabras acabaré escribiendo aquí? ¿Serán tristes? Pase lo que pase, voy a ser fuerte. Puede que las palabras sean tristes, pero yo voy a ser fuerte", murmuró a la vez que cerraba el diario y se incorporaba sobre una esquina de la cama.

Durante los siguientes cinco minutos, Frank cambió de opinión al menos siete veces. La disyuntiva estaba formada por dos opciones antagónicas. Una opción era ducharse y acostarse. La otra opción era ducharse y largarse a pasear por la ciudad.

"Estoy cansado, y ya es un poco tarde. Definitivamente es mejor que me acueste", pensó restregándose las manos por su incipiente barba. Una hora después, Frank, manifiestamente pletórico de motivación, salía del hotel con unas indisolubles ganas de pasear.

Pasaron los minutos, y cada vez estaba más claro que no quedarse en la cama había sido una buena idea. La ciudad tenía puesto su traje de noche, y la verdad es que le quedaba impecable a más no poder. Al igual que en su última visita, tan sumamente afortunada, a Frank le causó una grata impresión la maravillosa vida nocturna que, en Granada, se tenía por costumbre. Independientemente de que las manecillas del reloj señalasen de lleno a la madrugada, miles de universitarios no se acordaban de dosificar su alegría, ni de abandonar el calor de las calles, ni de la posibilidad de que un nuevo día dictara algo parecido a una obligación. Si no hubiera sido por la oscuridad del cielo y por el indescifrable palpitar de las estrellas, se podría haber pensado que el mediodía aun se estaba acomodando sobre los tejados.

"Creo que me he perdido", pensó Frank al torcer una esquina. No quedaba más remedio que acercarse a alguien para acometer el esfuerzo de hacerse entender.

"En estas situaciones me arrepiento de no haber seguido estudiando inglés. Seguro que mi forma de hablar es parecida a la que le endosan a los indios americanos en las películas... Menos mal que estoy de buen humor. El buen humor puede con todo", pensaba mientras se acercaba sonrisa en boca a una pareja que, bajo un gran arco, parecía conversar.

Sin embargo, por mucho que Frank sonriera, no todo el mundo estaba de buen humor por allí, y lo que parecía una conversación era, en realidad, una furibunda discusión llevada a cabo con discreción.

Evidentemente Frank, en su perfecto desconocimiento del idioma de Cervantes, no podía ni siquiera sospechar lo venenosas y malintencionadas que eran las palabras que allí se estaban pronunciando. En su desconocimiento se acercó más y más, en su desconocimiento tosió para que le miraran, en su desconocimiento comenzó a formular su pregunta y en su desconocimiento obtuvo la respuesta antes de acabar de formularla.

—Esto es la puerta de Elvira —contestó, al unísono y en español, la malhumorada pareja a la vez que señalaba con los cuatro brazos hacia el arco bajo el que se encontraban. Ni los tonos de voz ni las formas de mirar necesitaron traducción simultánea.

Ante tanta frialdad, Frank se limitó a meterse las manos en los bolsillos y a reanudar su marcha con la sonrisa malherida. A partir de este incidente, su buen humor comenzó a menguar lentamente. Por su cabeza empezó a transitar, con total impunidad, una ristra de pensamientos agridulces cuya principal característica era la enorme capacidad de acaparar atención que tenía. Mucha más atención de la que el mundo exterior aconsejaba.

Una de las cosas que Frank pensó, en su nocturno caminar, fue que esas dos personas que le habían hecho sentir como un estorbo, quizás hubieran sido amigos con los que contar en otras circunstancias. Lo cual le llevó a reflexionar sobre el cuando menos complejo modo de relacionarse que tiene el ser humano.

"Es como un escaparate y una trastienda", pensaba Frank que, sin saberlo, se acercaba a la plaza de la catedral. "En el escaparate ponemos todo lo que se supone que los demás esperan de nosotros. Sonrisas y confeti es lo que suele abundar. Sin embargo, solo un reducido grupo de personas pasa alguna vez a la trastienda. Demasiado reducido, diría yo. Aun así no me puedo quejar, la verdad es que me siento afortunado en este sentido… Por ahí se oye una guitarra. Joder, qué bonito es esto, creo que acabo de llegar a la catedral. Sí, debe de ser la catedral. Qué plaza más bonita, solo falta Maika a mi lado. ¿Dónde estará? ¿Estará cerca de aquí? La echo de menos".

167

Acompañado de este último pensamiento, Frank se sentó sobre uno de los escalones de la plaza. Muy cerca, un grupo de jóvenes se arremolinaba en torno a una guitarra flamenca. Entregado a su propio corazón, un gitano de aspecto pulcro embellecía la existencia de todos los presentes con su forma de cantar. Eran canciones de amor y desgarro. Frank, que no entendía las letras, también sentía que eran canciones de amor y desgarro. Racionalmente no podía estar seguro de ello, pero de lo que sí estaba seguro era de que había algo profundo en el sonido de la guitarra, y de que había algo profundo en la voz del gitano, y de que había algo profundo en las miradas atentas de los jóvenes, y de que había algo profundo en la sonrisa del guitarrista; y de que había algo que, de pronto, se había vuelto profundo en el mismo aire que estaba respirando.

Al terminar la última canción, una pequeña lágrima resbaló, apenas dos segundos, por la mejilla de una chica. Sorprendida por su propia reacción, la avergonzada chica se enjugó la lágrima con un pañuelo de papel y se entregó, alegre, a la conversación que le ofrecía una amiga. Solo Frank fue testigo de lo ocurrido. Solo Frank sintió un cálido cosquilleo en el estómago. Un cálido cosquilleo que le hizo convencerse, instantáneamente, de que esa pequeña lágrima le unía a aquella chica de alguna manera. La única diferencia, entre él y la chica, era que la lágrima había nacido de ella, pero aun así, él sentía esa lágrima como propia.

La necesidad de hablar con Maika se hizo muy intensa, casi aguda. Sin dejar de fruncir el ceño, Frank sacó su teléfono móvil del bolsillo y, nerviosamente, buscó en la agenda el número de Maika. Cuando al fin lo encontró, la mirada de Frank cayó sobre ese número de tal manera que varios transeúntes en estado de ebriedad se pararon a su espalda tratando de localizar la causa de tan reconcentrado interés. Después de varios intentos, les resultó imposible localizar nada que justificara lo que estaban viendo. A partir de ahí, solo les quedó volver a casa y bromear sobre lo ocurrido hasta que el tema no dio más de sí.

Mientras eso sucedía, Frank se debatía entre una llamada que le daba miedo y una espera que le causaba destemplanza. Llegado a este punto, su estado de ánimo corría el riesgo de entrar definitivamente en barrena pero, por suerte, las riendas fueron atrapadas justo antes de que el dolor se desbocara.

No hacía demasiado tiempo, Frank había leído una frase con la que no se podía sentir más identificado. Recordarla le sirvió para aplacar el malestar que se le estaba instaurando en las sienes. La frase decía así: "Solo hay dos certezas en la vida. Una es la muerte. La otra es la duda". Es obvio que, para llegar a comprender con plenitud los motivos por los que el recuerdo de esta frase lo había aliviado, habría que ser Frank; pero podría decirse que el origen del alivio estaba relacionado con el hecho de no sentirse el único perro verde del planeta. Además de eso, Frank encontraba en la frase, de una manera relativamente secundaria, el alimento necesario para darle de comer a su fascinación por el misterio de la muerte durante cuatro vidas.

Una vez evitada la pasajera turbulencia emocional, a Frank le resultó fácil decantarse por el modo de actuar que, en teoría, tenía decidido desde hacía horas. Por mucho que le urgiera hablar con Maika, esta vez no estaba dispuesto a permitir que la impulsividad acabara imponiéndose.

"Lo que voy a hacer es lo siguiente", pensó. "Voy a devolver el móvil al bolsillo, lugar del que no debió salir, y voy a esperar a que esta noche pase lo antes posible. Mañana me levantaré temprano y arrastraré el culo hasta la parte alta de la ciudad. Seguro que no tardaré en encontrar el mirador".

Varios años atrás, en ese mirador, durante un púrpura amanecer, sobre un montón de hojas secas, Frank y Maika habían hecho el amor por primera vez. En esta ocasión, el paso del tiempo no había conseguido su acostumbrado propósito de desgastar el brillo de los recuerdos. Todo lo ocurrido durante ese primer encuentro permanecía en la memoria de Frank de la misma manera que permanece la visión del Sol justo cuando dejas de mirarlo. Sin duda se trataba de un auténtico deslumbramiento emocional. Uno de esos deslumbramientos que calientan el alma cuando las tormentas más grises e insistentes derraman sus acechantes ojos por el suelo.

Pero no era el momento de pensar en tormentas. Sentado a los pies de la catedral, lo único que pasaba por la cabeza de Frank era volver a tener a Maika entre sus brazos. A pesar de ser algo no del todo probable, estaba convencido de que, durante los siguientes diez días, Maika iría al mirador en más de una ocasión. Su intención era sorprenderla allí para explicarle que habían sido víctimas de la mala suerte, que él no entendía nada de lo ocurrido, que estaba tan asombrado como ella de haberse despertado en un hospital, que entendía que algunas cosas tenían que cambiar, que esas cosas que tenían que cambiar eran precisamente las menos importantes, que todo volvería a ser como antes, que al decir "antes" quería decir como la última vez que estuvieron en el mirador, que estaban hechos el uno para el otro, que no había ocurrido nada irreparable, que sin ella todos los atardeceres le acabarían pareciendo el mismo triste atardecer, y que, sin sus caricias de chica enamorada, el mundo le recordaba demasiado a una fábrica abandonada.

Pormenorizadamente, Frank empezó a imaginar cómo sería su discurso. Después de encajar cada palabra en su sitio, le vino a la mente algo muy cierto.

"Me paso la vida imaginando conversaciones que después nunca son como me las había imaginado", pensó, agotado y convencido de que este aspecto de su personalidad no iba a cambiar. De repente parecía como si una montaña de futuribles e hipotéticas conversaciones fantasma fuera a terminar aplastándole, y no hubiera nada que se pudiera hacer para evitarlo.

Cansado de su cansancio, Frank emprendió el regreso al hotel buscando algo más cálido en el interior de su imaginación. Fruto de esa búsqueda, no tardó en aparecer la imagen de Maika sentada en el mirador (la imagen, que en un principio era estática, acabó por adquirir movimiento). Una débil brisa comenzó a mecer su rubia melena, un vestido rojo dejaba al descubierto sus largas y suaves piernas, en sus labios una melancólica sonrisa hacía equilibrismos, el peso de la historia tronaba hermoso en cada rincón de la distante Alhambra, las primeras estrellas del anochecer acudían al firmamento como acuden los primeros invitados de una fiesta; ella cruzaba las piernas y se acariciaba un brazo con la yemas de los dedos, del otro extremo del mirador, surgía Frank rodeado por una extraña neblina; Maika se giraba y, al verlo allí, corría hacia él con lágrimas en los ojos; la neblina que rodeaba a Frank desaparecía espantada ante la cercanía de Maika… Y al final, ambos apretaban sus cuerpos tan alocadamente que el propio escenario envidiaba la belleza del abrazo.

Así imaginó Frank su reencuentro con Maika. Así consiguió endulzarse el regreso a la habitación de hotel más pequeña que había visto en su vida. Pero… ¿Se parecería en algo ese imaginado reencuentro a la realidad? Es más, ¿llegaría siquiera a producirse un reencuentro? Gran parte de lo sucedido, durante los siguientes diez días, quedó reflejado sobre las páginas del diario de Frank. Dichas páginas se muestran a continuación.

Día 1

"Me acabo de despertar. El día es precioso, pero me siento muy inquieto. No me apetece escribir.

Voy en el autobús, ahora me encuentro moderadamente mejor. Desde que salí del hotel, todo me resulta un poco menos preocupante. Creo que los culpables de esta mejoría son los rayos del Sol.

Acaba de entrar en el autobús un hombre con aspecto de persona infeliz. Tiene una barriga exageradamente dilatada, parece como si la gravedad ejerciera más atracción sobre esa barriga que sobre todo lo que la rodea. La forma descolocada que tiene ese hombre de mirar hacia los lados denota altas dosis de agobio. Además, no para de resoplar. A la mujer que tiene al lado le molesta que resople de esa manera, pero él no se ha dado cuenta.

Si alguien leyera esto, seguramente pensaría que soy un cotilla. Y es cierto que lo soy; la verdad es que creo que, para escribir bien, hay que ser un poco cotilla. Precisamente estoy utilizando este diario para recuperar mi hábito de escritura y encontrar la manera de continuar con mi novela; tengo que superar esta sequía de ideas. Mi falta de inspiración está empezando a causarme verdadero malestar físico. He llegado a mi parada.

Tengo calor, no paro de subir cuestas y no encuentro el puto mirador. Noto cómo el mal humor hace que mis venas hiervan.

Han pasado cinco horas desde la última vez que escribí. Hace tres horas y cuarto que encontré el mirador. Me estoy comiendo un bocadillo mientras escribo. El sonido de las migas cayendo sobre el papel me relaja. Que cosa más rara.

Está empezando a anochecer, y ni rastro de Maika; llevo aquí plantado toda la tarde sin obtener a cambio nada parecido a un resultado satisfactorio. Me hubiera conformado con ver, a lo lejos, a una chica parecida a Maika. Ese breve instante de incertidumbre hubiese bastado para que mi tarde mereciera la pena. Pero no se ha producido. Me habría dado igual sentirme desengañado al descubrir que no se trataba de ella, por lo menos daría la sensación de que algo estuvo a punto de ocurrir.

Ya es noche cerrada. Apenas veo lo que estoy escribiendo. Creo que me voy a ir más bien pronto.

Aun no me he ido. Pensar en Tom me ha hecho perder la noción del tiempo. Me produce tanta pena la situación de mi hermano que ni siquiera puedo escribir sobre ello.

Ya he vuelto al hotel; debe de ser por culpa del cansancio, pero juraría que esta habitación ha menguado al menos medio metro. Es como si encogiera cada vez que me fijo en sus dimensiones. Más que alguien dispuesto a descansar, parezco alguien que ha caído en una trampa.

Ya está bien por hoy; el día ha sido muy agotador psicológicamente, voy a dormir.

No puedo dormir; estoy muerto de sueño, pero soy incapaz de quedarme dormido. Cuando cierro los ojos, tengo la impresión de estar en la oscuridad de un enorme y tenebroso salón; lo peor es que, en frente de mí, creo vislumbrar una luz oscilante que no me deja conciliar el sueño. Pagaría por caer inconsciente; este estado en el que me encuentro es un imán para mis inseguridades. Ahora mismo soy tan vulnerable como un bebé rodeado de escorpiones.

Si sigo escribiendo, me voy a hacer daño; más me vale apagar la luz y esperar a que los sueños vengan por mí."

DÍA 2

"Creo que he dormido cuatro horas, no es mucho, pero es suficiente. Las horas de insomnio que padecí anoche me parecen ahora un recuerdo lejano del que debo aprender. Estoy seguro de que, si ayer me costó dormir, fue porque acumulé demasiada tensión durante todo el día; no se puede vivir como si cada cosa que pasa o que no pasa fuera decisiva. Caer en ese error es tan fácil como absurdo; debo conservar la perspectiva porque en este momento de mi vida la necesito más que nunca. Sé perfectamente que estoy atravesando un mal momento, sé que me están pasando cosas muy desagradables, también sé que mi forma de actuar puede resultar rara. Aquí y ahora soy consciente de lo delicada que es mi situación. Muy bien, todo es aparentemente horroroso, pero existe un detalle que modifica el panorama de una manera, ahora sí, decisiva. Ese detalle es que mi mirada lo abarca todo con la misma nitidez. La bondad no se me escapa, no me pierdo ni un átomo de nada, puedo respirar más rápido para llenar mis pulmones de vanidad o más lento para disponerme a soñar, en mi sangre veo el agresivo fluir de la misteriosa vida, en los pétalos huelo la perfección del universo, las tumbas me inspiran, en los libros oigo el audaz resonar de las voces que los crearon, mis uñas crecen como un milagro lento, el amor no contiene ningún exceso que yo desconozca, sé hasta dónde puede llegar a elevar una melodía, ante el valor de la amistad me inclino emocionado, el cielo sabe tanto de mis ojos como yo de sus estrellas, todas las palabras bellas hacen cola en la punta de mi lengua, en las yemas de mis dedos estallan diez *big bangs* con un solo latido, el puñal de la lujuria me desfiguró la frialdad hace ya tiempo, en el versado eco de antiguos insignes observo complacido mi porvenir, no hay euforia que no haya oído hablar de mí, llevo más de media hora escribiendo y juraría que el reloj exagera.

Pues eso, creo que ya es hora de salir de la cama y ponerme en movimiento. No se me ocurre una forma mejor de empezar el día.

Otra vez escribiendo en el autobús; no es mi intención convertir esto en costumbre, lo que pasa es que el hombre que ayer me pareció infeliz se ha vuelto a subir en la misma parada, y noto cambios. Hoy no me parece tan infeliz. Ni siquiera me parece tan gordo. Es probable que fuera yo el que proyectara mi malestar sobre él. Resoplar sigue resoplando, debe de ser por el calor.

Esta mañana hay más gente que ayer en el mirador, a unos dos metros de mí duerme un mendigo con muy mal aspecto. Me pregunto con qué estará soñando, también me pregunto cómo habrá llegado a esa situación de suciedad y abandono en la que se encuentra. Esa persona fue un bebé limpio, sano, inocente y ajeno al funcionamiento de la humanidad. En el infrecuente caso de que alguien, al pasar junto a él, pensase en su existencia, es fácil que supusiera que, si ha llegado a convertirse en un mendigo, es porque él se lo ha buscado. Vivimos en un mundo donde la mayoría de la población pasa hambre; ¿todas esas personas se lo han buscado? Al primer mundo se le olvida muy a menudo de que vive en un ideal que no representa a la realidad. Dentro de ese ideal hay muchas normas, muchas prisas, mucha incoherencia, mucho dinero, muchos horarios, muchas tablas de surf y muchos psicólogos. Pero en el fondo todos sabemos de la fragilidad del ideal. Basta con echarle un vistazo al mendigo que duerme junto a mí. Espero que esté soñando con algo que no tenga nada que ver con el desamparo, ni con el mal olor, ni con la soledad, ni con la falta de esperanza. Al fin y al cabo, todos acabaremos reuniéndonos con la muerte algún día, ninguna tabla de surf puede mediar en ese asunto.

Ya es media tarde, me cuesta mucho no desesperarme. Tengo unas ganas infinitas de ver a Maika.

La noche ha vuelto a ocupar el cielo, hoy tampoco ha sido posible el reencuentro con mi amor. A pesar de ello, no me voy a amargar porque no me da la gana. El día empezó bien, y estoy dispuesto a que termine bien. Ahora mismo me voy a tomar una cerveza donde sea.

He encontrado un sitio de mi agrado, es tranquilo, y la música no está nada mal. La camarera a la que le he pedido la cerveza tampoco es española; por su acento diría que es rusa, pero no puedo estar seguro de ello ni remotamente. Cada vez que miro hacia ella me encuentro con sus ojos verdes clavados en mí. ¿No sabe guardar la compostura o qué le pasa? Por sus gestos podría decirse que está aburrida; sin embargo, tiene una mirada que, si te da de lleno, te puede causar quemaduras en la retina. Seguro que está deseando que le pregunte por su acento.

Llevo una hora pensando en lo que me ocurrió el otro día y no salgo de mi asombro. Haberme despertado en un hospital y no saber ni qué hacía allí, ni qué es lo que hice bajo los efectos del ácido, es algo muy turbador. No me queda más remedio que creerme lo que dice el médico respecto al ácido; de todas formas estoy casi seguro de que no me tomé esa mierda voluntariamente. Es duro pensarlo, pero no recuerdo nada. De lo último que me acuerdo es de haber salido cabreado de casa; desde ahí hasta el hospital, solo hay páginas en blanco. Por lo visto, estuve en el garito más trasnochador de Hamburgo. No puedo demostrar nada, pero tengo mis sospechas acerca de lo que ocurrió."

DÍA 3

"Abrí los ojos hace diecisiete minutos y no puedo negarlo, lo que estoy haciendo empieza a parecerme una idiotez. Mi implacable inestabilidad me empuja hacia la indecisión cada vez que le apetece, y eso es algo que odio con todas mis fuerzas. De repente vuelvo a no tener claro que sea buena idea esperar a que Maika aparezca por ese mirador. La tentación de coger el móvil y llamarla ahora mismo es tan intensa que resistirme a ella tan solo un segundo más me parece un esfuerzo titánico y seguramente estéril. Por ahora no voy a ceder, pensar en la posibilidad de que no me coja el teléfono me provoca dolor de barriga. Voy a ducharme.

El agua caliente ha conseguido calmarme, el pelo aun me gotea, desde la ventana todo parece sencillo, personas peinadas, una camiseta con la cara de Humphrey Bogart, suena un despertador, el mirador me está esperando.

Estoy sentado en una terraza desayunando. Nadie me conoce aquí. Me siento como un científico observando el comportamiento del ser humano. El camarero y sus gotas de sudor en la frente, una universitaria estudiando en la parada del autobús, una señora de riguroso luto comprando verdura, etcétera. Todo el mundo ocupándose de su rutina, de sus planes, de su modo de organizarse, de sus preocupaciones, de sus ilusiones. Me resulta enternecedor ver a toda esta gente tan dignamente sumida en su fragilidad, tratando de alcanzar un sentido para sus vidas a través de lo cotidiano, esforzándose día a día, mes a mes, año a año, generación a generación, en una búsqueda perpetua del momento luminoso. Del momento en que todo cobre sentido y tanto esfuerzo quede justificado de algún modo.

Desde siempre me ha resultado llamativa la capacidad que tienen las personas para vivir como si fueran inmortales. Yo, sin embargo, soy demasiado consciente de lo efímero que es todo. Me cuesta mucho afanarme en las pequeñas cosas y obtener de ello el fruto de la abstracción. El problema es que las grandes cuestiones no dan de comer. Soy así, no lo puedo evitar. El café se me ha enfriado.

Por tercer día consecutivo, me encuentro sentado en este mirador. Estoy empezando a cogerle manía a este lugar; cada uno de sus rincones ya produce en mí una familiaridad claramente indeseada. El número de horas que llevo aquí me está resultando excesivo antes de tiempo. Lo peor es que yo sabía que esto podía pasar y que tenía que armarme de paciencia.

Y si sabía que tenía que armarme de paciencia, ¿por qué no me armo? Es absurdo, es como estar en posesión de una información supuestamente importante y no ser capaz de utilizarla en tu beneficio. Estoy escribiendo gilipolleces.

Entre el aburrimiento y la ansiedad, prefiero el aburrimiento, eso es algo obvio. Pues bien, hace una hora que estoy de enhorabuena. Este aburrimiento tan limpio y perfecto es todo un lujo.

Hace un minuto se ha ido de aquí un hombre barbudo que, durante dos horas, ha estado leyendo una revista con algo así como gula intelectual. Que yo sepa ese hombre levantó la vista del texto una sola vez, y si lo hizo fue porque repentinamente se vio bajo los efectos de un gran estornudo que, en él, pareció algo solemne. El estornudo, que por cierto me sobresaltó, le dejó en la cara la expresión que se le queda a alguien cuando un claxon impone su ley en el mejor momento de una frase que se prometía interesante.

En la portada de la revista se veía la imagen de la Tierra vista desde la superficie de la Luna. En mi aburrimiento, ver eso me ha dado mucho que pensar.

Lo primero que me vino a la cabeza fue lo expuestos que estamos. Esa bola celeste, flotando en medio de una oscuridad imprevisible, es el único lugar en el que podemos estar. Después he pensado en que todo va a desaparecer. Todas las obras literarias, todas las catedrales, toda la música, todas las esculturas, toda nuestra tecnología, todo el cine, todos nuestros libros sagrados, todo. El Sol lo va a engullir todo.

Llegará el momento en el que todo llevará desaparecido lo que los humanos llamamos mil años. Y el espacio infinito seguirá ahí.

También he pensado en las diversas teorías humanas que tratan de explicar cómo se originó este inmenso misterio sembrado de estrellas que llamamos universo. Me parece admirable que haya gente pensando en eso, pero también me parece que todas esas teorías le dan a la palabra "pretencioso" una profundidad, un lustre, y un sentido que ninguna otra palabra ha tenido jamás.

Otra cosa que me ha venido a la cabeza es que dentro de esa bola celeste suceden cosas como la burocracia. Las hipotecas, los contratos, los créditos, las denuncias, las fianzas, los plazos de matrícula, los cheques, las facturas, la contabilidad, la letra pequeña, los certificados de empresa, las nóminas, las notificaciones de fin de contrato, los documentos de liquidación y finiquito, los expedientes académicos, el catastro, y un sinfín de papeles con o sin sellos oficiales, con o sin compulsa. Que el Sol lo engulla todo no podía ser tan negativo.

Como postre me he tomado una ración de metapensamiento. Me he puesto a pensar en por qué suelo pensar en cosas como la existencia del universo. Creo que es porque me gusta poner mi capacidad de comprensión al límite de sus posibilidades. Me gusta asomarme al abismo de lo desconocido y disfrutar del vértigo que provoca. Me gusta ser tan consciente de que a pesar de que, a veces, nuestra vida se pueda resumir en ver la tele, estamos inconcebiblemente metidos en un misterio descomunal que roza la magia.

Es verdad que todo va a desaparecer, pero no puedo negar que me siento muy afortunado de haber sido testigo de tanta creatividad por parte de la naturaleza. Quién sabe si por parte de Dios.

Son las siete y cincuenta y tres minutos de la tarde. Este atardecer está siendo muy peculiar. Las nubes son alargadas y rosas. Parecen jirones de algodón de azúcar. Ningún atardecer es igual al del día anterior. Nunca hubo dos atardeceres iguales. Es como si alguien, empapado de inspiración eterna, pintara en el cielo un cuadro distinto todos los días.

Son las nueve. Empiezo a desmoralizarme.

Son las diez y diez. Estoy solo en el mirador. Las pequeñas luces de la ciudad alumbran miles de vidas.

Son las once y media. Desde la última vez que escribí, han pasado por aquí dos personas y cuatro perros. Ahora mismo lo único que me mantiene en este lugar es la apatía.

Las doce y dos. Acabo de tomar una decisión irrevocable. Mañana a mediodía voy a llamar a Maika por teléfono. Llevo tres días aquí, y mi paciencia no da para más. Vendré al mirador por la mañana temprano; si a mediodía no ha aparecido, la llamo y a ver qué pasa. Escrito está, ya no hay marcha atrás."

Día 4

"No me encuentro bien, anoche volvió a resultarme difícil quedarme dormido. La falta de sueño es como una enfermedad; aunque intente aparentar que estoy bien, hay algo dentro de mí que no funciona. Aunque en realidad no es eso lo peor, ya estoy acostumbrado a dormir poco de vez en cuando. Lo peor es la combinación tan desastrosa que se forma cuando coinciden en mis carnes el cansancio y la ansiedad. Dormir poco y, a consecuencia de ello, tener poca energía es algo tolerable en sí mismo. Estar ansioso por algún motivo, preferiblemente externo, también es algo tolerable en sí mismo.

Si estoy cansado pero no estoy ansioso, me limito a dejar pasar el día. Igual que un torero que, utilizando las ojeras como capote, deja pasar junto a su pecho a un toro pesado y lento.

Si estoy ansioso pero no estoy cansado, puedo soportar los efectos de la ansiedad sin caer en gestos demasiado aparatosos. Ya se sabe lo que ocurre con la ansiedad: puede transformar el movimiento más simple en una grotesca metedura de pata antes de completar un pestañeo. Ella es así, todos la conocemos.

Sin embargo, sucede que hoy doy cobijo a tan ilustres huéspedes al mismo tiempo. Cansancio y ansiedad, en perfecta desarmonía, conviven en un sinvivir que no me da otra opción que no sea escribir sobre ello. Voy a intentar dormir más porque así no se puede ir por la vida.

Lo conseguí; al principio parecía imposible pero, en algún momento, me quedé dormido. Han sido dos horas de un descanso profundo del que no consigo extraer el recuerdo de sueño alguno. Ahora sí puedo afrontar cualquier cosa.

Otra vez en este lugar. Otra vez en estado de espera. Otra vez deseando ver cómo Maika aparece por aquí. Si dentro de cuatro horas no ha aparecido, la voy a llamar. Me pone muy nervioso pensar en esa llamada. Escribir sobre ello me pone aun más nervioso, voy a comprarme un batido de fresa.

El batido estaba lo suficientemente bueno como para llenar un cubo de ese pasteurizado líquido rosa y meter la cabeza dentro.

¿Cuánta gente hay en el mundo que haga este tipo de cosas? No me refiero a meter la cabeza en un cubo de batido, me refiero a lo que yo llevo haciendo tres días y medio. No creo que haya mucha.

La inmensa mayoría se limitaría a esperar a que ella (o él) volviera de sus vacaciones. Lo primero que haría una persona normal sería intentar hablar por teléfono y, si eso no fuera posible, esperaría el regreso con más o menos paciencia. Yo, sin embargo, estoy aquí, con mi diario, sentado en el mismo mirador donde hicimos el amor por primera vez. No voy a negar que se sufre siendo como soy, pero me gusto.

Llegó el momento. No soporto esta situación ni cinco minutos más, la voy a llamar ahora mismo.

El cosquilleo que he sentido en el estómago, al separar el bolígrafo del papel, ha sido de todo menos grato. Es como si estuviera a punto de saltar en paracaídas.

Basta de exageraciones, la voy a llamar ya. Espero que lo próximo que escriba aquí sean buenas noticias.

Tiene el teléfono apagado.

Me he fumado medio paquete de tabaco en dos horas. Sigue con el teléfono apagado.

Esto no tiene gracia, me siento solo e idiota.

Una hora más. El Valium que me he tomado no ha conseguido que conecte el móvil.

Otra hora.

Otra.

Una más.

El cuerpo me está pidiendo que escriba un poema doloroso. Me está pidiendo que aproveche este momento tan hostil con mi alegría y que lo transforme en un bonito poema, en una oda a la desdicha, en un reencuentro con la inspiración, en una mierda pinchada en un palo. No lo pienso hacer.

De nuevo en el hotel. La habitación me parece más pequeña que nunca. Al escribir que me parece más pequeña que nunca no lo hago hiperbólicamente; es una sensación tan real como mi abatimiento.

En la habitación de al lado hay alguien haciendo gárgaras.

Las gárgaras continúan.

Las gárgaras han cesado.

La verdad es que este diario me está ayudando más de lo que esperaba. De alguna extraña manera, me siento acompañado cuando escribo sobre él. Volver a coger el hábito de escritura ha pasado a un segundo plano; es increíble pero este montón de hojas en blanco me hace sentir menos solo. Espero poder enseñárselo a Maika algún día, espero poder reírme de todo esto a su lado.

Se me cierran los ojos, mañana será otro día. Un día mejor."

DÍA 5

"Si existiera, en alguna parte de mi cuerpo, un botón que me desconectara durante varios meses, lo pulsaría ahora mismo sin vacilar. Pero, para mi desgracia, tal botón no existe, y lo único que hay aquí desconectado es ese maldito teléfono. Mi mente, sin embargo, está fresca como una lechuga y, en su frescor, no hace otra cosa que no sea jugar descaradamente en mi contra. Es un juego muy sucio el que tengo conmigo mismo tal día como hoy, es repugnante.

Las zarpas de la tristeza son muy efectivas; he de reconocer que, en lo suyo, son muy buenas. Noto como si de mis pestañas se hubieran descolgado dos cortinillas grises que solo se apartan un poco para dejarme ver lo que ellas quieren que vea. Y no es bonito, lo que me dejan ver no es bonito.

Otro Valium.

Parece que me siento algo mejor; las relaciones entre la química y el alma son bastante estrechas. Tan estrechas que distinguir una cosa de la otra se me antoja una pérdida de tiempo. Es mi humilde opinión, si algún cura o algún científico con su probeta me convence de lo contrario, le invito a comer.

El alivio que siento es como una ingrávida lucecita sumergida en mis pensamientos. La pobre lucecita trata de alumbrar todo lo que puede pero, en su agotadora tarea, no le resulta posible dejar de malparir su propio, único y repetitivo pensamiento: "esto es demasiado para mí", piensa la lucecita.

Medio Valium.

Sé que esto va a pasar. Sé que esta tristeza se irá. Sé que otra tristeza vendrá. Sé que esa otra tristeza también se irá. Sé que mucha gente pensaría que estoy dramatizando. Sé que mucha gente me diría que es demasiado pronto para dar a Maika por perdida. Sé que hay cosas peores. Sé que pensar detenidamente en que hay cosas peores solo consigue empeorar mi ánimo. Sé que el mundo sigue girando ahí fuera. Sé que mis mejores caricias están por llegar. Sé todo lo que hay que saber para echar al dolor a la calle. ¿Por qué no se va?

He pensado que el que se va a ir a la calle soy yo; por supuesto mi dolor vendrá conmigo y conocerá Granada, de esta manera puede que nos crucemos con Maika. Si eso sucediera, él se quedaría vagando por las calles en eterna soledad mientras yo, todo un sátiro, me aprovecharía, en compañía, de las estrecheces de esta habitación. A esto se le llama masturbación mental.

Qué humedad tan agradable. Estoy sentado, con la desvalida intención de encontrar un poco de paz, en algún lugar del bosque que rodea a la Alhambra. Justo enfrente de mí, entre las piedras y la vegetación, hay una pequeña cascada abriéndose paso. También hay largas acequias que me indican gentilmente el camino de vuelta a la civilización.

No muy lejos de esta cascada, me encontré hace un rato con una fuente que parecía estar batiéndose en duelo con el paso del tiempo. Aunque, a decir verdad, aquí el tiempo no parece existir. Ya sé que la frase "aquí el tiempo no parece existir" suena a tópico, pero, en este minuto de mi vida, se me antoja la forma más sencilla de expresar algo muy real.

Si no me equivoco, los árboles que me rodean son olmos. Supongo que a ellos también les habrá hecho gracia que haya introducido la frase "en este minuto de mi vida" en semejante contexto.

Tengo que escribirlo. Estaba buscando un taxi y de pronto he visto pasar, precisamente en taxi, a una chica muy, muy parecida a Maika. Tan parecida era que puede que fuera ella. No estoy seguro. El corazón se me va a salir del pecho, maldita sea.

La noche ha vuelto. Me encuentro moderadamente mejor.

El día de hoy quedará marcado en negro como uno de los peores días de me vida. No he sido capaz de controlar mi ánimo prácticamente en ningún momento, y eso es algo que detesto. Haber tirado a la basura un día de mi vida me lo tomo como una derrota. Una derrota que cierra, con absurdidad, el círculo vicioso del malestar.

Estando bien, no se tira el día a la basura; estando regular, no se tira el día a la basura; estando en el apogeo del aburrimiento, no se tira el día a la basura; incluso estando mal, tampoco se tiene por qué tirar el día a la basura. Para mí tirar el día a la basura es irme a la lona sin insistir en la búsqueda interior de las soluciones emocionales y racionales que me ayuden a levantarme. En días así ni siquiera me doy la oportunidad de aprender algo; en días así solo soy capaz de quejarme como una duquesa ofendida.

Estaba a punto de escribir acerca de mis contradicciones, pero no lo voy a hacer. Prefiero escribir acerca de cómo me reconforta la desnudez del estrellado cielo. Ahora que su vestido celeste estará ausente durante varias horas, se nos muestran las cosas tal como son. Y la verdad es que me gustan como son. Si no fuera porque las mentes más escépticas ya están acostumbradas a ver este espectáculo, seguramente dirían que lo que ahora contemplan mis ojos es inverosímil. De todas formas, ¿qué importa lo que diga nadie? Lo único cierto es que, después de este día tan horrendo, da la impresión de que mis emociones ya no se encuentran en un coma de pronóstico reservado.

Llevo mucho tiempo en este parque. Hay una fuente con el agua que cambia de color. Suenan timbales. La gente habla, ríe, disfruta. Alguno habrá que no disfrute, pero no lo parece. Ese teléfono sigue desconectado.

Me pregunto si sería Maika la chica del taxi. Da igual las veces que me lo pregunte, da igual que me obsesione responder a esa pregunta. Da igual. Estoy tan cansado que puedo mirar a los ojos de mi obsesión y darme cuenta de lo fea, retorcida, miserable, traicionera, baja y absurda que es. Lo más sincero que puedo escribir es que ahora la estoy mirando como quien mira pasar a un tren que no es el suyo. Está bastante claro que esta obsesión no conoce la dignidad; porque, de conocerla, no le quedaría otro remedio que levantarse ahora mismo e irse de aquí cabizbaja.

Si dar vueltas en la cama fuera un deporte olímpico, la gente me ovacionaría por la calle. Llevo horas con la cabeza hundida en esta almohada tan incorregiblemente blanda. Lo peor es que, cuando estoy a punto de quedarme dormido, acude a mi mente la cara de Tom acompañada de un escalofrío. No sé que hace ahí ese escalofrío".

Día 6

"Un nuevo día acaba de asomar la nariz a este lado del mundo. Siempre es un placer ver cómo amanece.

Es extraño pero, a pesar de haber dormido realmente poco, no me encuentro mal; incluso se puede decir que una especie de trasnochado sentido del humor está presente en el aire.

Llevo diez minutos disfrutando de lo que sucede al otro lado de la ventana menguante (mide al menos una cuarta parte menos de lo que medía la primera vez que fui testigo de su existencia) y he llegado a la intrascendente conclusión de que lo que más me regocija son las nubes. Son tantas las que hay y están tan bien esparcidas que, encerradas en su incomprendida armonía, forman una membrana perfectamente gris.

Hace un par de horas, no confiaba en mi estado de ánimo; sin embargo ahora sí puedo escribir que he vuelto a ser yo. Es el momento de salir a la calle.

Bonita ciudad. No me canso de pasear.

Ni rastro de Maika. Teléfono desconectado.

Parada para comer. Es temprano, pero tengo hambre.

Lo que me acaba de ocurrir es algo digno de mención. Estaba sentado en una terraza comiéndome el postre tranquilamente y, como surgido de la nada, un tipo muy pálido se paró delante de mí. Ha sido raro porque no le he visto venir y, de pronto, le tenía delante mirándome. Me ha hecho sentir tan incómodo que no sabía cómo reaccionar; no sé cuántos segundos hemos estado mirándonos, pero me ha parecido una eternidad. Justo cuando parecía que la situación ya no podía ser más irreal, el tipo se presentó en perfecto alemán y consiguió que todo fuera más irreal aun. "Me llamo Odell, tú ya me conoces", dijo con un evidente temblor en la cabeza. Yo le dije que me estaba confundiendo con otra persona, que no le conocía de nada, pero él insistió y volvió a decir: "Tú ya me conoces". En ese momento empecé a dudar de que no le conociera porque, en realidad, había algo en su cara que me resultaba remotamente familiar. Por suerte tanto el tipo como las dudas desaparecieron pronto. "Soy tu muerto favorito. Me tiré por una ventana de hotel delante de ti", dijo el colega antes de salir corriendo. Está claro que se trataba de un loco.

Estoy exhausto, llevo toda la tarde andando sin parar. Creo que ya pasé por aquí esta mañana.

Me he parado a mirar cómo juegan al fútbol unos niños. Un señor calvo que tuvo la misma idea que yo ha corrido peor suerte. Durante el transcurso de la primera jugada que el señor presenciaba, en un balón suelto, un niño que trataba de alejar el peligro de su portería le ha propinado un espectacular pelotazo en la cara. El hombre ni siquiera se ha desahogado gritando. Sencillamente se ha ido.

Pelotazos aparte, ahora me estoy preguntando cómo sabía el loco de este mediodía que soy alemán. Supongo que me oyó hablar con el camarero y reconoció mi acento.

Teléfono desconectado. Esta es la última vez que hago mención al teléfono. Me pone de mal humor.

Está anocheciendo. Se ha levantado un poco de viento. Tengo sueño.

Me urge una cama, lo mejor que puedo hacer es volver al hotel.

Voy a escribir lo que me ha ocurrido para intentar no perder la cabeza de manera definitiva. En mi estado nervioso me va a resultar imposible exponer aquí todo lo que he visto, pero lo voy a intentar. Esto lo tiene que leer un psiquiatra lo antes posible.

Había vuelto al hotel. Me había metido en la cama. Estaba muy relajado. Escuché un ruido. Encendí la luz. Odell estaba aquí dentro. Me daba la espalda. Se giró y sonrió. Yo no podía moverme. En una de sus manos, sujetaba un cuchillo. Dio un paso al frente y empezó a llorar entre sus propias carcajadas. Yo seguía sin poder moverme. Alzó el cuchillo con una mano mientras con la otra se secaba las lágrimas. Me dijo que abriera bien los ojos. De un certero tajo, se degolló delante de mí. Una gran cantidad de sangre se derramó sobre la cama y me salpicó la cara. Me aseguré de no estar soñando. Comencé a sentir frío. El horror más inimaginable consiguió que me moviera. Me destapé y avancé a cuatro patas sobre la cama. El frío era cada vez más intenso. Las sabanas estaban encharcadas de sangre, me manché todo el cuerpo. El cadáver de Odell descansaba sobre el suelo. Me quedé mirándolo desde los pies de la cama. Tenía los ojos cerrados, sus párpados estaban morados. La expresión de su cara era la de alguien que sueña con algo agradable. De su cuello seguía brotando sangre. Yo me tiré desesperado sobre la cama y empecé a llorar. Sentí alivio al ver mis lágrimas gotear. Un fuerte crujido me sacó de mi espiral de locura. Me incorporé. Odell ya no estaba en el suelo. No había ningún cuchillo. Ni una gota de sangre a la vista. Me quedé sentado a los pies de la cama mirando al suelo. Todo parecía normal, excepto yo. Me levanté para coger un cigarro. Cuando me di la vuelta para volver a la cama, me encontré a Odell tumbado en ella. Su rosada y palpitante herida estaba limpia de sangre. Sucedió algo confuso que no logro recordar. Sin saber cómo, me vi tumbado junto a Odell. Las sabanas nos cubrían a los dos. De la limpia herida de su cuello, emanaba un fuerte olor a tripas de pescado. Odell giró su cabeza hacia mí y me cogió de una mano. En ese instante tuve la siguiente visión:

Era una noche sin estrellas. Yo iba caminando por el campo. A una gran distancia, en el oscuro horizonte, aparecía y desaparecía la silueta de un edificio. No sé por qué, pero yo sabía que ese edificio era un hotel del cual debía alejarme todo lo que pudiera. Y lo intenté, lo intenté con todas mis fuerzas. Cambié de dirección varias veces; me senté a canturrear, imaginé ese mismo paraje sin la intermitente presencia del hotel, con mucho esfuerzo conseguí convencerme de haberlo perdido de vista para siempre, corrí de alegría pensando que ya no lo volvería a ver más, me ilusioné de corazón. Todo en vano. Al final el hotel siempre acababa apareciendo en la lejanía. Unas veces aparecía insidiosamente y otras veces aparecía de golpe, unas veces aparecía más grande y otras veces aparecía más pequeño, unas veces mirarlo daba miedo y otras veces mirarlo daba pavor.

En algún momento, un jolgorio inexplicable me distrajo de los quebrantos del hotel. Eran las lejanas voces de unas mujeres que parecían estar divirtiéndose a lo grande. La niebla y unos altos matorrales me impedían verlas. Me acerqué a los matorrales y los aparté con cuidado. Lo único que la niebla me permitió ver, en ese momento, fue a un numeroso grupo de mujeres bailando *swing*. Estaban peinadas y vestidas como las mujeres norteamericanas de los años cuarenta. Reían a borbotones, hablaban sin descanso, se abrazaban, practicaban los pasos de baile una y otra vez, hacían gestos con las manos, se arreglaban el vestido, tocaban palmas, cantaban. Todo esto sin música. Todo esto en medio de la niebla. El sonido de sus voces era como el eco, de un eco, de un eco, de un eco, de un eco proveniente del fondo del mar. Sus palabras se podían entender perfectamente pero, por contradictorio que parezca, sonaban gastadas y remotas. Mirarlas bailar era como mirar el fuego, no podía apartar la vista de ellas.

Cuando menos angustiado me encontraba, una de ellas me descubrió entre los matorrales y avisó a las demás. De inmediato el baile quedó reemplazado por suspiros y estatismo. Sus femeninos brazos colgaban pálidos y desganados (todas esas mujeres llevaban las uñas pintadas de rojo). Yo no sabía qué hacer ni qué decir. Ellas se limitaron a dar varios pasos hacia atrás y a desaparecer en la niebla. Un irracional sentimiento de culpa me obligó a ir tras ellas para explicarles que no quería molestarlas, para convencerlas de que ya me iba. Cegado por la niebla, no tardé en tropezar con algo y caer al suelo. Había tropezado con una lápida. Y no era la única. Aquel lugar estaba lleno de tumbas.

Dios mío, me debo de haber vuelto loco. El miedo me está devorando.

Tienes que mantener la calma, Frank, no estás solo en el mundo; tu vida va a seguir adelante, no te vas a volver loco, ten fe. Piensa en que esto lo va a leer un profesional de la salud mental, alguien te va a ayudar. Ten fe, Frank, ten fe. Sustituye el miedo por la fe.

Tengo fe

Quería irme de allí, quería irme de allí, estaba rodeado de tumbas y lo único que quería era irme de allí.

Lo que yo quisiera hacer daba igual. Mi voluntad era menos que anecdótica. Una fuerza que surgía de mí, pero que yo sentía como algo ajeno, me obligó a mirar las lápidas una a una. Ni la niebla ni la oscuridad consiguieron evitar mi espanto. En todas las tumbas había una fotografía color sepia esperando a que la mirara. Veinticinco tumbas, veinticinco fotografías, veinticinco bailarinas de *swing* enterradas.

Después de ver eso, me tuve que sentar. Una melancolía embriagadora se había apoderado de todos los átomos de mi cuerpo. Si cerraba los ojos, aun podía oír las risas de esas mujeres en mi cabeza pero, si los abría, solo veía lápidas a mí alrededor. ¿En qué momento desapareció la niebla? No lo recuerdo, lo único que sé es que ya no había nada que me dificultara la visión de nuestro destino. Del destino de todos los que ahora respiramos. Ni siquiera la oscuridad dificultaba mi visión. Daba la impresión de que, en mi interior, se había abierto un agujero negro capaz de absorber a la propia oscuridad. ¿Qué sé yo? Lo único cierto es que, despojado de armas espirituales que pudieran servirme de ayuda, me estaba enfrentando al fantasma negro de la muerte. ¿Dónde estaban esas armas? ¿Por qué tiene que ser esta narración de esta manera? Para mi desgracia, allí solo estábamos el absurdo, el desconsuelo, la cobardía, el fantasma negro y yo.

El fantasma negro tomó la palabra:

—¿Algún voluntario que se atreva a contradecirme? —preguntó.

Yo miré a mi alrededor buscando algún resto de fe que me ayudara a balbucear algo. Nada por aquí, nada por allí. Entonces el fantasma negro me miró y volvió a tomar la palabra:

—Si quieres encontrar lo que estás buscando, solo tienes que darte un largo abrazo con esos tres. Ellos sabrán complacerte —dijo señalando al absurdo, al desconsuelo y a la cobardía.

—Debe de ser una broma —contesté al irme. Cuando me hube alejado lo suficiente, miré hacia atrás, víctima de mi propia curiosidad. Simplemente quería saber si aquellas sombras seguían allí. Lo único que las náuseas me dejan escribir es que lo que vi no tuvo nada que ver con la cordura, ni con la piedad, ni con la salvación, ni con las medidas asépticas.

(Pedirle al psiquiatra que me haga hablar de esto).

Seguí caminando a duras penas, mis pies se habían vuelto de plomo y mis rodillas de mantequilla. El lento...".

Día 7

"Ayer me quedé dormido escribiendo, tengo que terminar esto como sea. Mi avión sale dentro de tres días, y no sé si encontraré algún billete que me permita irme antes de esa fecha. Lo que más me importa es ser capaz de dejar por escrito todo lo que no me haga vomitar; la posibilidad de empeorar y de no poder explicarme correctamente me produce pánico. Es muy duro lo que está pasándome, pero la única realidad en la que me es posible creer es que, ahora mismo, mi mente no es de fiar.

Estoy tan aturdido que hace diez minutos me miré al espejo y no sabía si me acababa de despertar o me iba a dormir.

Pese a mi aturdimiento, voy a intentar seguir:

Lo siguiente que recuerdo es que conseguí recuperar una movilidad normal; mis piernas volvían a ser ágiles, pero mis pensamientos seguían atrofiados. Que el terror volviera a mí era solo cuestión de tiempo.

La situación era lamentable; me encontraba completamente atrapado en una pesadilla sin entrada ni salida, de la que aun no creo haber escapado del todo (al escribir esto, he notado cómo las pupilas de la demencia se esforzaban en agudizar la vigilancia a la que me están sometiendo). Cada vez que levanto la mirada del papel, lo hago con el temor de volver a estar inmerso en una visita de Odell. No podría soportarlo. No podría soportar el rechinar de su desangelada boca torcida. No podría soportar, otra vez, la visión de aquella cueva.

Aquella cueva era tan anormal. Desde la entrada no parecía demasiado grande; sin embargo, había algo en ella que me impresionaba, que me inducía a la contemplación. Y eso fue lo que hice, contemplarla detenidamente. Tan detenidamente la contemplé que, en lugar de una cueva, acabé viendo un estómago recién cortado por la mitad. Un estómago al que, por simple crueldad, no le estaban permitidas las palpitaciones del dolor. Por muy bizarro que me resulte al escribirlo, eso es lo que me vino a la cabeza, exactamente eso. Respecto a las paredes de su interior, me es imposible obviar lo nítidamente que me recordaban —causándome de este modo repugnancia— al pellejo que le colgaba de la cara a un maestro de mi colegio.

En un principio creí que allí dentro no había nadie; sin embargo, no tardé en darme cuenta de que no estaba en lo cierto. Un rumor, metido en pura oscuridad, daba la impresión de estar aproximándose a través de una profundidad inexistente. La desproporción entre las dimensiones de la cueva y la exagerada lejanía del rumor era tan evidente que acabó provocándome una histeria paralítica de la que me costó salir. Cuando el rumor se hubo acercado lo suficiente, comencé a distinguir varias voces distintas en el interior de la negrura. Lentamente el rumor se fue transformando en voces y más voces. Voces y más voces. Voces y más voces. Me estaban taladrando el cerebro, me estaban matando a golpe de conversación deslavazada.

El silencio tardó en reaparecer. Pero cuando lo hizo, creí haber recuperado la compasión de los ángeles. La paz no duró mucho. Una cerilla encendiéndose me devolvió a mi penoso acobardamiento. Entre los dedos de un anciano, la pequeña llama me mostraba el interior de la cueva casi en su totalidad. Alrededor de la llama, hacia el fondo y hacia los lados, solo se podían ver ancianos. Eran muchos. No pude calcular cuántos. Apenas cabían.

La cueva era más espaciosa por dentro que lo que me había parecido por fuera. Uno de los ancianos del fondo, al que no pude localizar, empezó a toser como si lo que necesitara expulsar fuera su propia tráquea. Ninguno de los presentes manifestó, de manera visible, el menor atisbo de interés por el inminente ahogamiento. El desenlace más probable de aquella situación no tenía buena pinta. Contra todo pronóstico, el anciano consiguió recuperar el aliento y, con dificultad, dijo algo sobre la sorprendente capacidad que tienen los estómagos para cambiar de tamaño. Una vez finalizado el comentario, cuando el alivio no había hecho más que llegar a mí, el anciano empezó a reírse solo. Entregado como un juguete a su propia risa, no tardó en atragantarse y en volver a toser otra vez.

Mientras eso sucedía, varias cerillas se habían consumido y habían sido arrojadas al suelo. De pronto un montón de paja, que hasta entonces yo no había visto, comenzó a arder en el centro de la cueva.

Lentamente todos los ancianos se pusieron en movimiento. Cada uno lo hacía como podía. Algunos se movían con muletas, otros apoyados sobre bastones, pero sin duda los más admirables eran los que trataban de acercarse empujando pesadas sillas de ruedas. Sus gastadas caras, desencajadas por el esfuerzo, eran poco agradables; sin embargo, en sus ojos había algo conmovedor. En todos esos ojos, iluminados por el fuego, brillaba con claridad el anhelo de hablar de sus vidas. Ante tal visión, noté cómo se encendía en mí la necesidad de atenderlos a todos, de mostrar interés por todo lo que tuvieran que decirme, de aprender de sus palabras, de reírme con ellos, de ayudarlos a caminar. Hubiera hecho cualquier cosa para que se sintieran bien. Incluso deseé volver a escuchar sus voces; me daba igual que hablaran todos a la vez, me daba igual el malestar que eso pudiera causarme. Solo quería volver a escuchar sus voces y sentir que, de alguna manera, les estaba ayudando.

No tardé en darme cuenta de que, por mucho que aparentemente se movieran, siempre permanecían a la misma distancia. Por ese motivo traté de acercarme yo a ellos. El resultado de mis intentos de acercamiento fue provocar más lejanía. Si yo daba un paso, ellos retrocedían dos. Si yo daba dos pasos, ellos retrocedían cuatro. Rápidamente comprendí lo contraproducente de mi iniciativa y me quedé quieto. Me quedé contemplando cómo esas personas intentaban llegar hasta mí sin escatimar en esfuerzos.

En su estéril lucha por alcanzarme, un anciano cayó al suelo y, antes de que pudiera levantar la cabeza, quedó sepultado bajo una nube de piernas temblorosas. Intenté gritarles que se detuvieran pero, por mucho que lo intentara, no había forma de que mi voz saliera de la garganta. Además el brillo de sus ojos dejaba claro que no se iban a detener porque yo lo dijera.

Desesperados e impotentes por la inutilidad del sacrificio que estaban haciendo, varios ancianos comenzaron a alargar sus brazos hacia mí. Me señalaban, se miraban entre ellos, asentían, dejaban las palmas de sus manos a mi vista, movían los dedos, abrían las bocas, cerraban los ojos por el esfuerzo, se empujaban unos a otros. Fue muy doloroso ver lo que vi. Ellos solo querían compartir conmigo sus vivencias. Querían hablar de sus días felices, dar detalles, recrearse en amores, maquillar desengaños, subrayar logros, especificar nombres y apellidos, lamentar sus pérdidas, reír de pena, volver a lamentar sus pérdidas. Solo se trataba de eso. Mirándoles vi, con claridad, la fragilidad que a todos nos aguarda en el último capítulo de la gran obra.

La situación era desesperante, pero ellos no se daban por vencidos. Intentaban seguir adelante como se sigue adelante cuando uno está convencido de que, tarde o temprano, conseguirá superar las dificultades. Yo, sin embargo, había empezado a comprender que nunca llegarían hasta mí. Había empezado a comprender que lo mejor que esas personas podían hacer era dejar de luchar de esa manera.

No pude evitar que empezaran a caer al suelo masivamente. ¿Cómo iba a hacerlo? Primero cayeron dos a la vez; con esos dos tropezaron cinco, con esos cinco tropezaron quince. Lo que yo más temía que ocurriera estaba ocurriendo con precisión y frialdad.

Quizás podría haber actuado de una manera más heroica, pero mi reacción fue alejarme de allí a paso ligero. No se me ocurría nada que no fuera evitar males mayores.

Al salir de la cueva, caí al suelo exánime. No podía mover un dedo sin sentir que se me iba la vida tras semejante sacrificio. Mis fuerzas se habían quedado en el interior de ese lugar. Con ellos.

El tiempo que permanecí tirado en el suelo es para mí un misterio. Solo sé que no dejé de escuchar sus voces saliendo de la oscuridad de la cueva. Gritaban, murmuraban, me llamaban por mi nombre, silbaban, se insultaban unos a otros, gritaban otra vez. Así fue hasta que poco a poco me fui recuperando y logré ponerme en pie.

Cada paso que daba para alejarme de allí me hacía más fuerte físicamente. Mis emociones, por el contrario, no hacían más que torturarme. La pena que sentí por todos esos ancianos me cegó durante gran parte del camino.

Sin darme cuenta, mis piernas me llevaron hasta una carretera lo suficientemente ancha como para, sin serlo, hacerme dudar de que fuera una autopista. Al pisarla presentí dos cosas. En primer lugar presentí que, dentro de la lejana silueta del hotel, alguien se estaba riendo de mí. En segundo lugar presentí que, si empezaba a andar por esa carretera, volvería al mundo real. Aferrado a la esperanza de encontrar una salida en algún lugar de la noche, comencé a caminar por el asfalto.

No había andado ni treinta metros cuando, entre la débil niebla, apareció un cartel a mi derecha. Era un cartel, grande y azul, salpicado en toda su superficie de pequeñas gotas de humedad.

Alguien había aprovechado la humedad para dibujar con el dedo la figura de un ahorcado. El cartel indicaba, con letras blancas, la proximidad de una playa. El nombre de la playa estaba tachado con pintura roja.

La idea de llegar a la costa me reconfortaba, me ayudaba a tolerar el miedo. A medida que mis temores —y yo con ellos— avanzaban por la carretera, un bosque se iba espesando a ambos lados del asfalto. El sonido de las hojas secas bajo mis pies conseguía relajarme, conseguía traer a mi memoria multitud de paseos con mi abuelo, conseguía distraerme del sinfín de ruidos que me seguían y de los destellos que se movían entre los árboles.

Otro tipo de sonido empezó a acercarse por mi espalda. No me lo quería creer, pero estaba claro de que se trataba del sonido de un motor. De un motor viejo.

Cuando me giré lo hice con el corazón arañándome para que no lo hiciera, cuando me giré lo hice sabiendo que no podía esconderme en el bosque porque en el bosque había algo maligno, cuando me giré me encontré con dos grandes faros aproximándose lentamente.

Escribir todo esto me está revolviendo el estómago. Necesito descansar la mente. Estoy haciendo un gran esfuerzo para conseguir que las descripciones (las que soy capaz de plasmar en el papel) sean lo más precisas posible. La verdad es que no sé si lo estoy consiguiendo. Que Dios me ampare.

Los faros estaban cada vez más cerca; correr era inútil porque lo que tenía delante era una gran recta dividida por líneas discontinuas, cuyo final se perdía en la oscuridad. Me quedé quieto; a mi lado se había formado un remolino de hojas secas al cual, debido a la ausencia de viento, no le encontré ninguna explicación. Mientras yo trataba de adivinar qué tipo de vehículo se aproximaba, un frío seco subía y bajaba por mi espina dorsal al ritmo que marcaba los ruidos del bosque.

Resultó ser un autobús gris. Eso no lo supe hasta que pasó a mi lado. El deslumbramiento inicial no me impidió ser testigo de la horrible escena que se estaba desarrollando en el interior del autobús ya que, muy a mi pesar, el conductor se tomó la molestia de reducir la velocidad al pasar junto a mí.

Lo primero que vi fue a una señora encogida junto a la ventana más próxima al morro del autobús. Llevaba un pañuelo negro cubriéndole el pelo: entre sus manos un grueso crucifijo de madera temblaba tanto como ella. Justo detrás de la señora había un hombre, puesto en pie, mirando hacia la parte trasera del autobús. Era alto y destacaba tanto por la pulcritud de su atuendo como por la cantidad de gomina que llevaba en la cabeza. Aunque la iluminación interna del autobús parpadeaba de forma algo molesta, esa circunstancia no fue capaz de robarle protagonismo al brillo de la gomina.

Este hombre, de aspecto tan adinerado, estaba plantado en medio del pasillo sosteniendo entre sus manos un bocadillo extremadamente grasiento. La grasa, mezclada con una salsa marrón, goteaba desde el interior del pan y descendía entre los dedos del sonriente tipo, al cual no parecía importarle que las mangas de su camisa empezaran a acumular pringue.

Tampoco parecían importarle las salpicaduras de sangre que le cubrían la cara y la chaqueta.

La sangre provenía de la parte trasera del autobús. Un furibundo grupo de personas desarrapadas estaba luchando por alcanzar el bocadillo. Lo que contemplé desde aquel oscuro arcén no era una lucha humana. Era una lucha absolutamente animal; lo único que allí dentro había de humano eran los cuerpos de esas personas. Cuerpos desdentados, tuertos, mutilados. Cuerpos que caían malheridos al suelo pero que, al instante, se volvían a levantar empujados por la desesperación más cruda. Cuerpos a los que solo les estaba permitido rozar el bocadillo con la yema de los dedos y, como mucho, soñar con su sabor.

El autobús pasó de largo despacio. En la ventana trasera, había una niña con cara de pánico, mirándome a los ojos. La matrícula estaba iluminada con una bombilla roja y otra azul. No tenía números, únicamente letras. Las letras estaban ordenadas de la siguiente manera y decían: "SOLO TE FALTA LA GOMINA".

La carretera volvió a quedarse vacía. Yo seguí caminando con los ojos de la niña dando vueltas en mi cabeza. Lo más desolador de esos ojos era que no esperaban nada de mí. Nada en absoluto. Estaba demasiado claro que yo no iba a ayudar a nadie.

Me quedé a merced de la soledad más hiriente. La soledad de un hombre desnudo ante sus peores miserias. La indiferencia, la pasividad y el egoísmo son etiquetas que reúnen lo peor de la existencia.

Volvieron los ruidos, volvieron a moverse los destellos entre los árboles. Miré hacia mi nebuloso horizonte de alquitrán y empecé a correr con rabia. No quería estar cerca de ese bosque por nada del mundo, tampoco quería pensar.

"La falta de oxígeno ayuda a no pensar", pensé mientras corría.

Paulatinamente el bosque fue perdiendo su espesura. La carretera, sin embargo, permanecía inalterable. Recta y profunda. Justo cuando empezaba a cansarme de esa situación, apareció un desvío a mi derecha. Sin dudarlo, frené mi carrera y, a pesar del temblor de rodillas, me acerqué al desvío con la certeza de que en ese camino de arena estaba mi destino. Ningún designio mágico me estaba guiando, solo se trataba de mi voluntad.

Avancé un poco y me encontré con el agradable olor a mar. De pronto me sentía bien, por fin había llegado a la costa. Nunca ha hecho falta gran cosa para que mi ánimo mejore. Se formaron dunas a mi alrededor. Me subí a la más alta; no se veía casi nada, pero me pareció vislumbrar una enorme playa llena de gente. Bajé rodando de la duna a causa de un tropezón ridículo. Un palo frenó mi caída prematura y dolorosamente. Al levantarme se confirmó lo que creí haber visto sobre la duna. Estaba en una gran playa atestada de gente. Aun dolorido, miré hacia el palo y me di cuenta de que era un cartel. "Está usted en la playa de los suicidas", rezaba el cartel. Volví a mirar al gentío y, a pesar de la terca oscuridad, nada quedó oculto para mí. Aquella inmensa cantidad de gente se estaba comportando como si estuviera en una playa del Caribe a las cuatro de la tarde. Había gente bañándose, gente jugando a las cartas, gente tumbada, gente tomando refrescos, gente haciendo nudismo, gente fumando marihuana, gente besándose, gente jugando al fútbol, gente inflando flotadores, gente comiendo, gente corriendo por la orilla, gente persiguiendo un *frisbee*, etcétera.

Al principio me sentía muy intimidado pero, aun así, me adentré en aquel tumulto en busca de la orilla. A medida que mis pasos me llevaban al agua, empecé a sentirme más relajado. Era tal el jolgorio que tenía a mi alrededor que resultaba imposible no contagiarse de cierto júbilo.

Me metí en el mar hasta las rodillas. Miré mi cuerpo parcialmente sumergido y tuve la impresión de haber desaparecido de rodillas para abajo. No me detuve. Cuando el agua me llegaba al pecho, advertí que un nadador se acercaba a mí desde mar adentro. Durante un buen lapso de tiempo me olvidé del nadador y me dediqué a relajarme profundamente. El bullicio de la playa llegaba hasta mis oídos transformado en paz y armonía. Por imposible que ahora me pareciera, noté, con claridad, cómo una rara especie de duermevela me abrazaba por los hombros. Casi podía oírla respirar.

Finalmente el nadador me alcanzó. Se trataba de Odell. No me produjo una gran sorpresa descubrir la identidad del nadador; supongo que había algo dentro de mí que ya se lo esperaba. Estuvimos hablando un poco. No recuerdo bien de qué. Lo que sí recuerdo muy bien es la maravillosa liberación que me inundaba. Me sentía a salvo de todo, incluso de mí mismo. Mientras Odell hablaba de cosas de poca importancia, yo movía las piernas como un feto en el útero materno. No había nada de que preocuparse. No en ese lugar.

Volver tan inesperadamente a esta asfixiante habitación me resultó muy penoso. Por lo que pude ver, mi cuerpo apenas se había movido. Seguía tumbado en la cama con las putas sábanas por encima. Odell, en cambio, estaba de pie. Su postura, expectante y reflexiva, me dio a entender que llevaba algún tiempo mirándome. En su torcida sonrisa, detecté que él, ese gris mal nacido, era perfecto conocedor de mi desesperación. Conocía mi frío. Conocía mi ira. Conocía mi lado autodestructivo.

Aprovechándose de la debilidad que me asolaba, se acercó a la cama y, sin más, tiró de mi cuello hasta ponerme en pie. Fue entonces cuando sacó el cuchillo, no sé de dónde, y me preguntó si quería volver a la playa. Creo que no le contesté nada. Sin ningún motivo, él empezó a reírse y a señalar a la ventana. Cuando me fui a dar cuenta, el cuchillo descansaba sobre la palma de mi mano derecha. La idea de regresar a la playa era muy seductora.

Algo me sacó de un trance de duración indeterminada. Odell había dejado de reírse y estaba hablando aceleradamente (sus encías sangraban más de lo habitual).

Me dijo que él sabía mejor que nadie por lo que yo estaba pasando. Me dijo que mi sufrimiento era del mismo color que el suyo. Me dijo que no me avergonzara de querer estar en la playa. Me dijo que mis dudas eran normales. Me dijo que, una vez probados los placeres de aquella costa, nadie quería irse de allí. Me dijo que estaba en mi derecho de permanecer sumergido en el único océano ajeno al tiempo. Me dijo que, si me decidía a clavarme el cuchillo en la garganta, no me iba a arrepentir. Me dijo que allí (en la playa) no se diferenciaba entre ganadores y perdedores. Me dijo que allí nadie tenía la oportunidad de alegrarse de las desgracias ajenas. Me dijo que allí no existían los quistes. Me dijo que allí no tenías que mostrar interés por minucias. Me dijo que allí se contaban infinidad de historias interesantes. Me dijo que, si no me gustaba el cuchillo, también podía volver a la playa saltando por la ventana. Me dijo más cosas, muchas más cosas. De todo lo que salió de su boca, solo recuerdo lo que acabo de escribir; sin embargo, estoy convencido de que en mis venas no falta ni una sola gota de su veneno.

La ventana, por su parte, parecía estar divirtiéndose a mi costa. No exagero si escribo que esa pequeña ventana que ahora tengo delante había crecido al menos un metro. Que cambiara de tamaño no era ninguna novedad para mí; la novedad era que, además de haber crecido, estaba tirando de la vida que soy en dirección al suelo de la calle. No opuse ninguna resistencia. Me daba vergüenza montar un espectáculo.

Al llegar a la ventana, noté que mis ojos estaban ahogándose bajo lágrimas. Todo en mí era derribo. De todas las posibilidades que el mundo alberga, una de ellas era que yo saltara al vacío en busca de la playa. Esa posibilidad se hizo tan real y tan alargada que pude ver cómo se acercaba hacia mí. Abajo, en la calle, lo cotidiano permanecía indiferente al cruel sinsentido que, abruptamente, podría haberse consumado. Tras la tragedia, con los horarios apremiando y las mujeres preguntando, todo habría sido escondido en la antesala del olvido.

La posibilidad seguía acercándose. Yo miré hacia otro lado y solo vi tubos de escape. La posibilidad seguía acercándose. Yo miré hacia el cielo y hasta la noche me pareció incomprensible. La posibilidad seguía acercándose. Yo miré hacia mis recuerdos gratos y deseé cien mil más.

Cerrar la ventana fue fácil. Aceptar que el cuchillo había desaparecido de mi mano fue más fácil aun. Descubrir que Odell ya no estaba en la habitación sigue siendo un alivio del que no me quiero separar.

Esto es casi todo lo que recuerdo del desvarío. Necesito una medicación fuerte. Mi único objetivo, ahora mismo, es volver a Hamburgo hoy o mañana. Tengo que conseguirlo.

No hay billetes. He intentado explicar mi problema, pero lo único que he conseguido ha sido ver cómo varias personas se encogían de hombros.

Una de las chicas que me ha atendido sabía alemán. Mientras yo trataba de hacerme entender, ella me miraba como se mira a un incordio exótico. Al principio parecía ser una persona empática, pero está claro que su interés inicial no era más que una mezcla de educación y curiosidad.

A veces me dan ganas de prenderle fuego al mundo. Si yo fuera alguien importante, estaría montado en un avión con cuatro médicos a mi alrededor. Lo único que me separa de eso es el dinero.

No puedo volver al hotel, me da pánico solo de pensarlo.

El profundo estropicio emocional que sentía por no encontrar a Maika me resulta ahora superficial y fácilmente reparable. Pensar que lo irreparable acaba de manifestarse me martiriza.

Cada vez tengo más claro que no voy a pasar la noche en el hotel.

Me he pasado tres horas mirando los escaparates de una calle. Tengo miedo de ver a Odell entre la gente. El dependiente de una de las tiendas ha salido de detrás de su mostrador y me ha hablado. Supongo que me estaba preguntando si buscaba algo en particular. Es normal que eso haya sucedido. No sé cuántas veces me paré delante de ese escaparate, pero debieron ser muchas.

Los comercios han cerrado. Mi desesperación sigue abierta.

Al leer lo que llevo escrito en este diario, me he calmado de alguna manera. Ver todos esos pensamientos plasmados en el papel, ver todas esas situaciones tan correctamente explicadas me demuestra que mi cabeza aun mantiene el equilibrio. Incluso al describir el desvarío, mantengo una cierta lógica dentro de mi estilo. Mi forma de escribir sigue ahí, sigo siendo yo.

No voy a llorar, no voy a llevarme las manos a la cabeza, no voy a pensar que mi vida se ha terminado. Voy a enfrentarme a lo que está ocurriendo. Acabo de ver una sirena escondiéndose detrás de un contenedor de basura. Estoy sufriendo un brote psicótico.

He encontrado un buen lugar para dormir. Esta era la residencia de verano de Federico García Lorca. Aquí me siento acompañado. El parque que rodea a este lugar está en completo silencio, no creo que me resulte difícil descansar.

Rezo por Tom, rezo por mí."

DÍA 8

"¿Es esto real? ¿Estoy en este parque? ¿De verdad que acaba de salir el Sol? Nunca pensé que este tipo de preguntas me fuera a hacer tanto daño. ¿Dónde acaba mi mente y empieza la realidad? Quizás existan más realidades de las que un ser humano puede ver. Un gato hace cosas de gatos y percibe la realidad en función de su sistema nervioso. Un ser humano normal hace cosas de seres humanos normales y percibe la realidad en función de su sistema nervioso. Un loco hace cosas de locos y percibe la realidad en función de su sistema nervioso. No sé a dónde quiero llegar, estoy asustado.

He vuelto a ver a la sirena. Yo estaba esperando a que un semáforo me dejara cruzar la calle y, en armonía con todo lo que había al alcance de mis ojos, ella ha pasado flotando sobre las cabezas de varias personas. Estaba lejos y no he podido verla bien, pero sus movimientos me han resultado magnéticos. Se movía como si estuviera en las profundidades de un océano.

Debo de haber cruzado alguna frontera sin aduana visible. Espero estar a tiempo de encontrar el camino de vuelta, espero no estar adentrándome en las tinieblas de la dirección equivocada.

Todo sucede sin más
sobre un eterno escenario
decorado con despistada divinidad.
Y en el eterno después
el tiempo se desenganchará
del vicio de restar.
Allí ya no existirán los medicamentos adulterados
(tampoco la amargura gratuita)
El silencio no será incómodo
y las venas no serán vulnerables.
No habrá sabor a plástico en las despedidas,
y ya no cambiaré saliva por

La sirena otra vez. Mientras escribía ese boceto de poema, me sentía en contacto conmigo mismo. De repente he oído una voz, serena y femenina, pronunciando mi nombre. Al levantar la cabeza, la he visto de cerca. Es el ser más hermoso que he visto nunca, realmente no encuentro palabras para describirla. Solo anotaré que es morena y que sus escamas son de color añil. Cuando la he mirado, estaba sonriéndome con los brazos cruzados y la aleta en movimiento. Su manera de sonreír era la de alguien satisfecho con lo que tiene delante. Al irse me ha dicho que le gusta mucho verme escribir.

No puedo. Estoy sentado en la sala de espera de un hospital, pero me voy a ir. Esto es un caos, aquí no me entiende nadie. Pensar en que un psiquiatra va a atenderme en Hamburgo alimenta mi esperanza.

Queda una hora menos para montarme en el avión.

Quedan tres horas menos para montarme en el avión.

La tarde se presenta larga, gris y abarrotada de miedos.

Esquizofrenia. Esa es la palabra, ese es el nombre de la amenaza que pretendo extirpar de mi cerebro. Pensé que, escribiendo su nombre tal vez conseguiría sacarla de mis pensamientos. Pensé que tal vez el papel absorbería todo el mal que me atormenta. Nada más lejos de la realidad. Francamente era de esperar.

Me he estado acordando del juego de la esquizofrenia. Me he estado acordando de las no pocas veces en que me he hecho pasar por un lúcido desequilibrado mental; de las no pocas veces en que me he divertido con la incomodidad de los demás. Ahora solo parezco la víctima de una broma brutal.

No quiero deshacerme. Hasta hoy nunca me había sentido culpable por incomodar a quien se lo merece. Debo evitar que la debilidad me arrastre; de lo contrario, mi forma de ser podría quedar deforme e irreconocible.

Va a empezar a llover de un momento a otro.

Ha empezado a llover.

Este olor a lluvia, estos edificios goteando, esta humedad descontrolada, estos limpiaparabrisas, este papel mojado, estos charcos manchados de aceite, esta tristeza sin paraguas, estas lágrimas sin metáfora.

Ha parado de llover.

La casa de Lorca me acoge en silencio. Hoy también pasaré aquí la noche; en este lugar flota algo distinto.

La tengo delante. Ha surgido de un rincón oscuro y, rascándose las escamas de su aleta, me ha dicho "No llores, coge el bolígrafo y descríbeme".

Sigue ahí, me ha vuelto a repetir que la describa. Estoy muerto de miedo, pero lo voy a intentar.

Su pelo

Largo, lacio y negro. No puedo omitir que mirarlo me causa un dolor infectado de matices. Un dolor cuyo origen no identifico porque no es solo mío.

Suave melena sombría, en tu acuático movimiento veo el doloroso transcurrir de siglos interminables.

Espeso manto de pelo, en cada uno de tus cabellos habita una agotadora narración sembrada de llagas.

Brillante nubarrón de filamentos flexibles, la cara oculta del alma encuentra más soledad tras cualquiera de tus mechones.

Largo, lacio y negro. Cuanto más lo miro, más claramente veo la tozuda dentadura del sufrimiento humano. Esa que no se cansa de morder, esa que mastica despacio, esa que colecciona grumos de sarro sin que, por ello, se enturbie el reflejo de las resignadas multitudes.

Misterio de misterios, larga, lacia, negra y rabiosa fuente de inspiración. De tus insufribles profundidades, siempre han brotado claridades. En ti mojan sus pinceles los pintores, en ti cargan sus plumas los poetas, en ti cualquier lamento se despierta hecho canción.

¿Quién se atrevería a dudar de ti?

¿Quién negaría tu influjo sobre los sueños del mundo?

Su carne

Palidez, ternura, firmeza, mejillas, curvas, rectas, piel, brazos, manos, labios (forman una sonrisa preciosa), ombligo, cuello, fragilidad, fortaleza, sensualidad, finura, nariz, perfección. Debajo de todo esto, circulan litros de sangre. Debajo de todo esto, coexisten el bien y el mal.

Con manos como esas se ha labrado la tierra, se ha amasado el pan, se han curado heridas profundas, se han traído nuevas vidas al mundo, se ha dado placer, se ha evitado dolor, se han transportado cubos de agua, se han golpeado rocas, se han talado árboles, se han cazado alces, se han cavado pozos, se han enterrado difuntos, se ha separado el grano de la paja, se han pelado cebollas, se ha encontrado oro, se han enmarcado cuadros, se ha cortado leña, se han escalado montañas, se han barnizado muebles, se han pescado atunes, se han amontonado sandías, se han cuidado jardines, se han enfoscado paredes y un largo etcétera.

Con manos como esas también se han matado inocentes, se han incendiado bosques, se han extinguido especies y un etcétera no menos largo. Sin embargo, al mirar las curvas de su carne, detecto algo que me tranquiliza. La vida siempre juega con ventaja.

Sus escamas

Busco una palabra para describir lo que esta añil contemplación provoca en mí.

Creo haberla encontrado, puede que "fascinación" sea la palabra. En cualquier caso, sé que solo se trata de una aproximación lingüística. Una débil aproximación hacia algo relacionado con lo inabarcable.

Se mueven, mientras escribo sus escamas se mueven con movimientos de pescado escurridizo. Sin duda, cabría hacerse la siguiente pregunta: ¿qué son esas escamas que tengo ante mí?

La respuesta se me antoja tan sencilla como un alumbramiento. Ante mí la fantasía, ante mí el horizonte de los visionarios, ante mí el talento chorreando brillantez, ante mí la posibilidad de escapar de la zahorra, ante mí la fecha de defunción de la vulgaridad, ante mí el fruto del insomnio fértil, ante mí el resultado de la ecuación, ante mí la picassiana inspiración que te encuentra trabajando, ante mí el chispazo que alumbra la noche más cerrada, ante mí la *vendetta* del ingenio, ante mí el salvavidas de nuestras infancias, ante mí la semilla que engendrará nuevos pensamientos, ante mí el punto y seguido, ante mí el torniquete que detiene la hemorragia, ante mí el indiscreto encanto de lo raro, ante mí la falta de aburrimiento, ante mí el contenido de las miradas ausentes, ante mí las alas del oficinista, ante mí.

Ya no está aquí. Antes de irse se acercó nadando a través del aire, y me dijo algo que aun resuena en mis oídos. "Debes intentar animarte porque, mientras exista el lugar de donde yo vengo, no hay nada de que preocuparse". Eso fue lo que me dijo.

Día 9

"Son las cuatro y media de la madrugada. Tengo los ojos casi pegados por el sueño, pero no estoy soñando. Este texto es prueba de ello.

Una conversación, que aun continúa, me ha desvelado por completo. Creo distinguir cinco o seis voces diferentes y juro por Dios que estoy luchando por dejar de oírlas. Las voces salen del interior de la casa de Lorca, esto no puede ser real.

Me he acercado un poco más y, aparentemente, ahí dentro hay más gente de lo que yo pensaba. Parece como si estuvieran terminando de comer porque, además de alguna risa, se oyen sillas arrastrándose y platos apilándose. Por si fuera poco, hay una luz que permanece encendida en todo momento y otra que se enciende de vez en cuando. No encuentro ningún motivo para dejar de pensar que, probablemente, mi cabeza está desvariando otra vez.

Son las cinco de la madrugada. Es tan real lo que estoy viendo y oyendo que no puedo asegurar que no esté ocurriendo de verdad. Ahora mismo acabo de ver pasar, por una de las ventanas, la figura de un hombre de mediana estatura. Su mano izquierda permanecía alzada mientras su mano derecha sostenía un vaso. Me ha dado la impresión de que estaba recitando.

Sigo aquí, esa casa desprende alegría.

La situación sigue su curso con total naturalidad. Intento creer que, quizás, no estoy alucinando; puede que, tal vez, se trate de una reunión de gente relacionada con el mundo de la cultura. A lo mejor se reúnen aquí, cada cierto tiempo, para celebrar alguna efeméride. Una vez leí que la explicación más sencilla es la que tiene más probabilidades de ser cierta. El problema es que, en este caso, no tengo nada claro cuál es la explicación más sencilla.

Se ha abierto una puerta. Del interior de la casa, sale muchísimo humo. No puede ser humo de tabaco porque sería una exageración, tampoco parece que se esté quemando nada.

No es humo; en realidad es una especie de vapor celeste al que no le encuentro una explicación alejada de mi brote psicótico.

Un hombre de barba blanca ha salido de la casa. Está mirando al cielo a un metro de la puerta.

Ese hombre no se mueve. Su forma de vestir es completamente anacrónica; lleva puesto un abrigo gastado que le llega por las rodillas y un sombrero de ala ancha que parece sacado de una granja.

Por fin se está moviendo. Ha dejado de mirar al cielo y se está acariciando la barba distraídamente. Es una barba muy espesa y muy larga. Tan espesa es que, a veces, sus dedos desaparecen por completo en la blancura que le rodea la boca.

No sabría decir a qué está mirando ese hombre. Lo único que tiene delante son unos cuantos árboles y mucha madrugada.

Ahora está mirando hacia aquí. Me ha pillado mirándole. Lo único que se me ocurre es seguir escribiendo como si no pasara nada. Esto es absurdo, estoy aquí disimulando y ni siquiera sé si ese tipo es de carne y hueso. Si fuera real, yo en su lugar estaría inquieto por mi presencia aquí, no es algo habitual lo que estoy haciendo. ¿Por qué no me dice que no puedo estar aquí? ¿Por qué no deja de mirarme de una jodida vez? Estoy nervioso, ya no sé qué escribir.

Estoy disimulando, estoy disimulando, estoy disimulando, estoy disimulando, estoy disimulando, estoy disimulando, estoy disimulando, estoy disimulando, estoy disimulando, ¿estoy cuerdo?, estoy disimulando, estoy disimulando, estoy disimulando.

Alguien ha gritado algo desde dentro de la casa. Creo que era un nombre, creo que han gritado Walt. Debe de ser el nombre del tipo de la barba. Debe de serlo, porque su reacción ha sido mirar hacia atrás y reírse.

Me está mirando otra vez. Es extraño, de pronto se ha levantado una templada brisa que trae consigo olor a hierba.

Alguien ha vuelto a gritar su nombre. Esta vez también ha gritado su apellido. No sé cómo no me he dado cuenta antes, un estremecimiento me recorre entero. Estoy viendo a Walt Whitman.

Mi poeta favorito ha entrado en la casa y ha dejado la puerta abierta. Antes de entrar hizo un gesto claramente dirigido a mí. Desde entonces siento cómo el malestar se disuelve sin remedio.

La puerta sigue abierta, quiero saber qué hay ahí dentro.

He vuelto al hotel por dos motivos. El primero es que ya no me da miedo estar aquí. El segundo es que quiero escribir, tranquilamente, acerca de lo que he vivido hace un par de horas.

Intentaré ser preciso:

Entré en la casa y cerré la puerta con cuidado. No quería hacer ruido por nada del mundo. Lo único que, en un principio, veía eran los penumbrosos contornos del mobiliario. Rápidamente me acerqué a una habitación iluminada y advertí que el vapor celeste lo envolvía todo, dándole a la estancia un aspecto sobrenatural.

La conversación que me había despertado continuaba, con su tono animado y jovial, en el interior de la habitación iluminada. Me sentía muy excitado; aun no sabía quién había en esa habitación, pero tenía claro que no iba a suceder nada desagradable. La puerta estaba completamente abierta; simplemente tenía que dar dos pasos y descubriría, de una vez por todas, lo que estaba pasando allí.

Cuando di los dos pasos, me encontré con el festivo alboroto de una reunión de amigos. Eran ocho personas (ni rastro de Walt Whitman), y ninguna de ellas le dio importancia a mi repentina presencia. De esas ocho personas, reconocí a tres.

Al primero que reconocí fue a Federico García Lorca. Estaba subido en una silla situada en el centro de la habitación, tenía los brazos abiertos y la risa a flor de piel. Casi todo el mundo le miraba atentamente.

Al segundo que reconocí fue al único que no miraba a Federico.

Era un hombre con el bigote tan negro como su propio sombrero. Era el único que parecía preocupado por algo. Era Fernando Pessoa.

Al tercero que reconocí me gustó verle tan alegre. Me gusto verle con las mejillas rosadas y las manos sobre la barriga. Fue todo un placer encontrarme así a Dámaso Alonso.

Era muy agradable estar allí, no podía (ni puedo) creer lo que me estaba pasando. No obstante, había algo que daba vueltas en mi interior. ¿Dónde estaba mi poeta favorito? Lorca no tardó en darse cuenta de mi incertidumbre y, sin cambiar la felicidad de su gesto, señaló hacia el piso de arriba.

Nunca subir unas escaleras me resultó tan placentero. Nunca entrar en una habitación me resultó tan dulcemente intimidante.

Allí estaba él, sentado a oscuras, en el borde de una cama deshecha. Todo lo que le rodeaba, hasta el objeto menos visible, estaba claramente influenciado por su rotunda presencia. Incluso el propio tiempo parecía esperar una reacción por parte de aquel hombre.

La espera no fue fácil, pero mereció la pena con creces.

"Acércate a ese espejo y recréate en lo que veas", dijo Whitman levantando la cabeza.

Yo me acerqué casi corriendo, y lo que encontré fue un espejo que, en apariencia, solo era capaz de ofrecer mi reflejo. "¿Qué tiene esto de especial?", pensé a la vez que me aplanaba el flequillo.

Dicha pregunta no tardó en abandonar mi pensamiento. Antes de que el flequillo estuviera bien aplanado, comencé a percibir inexplicables cambios en la imagen que devolvía el espejo.

En primer lugar, mi cabeza desapareció por completo. Después desaparecieron mis hombros y mis brazos. El resto del cuerpo se esfumó a la vez (en ese instante miré hacia atrás y, con un relajado movimiento de mano, Whitman me invitó a seguir atento al espejo).

Poco después del desvanecimiento de mi imagen, comenzó a surgir, en su lugar, una intensa luz grisácea que acabó por deslumbrarme totalmente. No sé cuánto duró el deslumbramiento pero, durase lo que durase, dio mucho de sí.

Puedo afirmar que, durante esa incierta fracción de mi tiempo, fui testigo de ciertas célebres miserias. Casi todas ellas conocidas en primera persona. Todas ellas indeseables.

Aun me sobrecojo al recordar lo privilegiada que era mi posición en el interior del deslumbramiento. Mi vista, frente al espejo, alcanzaba cada entresijo con la precisión y la perspectiva de los ojos de un águila. Ningún desencanto quedaba fuera de mi alcance.

Para empezar, vi la porquería de la sociedad en la que se está desarrollando mi vida. Sus reiteradas mentiras, su constante ruido, su recalcitrante trivialidad, sus patológicas urgencias, sus normalizadas desigualdades, su formidable indiferencia, su rentable tele basura, su perturbador dinero, sus humeantes fábricas. En el humo de las fábricas, me detuve. Visto desde cierta distancia, Occidente parece un inmenso centro comercial. Compras y ventas. Oferta y demanda. Prosperidad y quiebra. "Tienes que espabilarte, chaval", dijo un hombre obeso que agitaba una campanilla (con el tintineo de la campanilla, vi cómo una multitud de empleados, en un principio renqueante, corría enfervorizada y se arremolinaba en torno a ese hombre).

"En la periferia del centro comercial, no paran de acumularse suburbios. No hay manera de frenar la sangría", pensé. Evidentemente ese pensamiento fue causado por la triste visión de los lugares donde reina el hambre. La retahíla de desdichas se hace interminable en ese reino.

A partir de ahí, el deslumbramiento empezó a tomar un aspecto negruzco. Algo se me estaba acercando irremediablemente.

"Otra vez ella", musité presagiando lo peor. El ajetreo de una banda de cuervos confirmó mis presagios. Lo que, por enésima vez, se me estaba acercando era la intemporal muerte.

"He dejado que se me acerque demasiadas veces, he dejado que ocupe mis pensamientos demasiadas veces. Ahora no puedo alejarla", dije (o, por lo menos, eso creo) con la mirada sobre el espejo.

El espectáculo fue digno de la actriz principal. Todo el reparto, desde el mejor secundario hasta el peor extra, acabó sucumbiendo a sus tretas. Ella decía cuándo, y así sucedía; ella decía cómo, y así sucedía; ella callaba un instante, y las beatificaciones se multiplicaban.

En ese continuo ir y venir de finales, esperados e inesperados, acabé paladeando el sabor del esperpento en estado puro. En esa inmutable certeza, acabé pensando que las benditas y abundantes casualidades, siendo yo la primera, no son más que carne de cañón.

"Ya está bien. Ahora acércate a ese otro espejo y recréate en lo que veas", dijo Whitman después de batir las palmas de sus manos.

Yo, que aun estaba impresionado por lo que acababa de ver, no conseguía localizar el otro espejo y, víctima de mis descontrolados nervios, me puse a dar vueltas por la habitación. El hecho de que la luz estuviera apagada no ayudaba en absoluto pero, afortunadamente, se me ocurrió que, tal vez, el espejo podía estar detrás de un gran pañuelo decorado con flecos y abalorios. Al acercarme al pañuelo descubrí que, en una de sus esquinas, tenía bordada la palabra "Numen" con hilo dorado.

Aparté el pañuelo con toda la delicadeza que mi estado nervioso era capaz de concederme, y, tal como esperaba, me encontré, nuevamente, con mi propio reflejo. Que ese otro espejo fuera idéntico al anterior, centímetro a centímetro, me resultaba tan chocante que encendí una vela y me puse a compararlos minuciosamente; sin embargo, por más que busqué, no logré encontrar ni la más mínima diferencia entre ambos. Incluso los desperfectos eran idénticos.

Antes de continuar, debo dejar constancia de que, a estas alturas, aun me sorprende mi capacidad de sorpresa. Me hace falta un café, voy a parar un rato.

Lo que ocurrió a continuación tuvo un inicio calcado a lo que ocurrió con el primer espejo: es decir, mi imagen fue desapareciendo mágicamente delante de mi atónita cara.

Una vez desaparecida mi imagen, comenzó a surgir, en su lugar, una intensa luz que de nuevo acabó por deslumbrarme totalmente. Como diferencia destacable, cabe señalar que, esta vez, el tono del deslumbramiento fue blanquecino desde el principio hasta el final. Nada de tonos grises, ni el menor atisbo de aspectos negruzcos.

Sinceramente no me veo capaz de describir, en profundidad, la maravillosa colección de sutilezas que experimenté mirando la vida a través de ese espejo. Ni siquiera estoy seguro de que eso sea posible. Aun así, me alegra saber que tengo, por delante, muchos años para entregarme a la tarea de intentar trasladar al papel todo lo vivido. Aun así, me alegra saber que en mi horizonte siempre habrá versos esperando a que yo los bautice.

Como era de esperar, mi posición en el interior de este nuevo deslumbramiento también fue privilegiada. Al igual que en el anterior deslumbramiento, mi visión alcanzaba la precisión y la perspectiva de los ojos de un águila en vuelo. No obstante, mentiría si dijera que aquello que contemplé en el otro espejo no estaba subliminalmente presente. Nunca podría decir tal cosa sin engañarme a mí mismo. Pero afortunadamente y sin autoengaños a la vista, sucede que, a pesar de esa subliminal presencia, no me apetece, ahora, conceder a los desencantos más protagonismo del que merecen.

Lo que me apetece, ahora, es hablar de las cosas que brillaron con fuerza sobre el segundo espejo. Lo que me apetece, ahora, es hablar de la empatía y del bien que hace poseerla. Lo que me apetece, ahora, es hablar de las agrietadas manos de la solidaridad y de sus ganas de seguir luchando. Lo que me apetece, ahora, es hablar de los minutos invertidos en consolar un llanto y de la perfección de sus sesenta segundos. Lo que me apetece, ahora, es hablar del amor de las madres y de su paciente tendencia al infinito. Lo que me apetece, ahora, es hablar de la amable voz de un padre y del refugio que supone oírla. Lo que me apetece, ahora, es hablar de la luz de la mañana y de su forma de caer sobre la hierba. Lo que me apetece, ahora, es hablar de la inestable bravura del oleaje y de la oceánica quietud que debajo se oculta. Lo que me apetece, ahora, es hablar de las heridas que se curan y de las bonitas cicatrices que las cubren. Lo que me apetece, ahora, es hablar de las caídas con moraleja y de sus inestimables colaboraciones a lo largo del camino. Lo que me apetece, ahora, es hablar de mis alucinaciones y del miedo que están dejando de darme. Lo que me apetece, ahora, es hablar de mi alma cristalina y de lo bien que la conozco. Lo que me apetece, ahora, es hablar de los poemas que leí y de las lanzas que encerraban. Lo que me apetece, ahora, es hablar del señor barbudo que me mostró los espejos y de la magnificencia de su eterno canto. Lo que me apetece, ahora, es hablar de la compañía femenina y de sus lazos invisibles. Lo que me apetece, ahora, es hablar de la voz del deseo y de sus sencillos argumentos. Lo que me apetece, ahora, es hablar de la profundidad existente entre las estrellas y del ciclópeo enigma que la recorre. Lo que me apetece, ahora, es hablar de la superficie de Venus y de su abandono sulfúrico. Lo que me apetece, ahora, es hablar de las mejores conversaciones que aun no tuve y de la riqueza de sus futuros matices. Lo que me apetece, ahora, es hablar de las mejores palabras que aun no escribí y de lo que sentiré entre ellas. Lo que me apetece, ahora, es hablar de la sabiduría de la humildad y de las personas que la poseen sin darse cuenta. Lo que me apetece, ahora, es hablar del interior de mi silencio y de lo acogedor que me parece. Lo que me apetece, ahora, es hablar de las aglomeraciones en la pista de baile y de lo divertido que me resulta formar parte de ellas. Lo que me apetece, ahora, es hablar de la paz y de quienes están convencidos de que no es una quimera. Lo que me apetece, ahora, es hablar de los días de fiesta y de sus brindis más utópicos. Lo que me apetece, ahora, es hablar del día de mi nacimiento y de los sueños que nacieron conmigo. Lo que me apetece, sencillamente, es hablar de la alegría de ser.

Sé que asimilar que todo esto (y mucho más) pueda estar metido en el interior de un deslumbramiento no es algo sencillo. Sé lo que pensará la gente a la que le cuente esto. Francamente me preocupa poco. Lo único importante para mí es conseguir conservar la alegría de ser todo el tiempo posible. Eso es lo único importante.

Acabo de disfrutar, intensamente, con el recuerdo de algo sublime.

Antes de irme de la casa de Lorca, tuve la infinita suerte de mantener una conversación muy educada con Whitman. Lo cierto es que la conversación no fue larga, pero ¿a quién le importa? Fui tan feliz que me da igual lo que durara.

Del recuerdo de esa conversación, está brotando una incisiva necesidad de escribir desde un nuevo prisma personal, acerca de la muerte y de la poesía.

De la muerte diré que, a pesar de tantos temblores, no es más que un gran lago de aguas quietas y transparentes. Un silencioso lago donde, al acercarme en vida, puedo apreciar, tranquilamente, mi propio reflejo. Un profundo lago en cuya quietud se refleja exactamente lo que soy.

¿Y qué soy? Me resulta más fácil enumerar lo que no soy. No soy el centro del universo, no soy mi sueldo, no soy el más guapo, no soy el mejor amante, no soy el gallo más chulo del corral, no soy el soltero de oro, no soy mis títulos académicos, no soy mis años cotizados, no soy los altavoces de mi coche, no soy las discusiones que me rodean, no soy lo que piensan mis ex novias, no soy mis errores, no soy mis momentos de mala suerte, no soy mis alucinaciones, no soy los halagos que recibo, no soy la casa donde vivo, no soy intrascendente, no soy marinero (bamba, bamba), no soy un genio, no soy lo que la envidia diga de mí, no soy un número en una lista, no soy de ningún país, no soy un votante, no soy el público (ni tengo siempre la razón), no soy la intelectualidad personificada, no soy el gracioso de la clase, no soy mi cansancio, no soy el atractivo sexual de mi pareja, no soy aburrido, no soy reemplazable, no soy miembro de ninguna religión, no soy ateo, no soy mi forma de vestir, no soy abarcable, no soy mi mal humor, no soy el brillo de mi dentadura, no soy carne y hueso, no soy un buen cliente, no soy refinado, no soy canónico, no soy las opiniones de los demás, no soy la colonia que uso, no soy un puñado de expectativas, no soy como nadie, no soy mis complejos, no soy lo que aparento, no soy la amplitud de mi lista de conquistas, no soy abstemio, no soy mi estado civil, no soy mi currículum, no soy la marca de mis gafas de sol, no soy Dorian Gray, no soy el funcionamiento de mi cerebro, no soy el mejor ejemplo, no soy el chico fornido del anuncio, no soy mi genética, no soy repetible.

No, nada de esto se refleja en las aguas del gran lago. Ningún objeto, ningún concepto de los aquí presentes. Nada, ni por asomo.

De la poesía diré que no me la debo dejar olvidada en un papel. De la poesía diré que es una preciosa compañera y que tiene que venir conmigo a donde yo vaya.

Si hay algo que he aprendido, mirando a través del segundo espejo, es que la poesía no está ahí para que la admire cuando tenga tiempo y después la deje de lado. En absoluto: la poesía está ahí para vivirla, para llevarla como unas lentillas y para disfrutar, sin miedo al miedo, de todos los detalles de este escenario móvil.

Está claro que las tragedias vendrán cuando tengan que venir, eso lo sabe todo el mundo; pero, a pesar de los pesares, siempre habrá un papel esperando a que me vuelque sobre él.

Puede que algo no vaya bien en mí, ya lo sé. No obstante, mis ojos están limpios (las lentillas palpitan en su sitio) y mi respiración se mantiene en paz. Lo más importante está a salvo".

Día 10

"El avión sale dentro de cinco horas. Mi estancia en Granada no ha sido, en ningún momento, como yo esperaba, pero, incomprensiblemente, me conformo con esta silenciosa soledad de hotel en la que me encuentro.

El aeropuerto está abarrotado. No comprendo cómo pueden caber tantas personas aquí dentro. Me pregunto si todas estas personas forman parte de la realidad existente de mis párpados hacia afuera o si, de manera disimulada, hay alguien que forme parte de la realidad existente de mis párpados hacia adentro. Estoy deseando llegar a Hamburgo, tengo ganas de hablar con un psiquiatra.

El avión está a punto de despegar. El sonido de los motores me sabe a despedida y a fin de capitulo. Adiós, Granada, tu magia sigue en pie.

Ya queda poco para que el avión aterrice. Durante la mayor parte del viaje, he estado acompañado por el niño que fui (se sentó a mi lado al poco tiempo de despegar de Granada y se acaba de ir). Ser su compañero de viaje me ha resultado una de las cosas más enriquecedoras que me han pasado en la vida.

Como es lógico, al principio me asusté un poco; sin embargo, no tardé en comprender que nada podía ir mal sentado junto a ese niño.

Desde que se sentó, el niño mostró interés por leer lo que yo había escrito en el diario. Un interés creciente, repetitivo, simpático, travieso y convincente. Al final, no tuve más remedio que sacar el diario y dárselo para que se callara. "Gracias, 'topayo'", me dijo.

Mientras leía, el niño se mantuvo en perfecto silencio. No suspiró, no resopló, no tosió, no estornudó. Tampoco bostezó. Permaneció con sus ojos infantiles sumergidos en el incalificable texto.

La capacidad de concentración que ese niño demostró me pareció muy impropia de su corta edad (la profundidad de su semblante era la de un señor que fuma en pipa y acude a tertulias literarias).

Cuando terminó de leer, me miró sonriente y me dijo que había algunas cosas que no comprendía. Le pregunté por aquello que no comprendía, y me contestó que, para empezar, no comprendía nada de lo que yo había visto en el primer espejo del día 9. En concreto me pidió que le explicara, de una forma más sencilla, la crítica social que aparece en esa parte del diario. Realmente se le veía interesadísimo en oírme hablar de ese asunto.

Yo, que tenía la nerviosa sensación de estar a punto de ser examinado, me remangué la sudadera y, sin pensarlo mucho, le conté una antigua teoría mía acerca del mundo (quizás a causa de los nervios, se me olvidó aclarar que, primero, yo ya no me identificaba plenamente con esa teoría y que, segundo, solo se la iba a contar para que comprendiera mejor esa parte del diario). A esa teoría yo solía llamarla "Explicaciones sobre lo más real, pasando por la burbuja gris, y aclaraciones acerca de la guinda de la tarta".

Como es normal, empecé por las explicaciones sobre lo más real y, grosso modo, le dije que lo más real es el dolor.

Acto seguido, una aniñada estupefacción me obligó a escoger bien mis palabras. Entonces dije que lo que más abunda en el mundo es el hambre y la necesidad y que, por lo tanto, lo más real es el dolor.

A pesar de mis sucesivos intentos de hacerme entender, la aniñada estupefacción no cedió un ápice, así que decidí comenzar con las explicaciones acerca de la burbuja gris. Fue entonces cuando le dije que nosotros, los ciudadanos del primer mundo, somos los que vivimos dentro de la burbuja gris. "Explícate", dijo el niño con las manos puestas sobre las mejillas.

Yo tragué saliva e intenté hacerle ver que los afortunados habitantes de la burbuja gris, en general, no somos conscientes de la suerte que tenemos de pertenecer a este selecto mundo de comodidades domésticas. Intenté hacerle ver que muchos habitantes de la burbuja gris van de acá para allá como pollos sin cabeza y que muy pocos habitantes de la burbuja gris se paran a contemplar cosas distintas al bonobús, al reloj o a las úlceras que provoca el reloj. Intenté hacerle ver que nuestra forma de vida, capitalista y occidental, está tan enferma que, ante la promesa de nuevas y mejores benzodiacepinas, los habitantes de la burbuja gris solemos abalanzarnos, receta en mano, sobre las batas de los agradecidos farmacéuticos. Resumiendo, intenté hacerle ver que, salvo excepciones, vivimos dentro de una neurosis colectiva y hermética, sellada desde dentro a soplete, que no nos permite sentirnos afortunados.

Lo único que me quedaba por argumentar, para concluir con mi antigua teoría acerca del mundo, eran las aclaraciones acerca de la guinda de la tarta.

Miré al niño para ver si me estaba atendiendo, y me encontré con dos pequeños ojos muy abiertos, que me recordaron a un par de pájaros recién nacidos tratando de alcanzar la comida que mamá pájaro trae en el pico. Lo cierto es que tanta atención me resultaba intimidante pero, al fin y al cabo, ya me había adaptado un poco a la sensación de estar siendo analizado por un mocoso.

Sobre la guinda de la tarta dije que dicha guinda son los todopoderosos del planeta. Después aclaré que los todopoderosos son esa gente que sale por la tele para mostrar su yate y decir que nada es imposible y que el dinero no es lo más importante. También aclaré que, curiosamente, los habitantes de la burbuja gris nos pasamos las horas soñando con formar parte de la guinda de la tarta. Soñamos y soñamos sin que nos importe prácticamente nada que lo más real nos invite, una y otra vez, a despertarnos y a hacer las cosas de otra manera.

Más o menos esto fue lo que le expliqué al niño sobre mi antigua teoría. Cuando, por fin, terminé de hablar, el niño se me quedó mirando en silencio, como si estuviera asegurándose de que yo no tenía nada más que añadir. La expresión de su cara reflejaba ofuscación y agotamiento a partes iguales; su boca tenía forma de "U" invertida, su labio inferior permanecía abultado, sus ojos brillaban de un modo apenado, sus mejillas parecían frías, y sus cejas hacían esfuerzos para no acabar fruncidas.

Durante un instante tuve la impresión de que mis palabras habían sido demasiado duras para el pobre crío y, por este motivo, le pasé la mano por el pelo.

Sin lugar a dudas, mi amistoso gesto resultó ser un error en toda regla, ya que el niño me apartó la mano y me dijo que no le apetecía que le tocara el pelo, que él no era un gato, que me podía sentir afortunado de no haber recibido un bocado en el brazo, que no creyera yo que era tan fácil desanimarle, que la explicación que le acababa de dar no servía de nada, que lo único que había conseguido con mi explicación era confundirlo más, que la teoría me la podía meter por donde más gusto me diera, que le parecía que pienso demasiado, que todo es mucho más sencillo de lo que yo pienso, que ni siquiera estaba seguro de que pensar tanto sirviera para algo en alguna ocasión, que convertirse en un amargado es una cosa vulgar, que convertirse en un amargado es desperdiciarse a uno mismo, que convertirse en un amargado es no enterarse de nada, que convertirse en un amargado debe de doler más que un picotazo de avispa, que convertirse en un amargado es transformar un corazón humano en una víscera paralítica, ciega y sordomuda, que siempre hay gente haciendo el bien, que los ríos no descansan nunca, que una tarde de domingo tiene el mismo valor que las primaveras del paraíso, que todas las cosas que hay en el mundo están puestas ahí por algún motivo, que todas las personas que habitamos el mundo somos fragmentos resplandecientes del universo, que quería hacer hincapié en esa idea, que las personas no somos seres que viven en el universo, que las personas somos universo, que las personas estamos hechas con la misma materia que las constelaciones, que las personas estamos hechas con la misma materia que los planetas, que las personas estamos hechas con la misma materia que las algas, que comprender eso abre muchas puertas mentales, que la materia está hecha de átomos, que los átomos están casi vacíos, que pensar en eso le resultaba agradable, que pensar en eso le resultaba esclarecedor, que lo más importante no es la materia, que lo más importante es la energía, que si nos acercáramos muchísimo a una persona nos percataríamos de que es un campo de energía vestido con una funda de átomos casi vacíos, que oculto en el universo hay un océano de energía, que nosotros somos gotas de ese océano, que le parecía oportuno repetir que la materia no es lo más importante, que a ese océano de energía se le puede llamar como uno prefiera, que pelearse por el nombre del océano es algo infantil, que estaba de acuerdo con el señor que dijo que la energía ni se crea ni se destruye, que estaba de acuerdo con eso de que la energía solo se transforma, que comprendía que él era solo un niño y que podía estar equivocado en alguna de sus afirmaciones, que el que tiene boca se equivoca, que todo el mundo se equivoca, que, a veces, las teorías más salvajemente criticadas resultan ser ciertas, que, a veces, las teorías más aplaudidas se deshacen con los años, que, de todas formas, hay cosas para las que el ojo de la razón estará siempre ciego, que, al final de todas las fórmulas y explicaciones de laboratorio, siempre espera la misma pregunta, que esa pregunta es la misma que empezaron a hacerse nuestros antepasados más cercanos al mono, que la formulación de esa pregunta podría ser "¿qué demonios hace aquí el universo?", que esa pregunta nace del cerebro humano, que el cerebro humano, nos guste o no, tiene sus limitaciones, que le parecía entrañable el esfuerzo de clérigos y científicos por contestar a esa pregunta, que lo de "entrañable" no lo decía con sorna, que, gracias a ese esfuerzo, creemos en muchas cosas, que, gracias a ese esfuerzo, sabemos muchas cosas, que las personas con auténtica fe son las criaturas más afortunadas de este planeta, que él pensaba que a la fe se llega por el camino de la serenidad y de la contemplación, que quería recalcar que él era solo un niño y que podía estar equivocado en alguna de sus afirmaciones, que, a pesar de tanta atrocidad, estaba orgulloso de su especie, que tenía la impresión de estar divagando un poco y que sentía haberse enfadado tanto.

Acaban de anunciar que el avión está a punto de aterrizar. Si este aparato no se estrella contra el suelo, seguiré escribiendo en la cafetería del aeropuerto. Ya me queda poco para terminar, y no quiero dejarme nada en el tintero.

El avión no se estrelló. Todo sería perfecto si no fuera porque hace un cuarto de hora que espero un simple café.

Por fin llegó mi café. Ahora puedo continuar.

Poco después de que el niño dejara de hablar, pensé en aclararle que la teoría que le había explicado hacía solo un momento estaba más cerca de mi pasado que de mi presente. Pero no lo hice.

Y si no lo hice fue porque no quería interrumpir el repentino juego que, ante mí, se estaba desarrollando. Debido al fuerte impacto que me causó lo que ese niño había dicho, no me di cuenta, mientras ocurría, de que el crío se había sacado de la manga un coche de juguete (sé lo de la manga porque me lo dijo él. Creo). Para cuando me fui a dar cuenta de la presencia del pequeño coche, el juego ya había comenzado. Interrumpir ese juego para empotrar, en el ambiente, mi patética aclaracioncilla me parecía peor que irrumpir desnudo en medio de una ópera.

Observar cómo jugaba el niño es de las mejores cosas que me han ocurrido. Ya sé que puede resultar exagerado decir algo así pero, a pesar de lo que pueda resultar, eso es exactamente lo que siento. Es curioso lo imprecisas que pueden llegar a ser las palabras cuando lo que tienen que hacer es explicar sentimientos (en ocasiones se quedan cortas, en ocasiones se pasan de largo, y rara vez dan en la diana).

En este caso, mis palabras dan en la diana con la precisión de una afilada daga lanzada por manos expertas.

Pasaron los minutos, y el niño continuaba jugando. Mirarlo era quererlo.

En algún momento de mi vida, yo había sido ese niño; en algún momento de mi vida, el mundo era algo que ocurría alrededor de mi coche de juguete; en algún momento de mi vida, un rato de juego equivalía al hallazgo interior de tesoros tan reales como mi imaginación.

Todas las palabras que el crío me había dicho tan solo unos minutos atrás me parecieron irreales al verle jugar (me sorprende que no me parecieran irreales mientras las pronunciaba. También me sorprende que no me parezcan irreales ahora). ¿Cómo era posible que ese niño, que jugaba a hacer derrapes con un coche de juguete, fuera la misma persona que me acababa de impactar con sus palabras? ¿De donde surgía la acomodada naturalidad con la que ese niño se manifestaba? ¿Qué se ocultaba detrás de su forma de mover el juguete?

No tengo ni idea. Lo único que sé es que, solo haciéndome más preguntas, tengo la sensación de acercarme a la ilusión de una respuesta.

Decenas de derrapes después, el niño volvió a meter el cochecito en su manga y se me quedó mirando muy serio. No sé qué cara tendría yo, pero, a juzgar por la reacción del niño, supongo que se me debió de notar la emoción que sentía.

—¿Por qué me miras así? —preguntó el niño desperezándose.

Yo, que no sabía muy bien qué decir, le contesté que verle manejar el coche era algo que me resultaba enternecedor hasta la hipnosis. Entonces me di cuenta de lo barroco que a veces soy y aclaré que lo que quería decir era que me gustaba verle jugar.

Justo al callarme se produjo un corto silencio en todo el avión. Dicho silencio se interrumpió cuando el niño saltó sobre mi regazo.

—Lo que tú haces cuando coges un bolígrafo y te pones a escribir es algo bastante parecido a lo que yo hago cuando juego —dijo abrazándome.

Desde que empezó a abrazarme, yo era estúpidamente consciente de lo breve que iba a ser esa situación (soltar al niño era como levantarse de la cama en plena madrugada invernal). Durase lo que durase el abrazo, al final, me iba a parecer inacabado.

Y así fue; cuando terminó, me pareció claramente inacabado. Sin embargo, a pesar de mis imperfecciones emocionales, ahora también soy consciente de algo que, en sí mismo, es más trascendente que, por ejemplo, cincuenta billones de horas mirando la televisión. Soy consciente de que, en lugar de una despedida, ese abrazo significaba un reencuentro. En realidad, desde el principio estuvo claro de que no se trataba de una despedida; pero, aun así, mi esporádica tendencia a la lagrimilla fácil no fue capaz de autosilenciarse dignamente. Ni mucho menos; he tenido que silenciarla yo personalmente, utilizando la certeza de que no me volveré a separar del niño nunca más (exceptuando, claro está, las situaciones en las que, en las cercanías del placer, se me proponga algo demasiado adulto).

Una vez finalizado el abrazo, el niño se bajó de mi regazo y me dijo que, antes de irse, quería aclarar algo que también había leído en el diario. Yo le pregunté de qué se trataba, y él me contestó que se trataba de algo que había escrito el día 3. Yo le volví a preguntar, cada vez más intrigado, de qué se trataba, y él me contestó, con una exactitud fotográfica, que se trataba del siguiente fragmento: "Desde siempre me ha resultado llamativa la capacidad que tienen las personas para vivir como si fueran inmortales. Yo, sin embargo, soy demasiado consciente de lo efímero que es todo".

Como es lógico, tal precisión memorística me resultaba difícil de creer y, con mucha curiosidad, volví a sacar el diario y a releer esa parte ante la atenta mirada del niño.

Al comprobar que las palabras pronunciadas por el niño eran las mismas que estaban escritas en el papel, cerré el diario apretándolo entre mis manos y me quedé mirando al niño con cara de "explícate". A pesar de lo imperativa que intenté que fuera mi cara, el chaval prefirió no darse por aludido y se limitó a sentarse de nuevo y a imitar, con un grado de comicidad realmente destacable, mi pose sobre el asiento. La única alternativa que me quedaba, ante tal panorama, era reírme con ganas y, aunque nadie en el avión parecía comprender lo que pasaba, eso fue lo que hice.

Cuando paré de carcajearme, el niño empezó a hablar:

—A ti no siempre te ha resultado llamativa la capacidad que tienen las personas para vivir como si fueran inmortales (eso lo dijo sin pausas y a toda velocidad). Y además, esa obsesión que tienes con la palabrita "efímero" es toda una novedad.

—¿Por qué dices eso? —le pregunté intuyendo la respuesta.

—Porque, aunque me haya hecho el tonto, sé que tú y yo somos la misma persona. A mí no me puedes engañar —contestó el niño confirmando mi intuición.

Nada se podía añadir; era evidente que la razón estaba de su lado y que mi única opción era callarme. Cómo él daba a entender, hubo un tiempo en el que la vida fluía por mis venas ajena a este tipo de pensamientos. Un tiempo en el que el sentido de la vida, lejos de ser algo cuestionable, era algo evidente, algo palpable, algo brillante, algo sencillo, algo presente, algo eterno.

Lo penúltimo que me dijo el niño, antes de irse corriendo por el pasillo del avión, fue que no me preocupara por lo que él opinaba sobre mí. También me dijo que, si yo creía haberle decepcionado, estaba haciendo el tonto perfectamente. Ahora que pienso en él, y que casi puedo oírlo en mi interior, creo haber llegado a una comprensión profunda de lo mucho que nos necesitamos el uno al otro. Creo haber llegado a una comprensión profunda de lo mucho que yo puedo encontrar en él y de lo seguro que él se siente conmigo. Con respecto a los miedos infantiles que sé que habitan en él, solo puedo decir que, si pretenden verle llorar, primero tendrán que pasar por encima de mi cadáver.

Una limpiadora me acaba de echar con la mirada. Soy el único cliente que queda en la cafetería, y es obvio que, por muy a gusto que me encuentre, empiezo a sobrar de forma clara.

Mañana iré a ponerme en manos de un psiquiatra. Llamaré a su puerta y le mostraré el contenido de este diario como quien muestra la lista de la compra. Espero que oír el sonido del diagnóstico en la boca del doctor no sea incompatible con la estabilidad que ahora siento.

Buena suerte, Frank."

IX. Los amantes

En algún momento de su condena, Tom caminaba desnudo por un frondoso bosque de gruesas ramas. Las copas de los árboles aparecían tan lejanas que algunas se fundían con el firmamento de una manera simplemente mágica. El sonido de la lluvia, golpeando sobre la abundante vegetación, encerraba una constancia sugestiva. Constancia que, de vez en cuando, se veía enturbiada por el aullido de un animal cercano.

En su empapado caminar, Tom tenía la sensación de estar moviéndose dentro de un cuadro impresionista. Un cuadro muy bello, pero de aspecto inconcluso.

"Aquí falta algo, puede que sean colores lo que falta... No, no estoy seguro de eso, lo que sí está bastante claro es que no veo ninguna firma", pensó Tom mirando hacia el cielo. De haber alguna firma, es allí donde debía de estar.

"Los árboles son demasiado altos, no me dejan ver todo el cielo. Esa firma tiene que estar en alguna parte", pensaba Tom sin dejar de orientar la cabeza hacia la profundidad celestial.

En un par de ocasiones, creyó haber encontrado la ansiada firma; sin embargo los conatos de paz que en ambas ocasiones se insinuaron, desaparecieron al comprobar que, en lugar de una firma, solo se trataba de húmedas ramas iluminadas por la Luna.

Tras la segunda decepción, Tom se sentó junto a un ancho tronco, con un terrible agotamiento cabalgándole sobre los hombros. El aullido que le seguía parecía estar más cercano pero, por más cercano que pareciera, el cansancio hacía que todo diera igual. Lo único que a Tom le incumbía era dejar resbalar la lluvia por su desnudo cuerpo.

Así permaneció algún tiempo, con la mirada en dirección a las copas de los árboles y preguntándose por qué, a pesar de no haber ninguna nube a la vista, caía agua de las alturas.

Al bajar la mirada, Tom se encontró con una visión de lo más inquietante. Un animal muy peludo le estaba mirando a la vez que masticaba con tranquilidad. Se trataba de algo realmente feo. Tenía unas orejas exageradamente grandes, un hocico alargado y carnoso, un puñado de colmillos amarillentos y multitud de heridas por todo el cuerpo.

"¿Qué coño es esa cosa?", se preguntó Tom varias veces mientras el animal que tenía frente a él respiraba con parsimonia. Inflaba y desinflaba el lomo, inflaba y desinflaba el lomo, inflaba y desinflaba el lomo... De repente, escupió los restos de algo sangriento, se alzó sobre dos patas y se acercó caminando hacia Tom. Su aspecto era grotesco pero sus movimientos parecían humanos, lo cual multiplicaba por mil el horror que producía en Tom.

Cuando el animal se acercó lo suficiente, hizo la siguiente pregunta:

—¿Cuánto crees que te queda de vida?

A lo que Tom respondió:

—Supongo que eso depende de ti.

Entonces el extraño animal se acercó un poco más y dijo:

—Puede que tengas razón. En cualquier caso, no entiendo cómo aun no te has dado cuenta de que esto es un sueño. Aunque, siendo sincero, eso da igual, porque lo peor es que tu forma de ser me incluye a mí. Tanto dormido como despierto. ¿No te parece precioso este bosque? No le falta ni un detalle. Las ramas moviéndose con el viento, la tierra mojada, la Luna, esa roca azul... Todo esto es una preciosidad que solo existe para ti. No obstante, esta preciosidad, a simple vista, tiene dos defectos. ¿Por qué? Porque hay algo que sobra y algo que falta, está claro, ¿no? Lo que falta son las nubes... Que yo sepa, siempre son necesarias para que llueva. Esto puede significar que lo quieres todo. Quieres ver las estrellas y quieres lluvia. Pero bueno, tú sabrás lo que significa, yo ahí no me voy a meter. Respecto a lo que sobra, y no me duele decirlo, es evidente que soy yo. ¿Qué pinta un ser tan enfermizamente desagradable como yo en un lugar tan bonito como este? En fin, hay cosas que tienen de todo menos gracia. Ahora, si no te importa, me gustaría que me acompañaras a dar un paseo, quiero enseñarte algo.

Aunque ya sabía que estaba soñando, Tom no pudo evitar el pánico e intentó despertarse desesperadamente; pero por mucho que lo intentara, aquel monstruoso ser seguía delante de él, esperando a que le acompañara Dios sabe a dónde.

—No te gustaría verme de mal humor —dijo el animal.

Entonces Tom se levantó tan rápido como pudo y comenzó a caminar, tembloroso, junto a su siniestro acompañante.

Durante largo rato, Tom y el animal permanecieron en silencio atravesando una estrecha senda que llevaba hacia una montaña completamente cubierta por la vegetación.

—Espero que estés ágil esta noche —dijo el extraño ser rompiendo el silencio.

Tom se quedó mirándolo impresionado. El realismo con el que su cerebro le estaba mostrando aquella onírica imagen era tremendo. El viento había dado paso a la brisa, y Tom no podía dejar de apreciar la inusual armonía con la que se agitaba el pelaje del animal. Sin previo aviso, la armonía fue sustituida por un aullido que recordaba a todo lo digno de ser olvidado, y el animal pegó un salto que le llevó hasta la verdosa montaña. Tras clavar sus zarpas en una raíz, gritó:

—¡Te espero arriba, no intentes escapar porque, como ya te he comentado, formo parte de ti y puedo encontrarte siempre que quiera!

Dicho esto, aquel ser comenzó a trepar toscamente, saltando de un lado a otro, golpeándose con violencia contra todo lo que se le ponía por delante.

Tom, intimidado por lo que acababa de presenciar, miró hacia arriba y le pareció que la montaña se alzaba aun más alta y frondosa.

"Estoy metido en una pesadilla cerrada por fuera, no puedo salir de aquí... Esa montaña... Voy a subirla, quiero subirla... Pero estoy desnudo, así no se puede subir ahí... Ropa, quiero ropa, deseo ropa y zapatos... Tienen que aparecer ropa y zapatos en alguna parte... Quiero que aparezcan ropa y zapatos, quiero que aparezcan... Es inútil, obviamente este no es el tipo de sueño que se deje controlar", pensó Tom antes de comenzar a trepar como Dios le trajo al mundo.

Después de mucho trepar, comenzó a oír una lejana melodía que parecía provenir de más arriba. A medida que Tom subía, la melodía sonaba cada vez más cercana e identificable. Era música de cámara y lo hacía sentir agridulcemente triste.

Aquel fantasmal sonido de otro siglo fue incorporando nuevos instrumentos hasta que, por fin, Tom llegó a una zona llana en mitad de la montaña. Ese lugar tenía pinta de haber sido podado para levantar allí el destartalado palacio que de la nada había surgido. Tom, impactado por la antiestética ubicación de la construcción, miró a su alrededor y avanzó hacia un cartel clavado en el jardín del palacio. Al limpiar el cartel de musgo, se encontró con la siguiente frase: "Bienvenido al palacio de la tristeza".

Manipulado por una especie de inercia, Tom se adentró en el abandonado jardín apartando matojos secos y cadáveres de animales. Animales que aun conservaban algo semejante a expresiones melancólicas en sus rostros.

Al adentrarse en ese lugar, Tom notó cómo la música fue perdiendo su carácter agridulcemente triste para adquirir unos tintes solemnemente dramáticos.

"Cualquier corazón destilaría pena en un sitio como este", pensó.

Varios pasos después, se hizo palpable que la puerta principal del palacio estaba cerrada. Sin embargo, a los lados dos anchos ventanales dejaban ver lo que dentro estaba sucediendo. Era un baile. Una multitud de personas, con máscaras y trajes que parecían sacados de la corte de María Antonieta, bailaban al unísono aquella desangelada, sórdida, fúnebre, lacerante y en definitiva poco agradable melodía. Observando aquella escena, Tom no podía dejar de llorar. Quería salir corriendo pero no podía, quería apartar la mirada pero no podía, quería sonreír pero no podía. Lo único que podía hacer era seguir allí, llorando como un niño.

Una voz extrañamente festiva sacó a Tom del hechizo.

—¿Qué haces ahí fuera? Ven dentro, aquí hay sitio de sobra. No hay otro lugar mejor que este, ya lo verás. ¿Sabes que celebramos bailes a diario? Si quieres quedarte, no tienes más que desearlo. —La persona que hablaba llevaba puesto un gran antifaz con forma de pájaro y un vestido azul con adornos dorados. Se trataba de una mujer de agraciada figura que, a juzgar por su voz, no llegaba a la treintena. No obstante, había algo en su forma de hablar que recordaba a la vejez.

—Si entro ahí, quizás no vuelva a salir. No me conoces, esto no es un juego para mí —se lamentó Tom entre sollozos.

—¡De eso se trata, chaval! ¿Acaso crees que esto es un juego para mí? Vamos, hombre, no me hagas reír. Lo que tienes que hacer es dejarte de estupideces y largarte de una puta vez o, de lo contrario, voy a tener que mostrarte lo que es el auténtico dolor. ¿Me vas a decir que has llegado hasta esta maldita puerta por curiosidad? ¿Que querías ver lo que se cocía aquí dentro? ¿O quizás que la casualidad te ha traído hasta mí? ¡Eres un payaso sin gracia! —bramó la atractiva chica.

Aunque era una buena oportunidad para abandonar aquel desolador lugar, Tom se sintió fuertemente atraído por aquella evocadora señorita. Con solo mirarla, interminables tristezas de domingo acudían al alma.

—Está bien, voy a entrar. Pero no me dejes solo —respondió Tom con los ojos casi secos. Entonces ella se acercó danzando y, con una distinción inusual, cogió a Tom de una mano. El tacto de la chica era frío como el ala de un murciélago bajo la lluvia, pero esa era una circunstancia familiar para alguien como Tom, alguien que sabía llorar con propiedad.

Mientras Tom y su acompañante se aproximaban a la entrada, ella daba pequeños saltos que coincidían con el ritmo del depresivo sonido reinante. La melena de la chica era negra como un pozo, larga como la agonía y suave como los labios de un difunto. El misterioso movimiento de su pelo, al saltar, dejaba en el aire un inconfundible olor a ciprés. Algo así como un embriagador rastro de eternidad que, con el beneplácito de los siglos, iba marchitando flores y elevando plegarias.

Al llegar al umbral de la puerta, la chica se detuvo para que Tom admirara el lugar donde estaba a punto de entrar. Era un enorme salón con columnas de mármol negro, largas cortinas, brillantes muebles de madera, grandes espejos, lujosas lámparas, escaleras que conducían a la miseria y cuadros con escenas de caza. Al fondo, una orquesta marcaba el compás de los invitados que iban de un lado a otro como zombis condenados a un perpetuo vaivén, a una pesarosa danza que, a fuerza de repetirse, carecía ya de sentido.

—Nadie dice nada, se comportan como si ya se lo hubiesen dicho todo. ¿Por qué? —preguntó Tom conteniendo demasiadas lágrimas.

—Eso debe de ser una pregunta retórica o algo así, ¿no? Porque yo no estoy aquí para aclarar dudas existenciales, tío. A decir verdad, me estás empezando a aburrir con esa tendencia a analizarlo todo que tienes. Esta gente merece todo tu maldito respeto. ¿Quién coño te crees que eres, compadeciéndote de mis invitados de esa manera? ¿Acaso crees que no te conozco?

Eres la reina del baile, chaval. Yo sé más de ti que tú de mí, y aun te comportas como si estuvieras de visita, como si te hubieras despistado buscando otra cosa y, por casualidades de la vida, hubieras acabado en un carnaval. Y ahora que estás aquí, que ya no hay vuelta atrás, insultas a mi inteligencia y a mi paciencia con preguntitas de mierda que no llevan a ninguna parte. Te lo voy a decir solo una vez: o pasas ya y te pones a bailar como todo el mundo, o me voy a ver obligada a quitarme este antifaz tan bonito. Ten por seguro que verme sin antifaz no te va a resultar divertido —comentó la atractiva señorita con los ojos en llamas.

Empujado por sí mismo, Tom se introdujo, sin soltar a su acompañante de la mano, en aquella danza perdida en algún rincón de su mente.

Una vez dentro, resultaba imposible no dejarse llevar por la marea. Abandonado por su voluntad, Tom se movía sin rumbo entre una muchedumbre que lo ignoraba con total frialdad.

Aproximadamente en el centro del majestuoso salón, Tom fue consciente de que su acompañante le había soltado la mano nada más entrar. Poco después de ser consciente de eso, la atractiva chica del antifaz volvió a aparecer entre el gentío.

—Toma, ponte esto —se limitó a decir la chica con un montón de ropa entre las manos. Aunque no le apetecía, Tom cogió la ropa y se la puso sin decir nada.

"En la soledad de la montaña quería ropa y, ahora que estoy rodeado de gente, prefiero permanecer desnudo. Esto es justo lo contrario a las pesadillas estándar", pensó Tom tratando de estimular su sentido del humor.

Al terminar de vestirse, descubrió que su cuerpo estaba cubierto con harapos de un tono tan grisáceo que, al menor descuido, sería capaz de capar a la primavera.

"Pero qué se supone que es esto, ¿qué clase de mierda es esta? Este aspecto merece mil maldiciones, merece... ¿Qué ha pasado aquí? ¿Dónde están los lujosos ropajes de otra época?

Han desaparecido… ¿Cuándo han desaparecido? Joder, todo el mundo va vestido como si estuvieran compitiendo por ser el que más pena dé. No quiero ver esto, no quiero verlo", pensó Tom sin dejar de ver pijamas a rayas, camisetas deshilachadas, pantalones sucios, jerséis con el bigote de Hitler bordado y cosas así.

La orquesta seguía tocando, pero ya no marcaba el compás de los invitados. Ahora el gentío se limitaba a vagar sin una dirección concreta, mirándose los unos a los otros con ojos de expresividad hueca.

Tom, tropezando como el que más, empezó a preguntar a todo el mundo por la nuevamente desaparecida chica del antifaz con forma de pájaro. Sin embargo, allí nadie prestaba atención a nadie; en aquel salón todos los presentes parecían estar solos.

"Es inútil, nadie me puede ayudar aquí", pensó Tom cansado de gritar y zarandear a cualquiera que se le pusiera por delante.

De pronto los anchos ventanales se iluminaron a causa de un relámpago. Tom miró hacia la intensa luz y le pareció ver una silueta tras uno de los cristales. Cautivo de un impulso poco prudencial, Tom comenzó a abrirse paso, a empujones, con la mirada clavada en el cristal. Un nuevo relámpago iluminó los cielos, los ventanales y las figuras de los invitados al palacio. Además de eso, tras el cristal, el relámpago mostró al animal.

La imagen a la que Tom se estaba enfrentando era monstruosa. El animal, con el pelo erizado y la afilada dentadura al descubierto, estaba utilizando sus zarpas para arañar el cristal y señalar, reiteradamente, hacia la cima de la montaña. Tom no tardó en abandonar el palacio y comenzar a trepar bajo la espectacular tormenta.

"Estos tristes harapos huelen mal", pensó Tom a la vez que se arrancaba la ropa sin dejar de trepar.

La visión de la peluda criatura estaba presente de una manera subliminal. La taquicardia formaba parte del paisaje. Tom paró un instante para recuperar el aliento, pero la adrenalina se le adelantó montaña arriba, y comenzó a perseguirla sin descanso. El ardor de su sangre así lo ordenaba.

Saltando de una piedra a la siguiente, Tom se sentía poseído y, a la vez, poseedor. Poseído por un ansia salvaje que le electrocutaba los cinco sentidos. Poseedor de una fuerza desbocada, frenética, animal, irresponsable.

"¡Sube, sube, sube!", gritaba Tom mientras el palacio se convertía en un recuerdo cada vez más lejano.

Los pensamientos se atropellaban; no había concluido uno, cuando otro ya lo había apartado de la subconciencia. Un pensamiento incompleto, dos pensamientos incompletos, tres pensamientos incompletos, otra vez el primer pensamiento incompleto, otra vez el tercer pensamiento incompleto, cuatro pensamientos incompletos, cinco pensamientos incompletos, otra vez el segundo pensamiento incompleto, seis pensamientos incompletos... La pequeña ranura que comunicaba al sueño con la realidad había dejado de existir. Ya no existía, y Tom, convencido de que todo era real, vivía cada pensamiento, o cada rasguño, como lo haría cualquier mortal cualquier día de su vida después de comprar el pan.

La euforia se acrecentaba más y más. La naturaleza misma parecía al alcance de una sola mano. Sin embargo Tom, alejado de la esencia de todo lo que le rodeaba, era incapaz de disfrutar de nada dos segundos seguidos.

A veces se paraba porque la belleza de lo que veía era mayor que el deforme impulso que le empujaba a moverse, pero, al instante, volvía a su mente el amenazante y sarcástico rostro del animal. Imponiéndole sinsabores, imponiéndole huida.

La mezcla era muy paradójica. Por un lado Tom se sentía como un superdotado en un mundo de enanos: se sentía ágil, seguro de sí mismo, lúcido, resplandeciente. Pero por otro lado, estaba condenado a buscar algo más, algo más bello, más profundo, más eterno, algo que ofreciera respuestas a preguntas aun sin formular. Por otro lado estaba cazando sombras.

La cima se veía cada vez más cercana, el diluvio arreciaba, en el firmamento no faltaba ni una estrella, los colosales árboles aparecían como gigantes zarandeados, los relámpagos flotaban con estruendo; un riachuelo, que parecía una obra maestra firmada por la tormenta, descendía abundante... Y en él algo llamó la atención de Tom.

Flotando en el agua, multitud de pequeños papelillos con algo impreso bajaban desde la cima. Tom, de pie junto al riachuelo, se quedó mirando los papelillos con el pensamiento puesto en lo detallista que es la existencia.

"Aunque yo no los hubiera visto, estos trozos de papel se habrían comportado de igual manera. Habrían girado, igualmente, sobre sí mismos. Habrían tropezado, igualmente, contra piedras y raíces sin que nadie los mirara", pensó Tom a toda velocidad (este pensamiento le penetró más de lo normal. Incluso le hizo un poco de daño experimentar cómo algo tan insignificante podía llegar a afectarle así).

Completamente acelerado, Tom advirtió que lo que había impreso en los papelillos eran letras e intentó formar una palabra. El intento, en principio, resultó inútil. Cada vez que Tom estaba a punto de formar una palabra, las letras cambiaban de lugar haciendo imposible comprender nada.

Y cuando por fin consiguió formar la ansiada palabra, resultó que no la conocía. Entonces se quedó mirándola fijamente hasta que, de pronto, ante el mismo significante le vinieron a la cabeza multitud de significados.

"¿Pero qué pasa aquí?", se preguntó Tom estupefacto ante lo que acababa de suceder.

La estupefacción fue breve. Tan solo una mirada a la preciosa, verde y agitada cumbre le hizo retomar su salvaje escalada aun con más rabia.

Al llegar a la zona más alta de su ensoñación, Tom se inclinó sobre sí mismo y luchó por apaciguar su respiración. La lucha fue costosa. Los jadeos tardaron en remitir. Pausadamente, Tom consiguió levantar la mirada, como quien levanta un caballo muerto, y fue entonces cuando se percató de lo que a pocos metros estaba sucediendo. El animal y la chica del antifaz en forma de pájaro se estaban comiendo el uno al otro, en el sentido más erótico de la expresión. Y no podría decirse de ellos que se estuvieran comportando con la inocente sabiduría de dos adolescentes que se descubren mutuamente. No, no podría decirse. Lo que sí podría decirse de aquel comportamiento es que era hambre que no espera saciedad, que era saciedad arrepentida, que era obvia embriaguez, que era carne inyectada en vena; o, por simplificar, que era lujuria.

De pronto, el animal y la chica del antifaz en forma de pájaro frenaron su festín y, dibujando una sonrisa llena de humedad y enrojecimiento, fijaron sus complacidos ojos en Tom (la situación se deslizaba en la mente de Tom como una gota de pintura que espera ser transformada en arte. Arte atormentado en este caso).

El silencio gélidamente extendió sus ramificaciones hasta que, entre caricias, el animal preguntó:

—¿Quieres unirte a la fiesta?

—¿A qué te refieres? —preguntó Tom para asegurarse de que le estaban proponiendo lo que él ya imaginaba.

—Ya sabes a qué se refiere. Venga, no te hagas el tonto y ven con nosotros, vamos a pasar un buen rato los tres juntitos. Yo sé perfectamente lo mucho que te atraigo. Lo he sabido siempre, y tú… Digamos que tú no te preocupas en disimularlo. ¿O ya no te acuerdas de cómo te agarrabas a mi mano ahí abajo? Ven con nosotros, lo estás deseando —dijo la agraciada chica del antifaz en forma de pájaro.

—Debéis estar bromeando, esto es demasiado ¿Qué sois? Yo no… —y antes de que Tom pudiera continuar, el animal le interrumpió con voz de ultratumba:

—¡Ya sabes lo que somos, no me hagas perder la educación. No hay nada que me ponga de peor humor que perder la educación. Ven aquí ahora mismo y trae contigo toda tu puta libido porque te va a hacer falta!

Tom miró hacia la zona baja de su desnudez y no pudo contener un decepcionado suspiro. Aunque el miedo estuviera causando auténticos estragos, aunque allí no hubiera nada que no le resultara desangelado, Tom respiró hasta lo más hondo y se acercó lentamente a la cariñosa parejita.

Al llegar hasta ellos, Tom sintió cómo la locura se habría paso en su alma. Todas las contradicciones que se hacinaban en su pecho coincidían en una cosa. Coincidían en el grado de amargura que alcanzaban.

"Mi cabeza... ¿Qué le pasa a mi cabeza?", se preguntaba Tom con la cabeza dando vueltas en una descolorida noria emocional.

Sin avisar, el mareo hizo que Tom cayera al suelo. Su cuerpo quedó inerte, a merced de lo que tuviera que suceder.

¿Y qué sucedió? Pues lo que sucedió fue que el animal y la chica del antifaz en forma de pájaro se lanzaron sobre Tom como dos poseídos. Dos poseídos cuyas únicas preocupaciones eran acariciar, chupar, morder, lamer, besar, arañar y susurrar al oído.

Respecto a lo que susurraban, se puede decir que eran antiguas canciones, incomprensibles e inquietantes, poseedoras de una musicalidad capaz de provocar secuelas.

Paulatinamente Tom fue participando, casi sin darse cuenta, de aquella desagradable escena erótica. Primero unos tímidos besos y después unas caricias cada vez más explícitas. A medida que Tom cometía estos actos, se iba sintiendo mejor y, debido a esa mejoría, sus movimientos se fueron haciendo más y más enérgicos, más y más enérgicos, más y más enérgicos... El frenesí llegó a tal punto que Tom creyó estar satisfaciendo, con cada gemido que provocaba, la amplia gama de necesidades que la naturaleza presenta.

El animal y la chica del antifaz en forma de pájaro se habían convertido en alimento. Y de ellos se alimentó Tom. Mientras él se iba haciendo cada vez más fuerte, ellos parecían menguar. Mientras él podría haber provocado un incendio con su tacto, ellos se mostraban aletargados. Mientras él se reencontraba consigo mismo, ellos se desdibujaban sin remedio. Ahora era Tom quien cantaba. Y aquel canto, lejos de ser incomprensible e inquietante, se elevó hacia el cielo tan comprensible como una hiedra creciendo al Sol.

Ya con su canto retozando entre las estrellas, Tom se levantó del suelo e incorporó, sin apenas esfuerzo, lo que quedaba de sus compañeros de juego. Los cogió como si fueran muñecos y, después de abrazarlos, los arrastró por la cima de la montaña hasta la zona mejor iluminada por la Luna.

—Miraos ahora. Miraos el uno al otro y decidme qué veis. ¿No os apetece hablar? ¿Acaso no podéis? Está bien, tan solo miraos un poco más. Yo, por mi parte, quiero agradeceros algo. No soy una persona desagradecida. Todo lo contrario, soy una persona muy agradecida que, de corazón, quiere agradeceros lo que ha aprendido con vosotros. Aprender a reciclar el dolor no es sencillo. Aprender a reciclar el dolor es un camino áspero, largo y lleno de claroscuros. Sin embargo, os aseguro que, con vosotros a mi lado, he recorrido un gran trecho… Aunque ya no tenéis nada que aportarme, quiero mostraros la más sincera de las gratitudes —dijo Tom a sus ex compañeros antes de besarles en la frente y, de una patada, despeñarlos acantilado abajo.

Tom abrió los ojos. En su celda todo era quietud

X. Dos CONVERSACIONES Y UN PUNTO FINAL

Frank llevaba varios minutos mirándose al espejo. Su aspecto, despeinado y tranquilo, era el de alguien que no tiene ningún temor en mente. Mientras el sonido de la lluvia se colaba a través de las ventanas, la sensación de haber estado durmiendo profundamente se iba desvaneciendo poco a poco.

"Es hora de ponerse en movimiento", pensó en medio de un largo bostezo. A partir de ahí, Frank se ocupó de su pelo, de sus legañas, de sus dientes, de su cafetera, de su pan de ayer, de su mantequilla petrificada, de recordar que es mejor ocuparse de los dientes después de desayunar, de sus papeles, de su ropa, otra vez de su pelo, de su cartera y de su mando a distancia. Cuando comprobó que lo que emitían en la tele no servía ni para hacer tiempo, cogió sus llaves y se fue.

Ya en la calle, lo primero que hizo fue echar de menos su paraguas. Lo segundo fue autoconvencerse de que no llovía tanto. Lo tercero fue ponerse a caminar como si nada. Lo cuarto fue plantearse la posibilidad de volver por el paraguas. Lo quinto fue acelerar el paso sin modificar el rumbo. Y lo sexto fue ponerse a correr, evitando casi todos los charcos, en dirección al coche.

Al llegar al coche, Frank encendió el motor, puso la calefacción al máximo y empezó a reírse de sí mismo.

"Siempre igual tío, siempre igual", decía Frank entre risa y risa.

Estaba claro que, si de hacer tiempo se trataba, era más divertido esperar a secarse que esperar a que la tele emitiera algo aceptable.

Transcurridos diez minutos, Frank encendió la radio y, una vez sintonizada su emisora favorita, se incorporó a la circulación de Hamburgo con la intención de no pensar en nada durante todo el trayecto. Dicha intención encerraba una especie de ritual en el que Frank, alejado de sus pensamientos más habituales, centraba todo su ser en la música y en la conducción. Tan solo música y conducción. Esa era la manera que tenía Frank de afrontar sus visitas al psiquiatra.

Recorridos un par de kilómetros, Frank encontró aparcamiento con relativa facilidad y, tras asegurarse dos veces de que había dejado el coche bien cerrado, comenzó a caminar, sin dejar de silbar, en dirección a un edificio cercano.

Al llegar a la puerta de la consulta, Frank se quedó quieto unos instantes. El sonido de los ascensores, en la semioscuridad de aquella tercera planta, le resultaba casi tan agradable como sus propias ganas de hablar. Después de llamar al timbre, Frank y su psiquiatra mantuvieron la siguiente conversación:

—Buenos días, Frank, ¿cómo estás hoy?

—Buenos días, me encuentro bien. Muy bien, diría yo.

—Me alegro, ¿ha escampado ya?

—Sí.

—Menos mal porque, de lo contrario, te habrías mojado bastante.

—Ya.

—A ver, explícame por qué te sientes tan bien.

—Pues tengo dos motivos para sentirme así. Aunque en realidad es uno el que me da fuerzas para que el otro sea posible… No sé… Me siento con tantas ganas de… Hace tanto tiempo que…

—Un momento, un momento. No me estoy enterando de nada, tranquilízate y empieza por el principio, ¿vale?

—Ok, perdona. Estoy un poco nervioso… Un motivo es el libro, ¿no es increíble? ¡Voy a publicar mi libro! ¡He encontrado una editorial dispuesta a publicarlo!

—Esa es una gran noticia, Frank, enhorabuena, me alegro muchísimo.

—Gracias, para mí esto es algo muy importante.

—Ya lo sé, por eso me alegro tanto. Conseguir publicar no es nada fácil.

—No, no es nada fácil. Siento una satisfacción muy grande; además ahora me encuentro con fuerzas para ir a visitar a mi hermano. Volver a ver a Tom es el otro motivo que me hace sentir tan bien.

—Llevas mucho tiempo queriendo ir a verle.

—Sí, hace demasiado tiempo que no voy. Eso me hace sentir culpable, pero estoy haciendo lo que puedo.

—¿Haciendo lo que puedes?

—Ya sabes a qué me refiero, me resultaba imposible volver a esa cárcel y no estar a la altura de las circunstancias.

—Hemos hablado mucho acerca de eso de estar a la altura de las circunstancias, ¿verdad?

—Lo sé, lo sé, pero este es el momento perfecto para ir a verle. Ahora sí soy yo, ahora soy capaz de darle lo mejor de mí.

—¿Lo mejor de ti?

—Sí, lo mejor de mí. Soy consciente de la cantidad de veces que me has dado a entender que él tan solo me necesita a mí... Que tan solo me necesita a mí y que lo demás son valoraciones, pero... Pero... Reconozco que no he sido capaz.

—Está bien, es un alivio saber que me escuchas de vez en cuando.

—No quería que me viese preocupado o triste. Aceptar que Maika no va a volver a mi lado ha sido duro; he tardado mucho en superar su ausencia.

—Has tardado lo que tarda todo el mundo cuando hay amor de por medio.

—Supongo.

—Supones bien.

—Tengo unas ganas increíbles de ver a Tom. Ya no me da miedo verlo hundido y no saber qué decir. Ahora sé que, por muy mal que se encuentre, no voy a defraudarlo. Me siento preparado para cualquier cosa.

—¿Y cómo crees que se siente él exactamente?

—Esa es una pregunta que me hecho infinidad de veces, y creo que nunca me la he contestado con sinceridad. El hecho de preguntármelo ya era bastante desagradable en sí mismo.

—Perfecto, pues es el momento de ser sincero. ¿Cómo crees que se siente él exactamente? Ponte en su lugar, intenta imaginar cuáles son sus emociones, intenta imaginar cuáles son sus pensamientos más íntimos.

—¿Esto es necesario?

—Dices que te sientes preparado para cualquier cosa, ¿no es cierto?

—Claro que es cierto. Dame un minuto.

—Tómate el tiempo que necesites.

(Casi tres minutos después…).

—Siente que lo que le queda de vida es un trámite largo. Quiere que el tiempo pase deprisa. Piensa que las personas que han muerto hoy son muy afortunadas. El desequilibrio no le da tregua. Su propio aliento le resulta incómodo. La culpabilidad está presente en su movimiento más insignificante. Sus ilusiones son una butaca vacía. No hay luz en su corazón.

—Lo has hecho muy bien, ¿cuándo vas a ir a verle?

—Mañana. ¿Sabes una cosa?

—Dímela.

—Le voy a sacar del pozo quiera o no quiera.

—Te veo realmente bien, Frank.

—En estos momentos soy puro optimismo. El hecho de que mi libro se vaya a publicar me está ayudando mucho, pero esa no es la única razón para sentirme así. Después de todo lo que me ha pasado, me encuentro más vivo que nunca. Cualquier cosa, hasta la más cotidiana, me parece fascinante. Creo que está relacionado con lo que me ocurrió en Granada.

—El diario que me entregaste es una maravilla. Nunca, en todos mis años de experiencia, he visto nada parecido.

—Es como si la ruptura con Maika hubiera estado impidiéndome disfrutar de mis hallazgos interiores. Es ahora cuando empiezo a darme cuenta del tipo de poso que dejó mi estancia en Granada.

—Mi obligación como psiquiatra es preguntarte por tu miedo a la esquizofrenia.

—Reconozco que eso no lo tengo superado del todo. Es algo irracional y emerge cuando menos me lo espero. Aun así, está bastante controlado.

—Muy bien, pues ahora quiero que pienses seriamente en la posibilidad de volverte loco.

—¿Quieres que me exponga?

—Sí, vamos a hacer un ejercicio de exposición. Quiero que ese pensamiento atemorizante emerja por completo.

—De acuerdo, vamos allá

—Cuando sientas mucha ansiedad, avísame.

(Once minutos después…).

—Ya.

—Pues ahora voy a sacar tu diario de este cajón. Quiero que leas, en voz alta, lo que te escribí en la última página.

—Estoy temblando, no sé si voy a poder…

—Toma y lee.

—El consumo de ácido puede provocar… No me sale la voz.

—Lee.

—"El consumo de ácido puede provocar lo que se conoce con el nombre de *flashback*. El *flashback* es un retorno transitorio de emociones y percepciones experimentadas bajo los efectos del ácido. Es decir, se puede volver a experimentar, por ejemplo, días más tarde, las sensaciones experimentadas bajo los efectos del ácido. Los *flashbacks* pueden durar segundos u horas, y pueden ser similares a cualquiera de los aspectos vividos durante el viaje de ácido. Es decir, pueden ser emocionantes, sorprendentes, atemorizantes, etcétera. Generalmente se van reduciendo en número e intensidad después de la experiencia de consumo, y raramente ocurren meses después".

—Muy bien, ¿cómo te encuentras ahora?

—Mejor, pensar en que no he vuelto a ver nada raro también me ayuda.

—Hay dos ideas que tienes que tener muy claras. La primera es que, por mucho que pienses que te puedes volver loco, no te vuelves loco. Lo máximo que puede conseguir ese pensamiento es desequilibrarte emocionalmente durante un tiempo, lo cual es una auténtica broma comparado con padecer esquizofrenia, ¿no crees? La segunda idea que tienes que tener muy claro es que eso que has leído es algo racional y empírico. Algo igual de racional y empírico que mi diagnóstico. Y en mi diagnóstico, no aparece la palabra "esquizofrenia" por ninguna parte. Así que, por un lado, tenemos lo racional y lo empírico y, por otro lado, tenemos temores irracionales fáciles de contradecir. Si fuera un combate de boxeo, tus temores irracionales besarían la lona en el primer asalto. Seguro que incluso habría sospechas de soborno.

—Lo sé, esos temores son residuos con los días contados.

—No intentes forzar la desaparición de tus temores. Déjalos ahí, déjalos que emerjan cuando quieran. Lo único que quiero es que tengas claras las dos ideas que te he comentado. Te aseguro que, si esos temores no llegan a desaparecer nunca, la convivencia con ellos acabará siendo mucho más sencilla de lo que te imaginas.

—Sería un precio que estoy dispuesto a pagar.

—¿A qué te refieres?

—Me refiero al precio de la lucidez. El miedo a la locura es un precio muy bajo que estoy dispuesto a pagar.

—¿Te sientes más lúcido que antes?

—No, no es eso… Creo que siempre he sido igual. Lo único que ocurre es que he sobrevivido a un naufragio, y eso es algo que no te deja indiferente. Lo que, en realidad, quería decir es que mi lucidez de siempre ahora tiene más lugares a los que alumbrar... Me estoy haciendo un lío, no sé si me estoy explicando. Además todo esto suena pedante...

—¿Recuerdas dónde estás? ¿Tengo cara de no estar enterándome o de que algo suene pedante?

—Je, je... No sé... A veces me da la impresión de que me complico demasiado. Es curioso, pero cuando escribí la parte final del diario, me sentía en paz. Me estaban ocurriendo cosas absolutamente inconcebibles pero, a pesar de ello, me sentía en paz. Después empecé a ponerme cada vez más nervioso...

—Eso es normal, estuviste sometido a un estrés muy fuerte en un corto periodo de tiempo. Es normal que toda esa tensión psíquica acabe dando problemas.

—Lo importante es que ahora vuelvo a sentirme bien.

—Tú lo has dicho.

—Cada vez que pienso en lo que escribí en ese diario, me invade el asombro.

—No es para menos, tu diario es algo irrepetible. Yo me lo tomaría como un tesoro rescatado del naufragio que antes mencionaste.

—Espero que mi libro te guste más, ese es el auténtico tesoro.

—Ja, ja, ja, no sé por qué, pero creo que te acabas de garantizar un fiel lector.

—Eso está bien.

—De hecho estoy prácticamente seguro de que tu imaginación está relacionada con el realismo de los *flashbacks*. Es obvio que tienes mucha imaginación pero, aunque me esmere en buscar adjetivos como "honda", "florida" o "desbordante", seguro que me quedo corto.

—Imaginación honda... Me gusta.

—Apúntatelo para tu próximo libro.

—Me lo apunto.

—¿Hay algo más de lo que quieras hablar hoy?

—No, me parece que ya hemos tenido suficiente por hoy.

—Pues, por mi parte, nada más. Ya me contarás cómo te fue con tu hermano.

—Sí, ya te contaré.

—Espero que mañana sea un buen día para ti.

—Gracias, yo también lo espero.

Al día siguiente Frank se levantó muy temprano. El deseo de ver a Tom era tan enorme, que, aun de noche, la cama se había convertido en un lugar aburrido del que era preciso salir. Poco después de abandonar la cama, Frank se ocupó de su pelo, de sus legañas, de sus dientes, de su cafetera, de su pan de antes de ayer, de su mantequilla petrificada, de recordar que el día anterior también había recordado que es mejor ocuparse de los dientes después de desayunar, de sus papeles, de su ropa, otra vez de su pelo, de su cartera y de su mando a distancia. Cuando comprobó que en la televisión solo se veían interferencias, se alegró, cogió sus llaves y se fue.

Durante el trayecto hacia el coche, Frank fue disfrutando, entre gente abrigada hasta las orejas, de cómo el frío de la mañana le hacía sentirse un organismo vivo. No hubo nada en el mencionado trayecto que no le resultara sutilmente perfecto.

Veinte minutos después, Frank conducía, con tranquilidad, en dirección a la cárcel donde le esperaba su hermano. Sin embargo, en algún instante difícil de concretar, empezó a ponerse nervioso ante la importancia de lo que estaba a punto de ocurrir. Todo lo pensado acerca de Tom, todo lo imaginado acerca de Tom, todo lo soñado acerca de Tom se había convertido, para Frank, en algo fantasmagórico que solo tenía morada dentro de su propia mente. No obstante, en ese momento, la impredecible realidad estaba esperando a escasos kilómetros de allí.

Al llegar a la cárcel, Frank, incapaz de ponerle freno a su creciente estado nervioso, bajó del coche y se detuvo a contemplar la sórdida fachada tras la que su hermano estaba encerrado. Un leve mareo, cuyo origen fue el recuerdo de una infantil imagen de Tom, dejó constancia de lo impresionantes que pueden resultar algunos contrastes. Algunos contrastes como, por ejemplo, el contraste entre lo que una vida podría ser y lo que una vida está siendo.

"A la mierda los nervios, a la mierda los mareos, a la mierda los contrastes. Nunca es tarde para encontrar luz. Ya estoy aquí hermano, ya estoy aquí", dijo Frank antes de empezar a caminar hacia el interior de la cárcel.

Cuando Frank y Tom se encontraron frente a frente, mantuvieron la siguiente conversación:

—Tom, hermano, no sabes lo que me alegra volver a verte. ¿Cómo estás?

—¿Qué te ha pasado, Frank? ¿Por qué no has venido antes?

—Perdóname, Tom; estaba deseando venir, pero te juro que me ha sido imposible hasta hoy. No te imaginas lo feliz que estoy de volver a verte.

—Yo también tenía muchas ganas de verte pero... Pero no comprendo qué ha pasado... Y no sabía qué pensar.

(Silencio. Frank decidió mentir)

—Ha sido por culpa del trabajo; encontré trabajo y he estado una temporada fuera de Alemania.

—¿De verdad? ¿Dónde?

—En España, ha sido muy enriquecedor.

—¿En qué ciudad?

—En Granada, he estado en Granada trabajando por...

—Granada... Debe de ser una bonita ciudad.

—Lo es.

—¿Qué trabajo encontraste?

—Ya sé que no me pega, pero he estado trabajando de recepcionista en un hotel de cuatro estrellas.

—Pues no, no te pega nada.

—Sabía que dirías eso.

—¿Y el idioma? ¿No ha sido un problema?

—Un problema... No, mi inglés ha mejorado bastante. Además...

—¿Y Maika? ¿Fue contigo?

—Maika... Sí, estuvo una temporada, pero se tuvo que ir.

—¿Se tuvo que ir?

—Sí, ya te contaré... He dejado el trabajo, y tenemos todo el tiempo del mundo para hablar de eso. Ahora quiero saber de ti, quiero saber cómo te encuentras.

(Silencio)

—Frank, sea cual sea el motivo de tu tardanza, eres mi hermano, eres lo único que tengo y te quiero, pero...

—Tom...

—Espera, déjame terminar por favor. Solo quiero saber si algo desagradable te ha impedido venir antes. No creo que sea mucho pedir.

—No Tom, te estoy diciendo la verdad. Estoy bien, todo va bien. Confía en mí, no ocurre nada malo.

(Silencio)

—Espero que así sea.

—Te has cortado el pelo.

—Eso parece.

—Así estás mucho mejor.

—Vale, mamá.

(Sonrisas)

—Hacía mucho tiempo que no te veía sonreír.

—Hacía mucho tiempo que no venías por aquí. Últimamente sonrío con más frecuencia.

—¿Y qué ha cambiado?

—Creo que yo.

—¿Tú?

—No sé si podría explicar lo que ha cambiado dentro de mí. No me resulta sencillo encontrar las palabras adecuadas.

—Inténtalo, por favor, ya sabes que a mí no me cuesta entenderte.

—Es como si… Es como si algo, en mi interior, se hubiera estado removiendo día y noche. Ya sé lo extraño que parece, pero te aseguro que eso es lo que siento.

—¿Desde cuándo notas eso?

—No lo sé, supongo que todo empezó a mejorar cuando ya no pudo empeorar más. Ten por seguro que llegué hasta el fondo de mi peor pesadilla. Allí abajo la arena es fría y sabe a boca de cadáver… Allí abajo se intuyen los movimientos de la locura… Allí abajo la oscuridad cambia de apariencia. A veces tiene forma de grito de cuervo y a veces tiene forma de poema de mujer suicida… Estoy empezando a decir bobadas.

—¿Bobadas? No, no, nada de eso. Tus palabras suenan a cuadro surrealista o a sueño olvidado. Lo que prefieras.

—Sueño olvidado, me llama la atención que digas eso.

—¿Por qué?

—Porque últimamente tengo la impresión de haber soñado con cosas interesantes. A veces me despierto con una sensación tan agradable que intento agarrarme al sueño para conocerlo mejor. Pero no puedo… Es imposible… Se escapa y vuelve a su origen. Casi todo se esfuma al despertar. Lo poco que logro recordar acaba desapareciendo a lo largo del día.

—Podrías escribirlo antes de que se te olvide, seguro que te vendría bien.

—Lo poco que suelo recordar está demasiado deslavazado. Son imágenes y sensaciones difíciles de enlazar y difíciles de explicar. Sería imposible encontrar algo de coherencia en esos retazos.

—¿Y siempre te despiertas con sensaciones agradables?

—No, solo de vez en cuando. No te estoy diciendo que ahora me despierte todos los días cantando con cara de gilipollas. Te estoy diciendo que, a veces, tengo la sensación de que, durante la noche, se ha producido una lucha en mi interior.

Una lucha que, al despertar, se difumina y me hace sentir en paz. Es curioso pero, mientras intento hacerme entender, soy consciente de que, por mucho que me esfuerce, no me voy a acercar al contenido de mis sensaciones.

—Es escurridizo, es algo muy escurridizo.

—Últimamente me hago muchas preguntas. Nunca en mi vida me había hecho tantas preguntas.

—¿Qué tipo de preguntas?

—Preguntas del tipo "este chaval debería echar un polvo".

—En serio, Tom, ¿qué tipo de preguntas?

—No sé, por ejemplo, ¿qué somos? ¿Qué somos los seres humanos? Como ves, mi viaje al infierno no ha sido en balde. Dile adiós a tu hermano el drogata y dile hola a tu hermano el pensador de las mierdas.

—Hola, pensador de las mierdas, todo mi amor te da la bienvenida.

(Sonrisas y silencio)

—Lo siento mucho, Frank.

—Ok, pero no me lo vuelvas a repetir.

—De verdad que lo siento, si pudiera volver atrás...

(Lágrimas en Tom)

—Llora si eso te ayuda, pero no te compadezcas de ti mismo. ¿Te preguntas qué es un ser humano? Es una buena pregunta. En un ser humano caben todos los defectos habidos y por haber. Basta con decir que, en un solo ser humano, la maldad puede encontrar un reino ancho y fértil. Se puede decir con palabras más bonitas o más feas, pero el trasfondo es siempre el mismo. Te diré una cosa, Tom: en ti la maldad no encuentra más que escasez y tierras muertas. Eso que se te meta dentro del núcleo de todas tus neuronas.

—Gracias por ser así conmigo... Ya sé que no quieres que te agradezca eso, pero tenía que decírtelo.

—Que sea la última vez, señor pensador.

—¿Y qué hay de lo bueno? No has dicho nada de lo bueno.

—¿A qué te refieres?

—A lo bueno del ser humano. Yo estoy convencido de que lo bueno está por todas partes. Creo que el bien y el mal son dos ejércitos enfrentados desde hace milenios y creo que el que piense que el bien está retrocediendo se equivoca. Lo único que pasa, y que siempre ha pasado, es que el mal hace mucho ruido... Además, si le echas un vistazo al mundo, te puede dar la impresión de que todo está mezclado, de que da igual ser una buena persona o ser un cerdo hijo de puta porque, en la mezcla, nada se distingue. Pero no es así, aquí no hay nada mezclado. Aquí hay dos bandos más claros que el agua. Quien se quiera hacer el tonto que se lo haga, pero conmigo que no cuente más.

—Amén.

—Y ya sé que antes, al hablar de mí, hablaste de lo bueno del ser humano...

—¿Sí?

—Sí, lo que pasa es que tenía ganas de soltar este rollo.

(Risas y lágrimas casi secas)

—Hablando de rollos... Voy a publicar un libro.

—¿De verdad? ¿Una novela?

—Sí.

—Siempre supe que lo conseguirías.

—Pues ya sabías más que yo.

—¿Y de qué trata?

—De todo un poco, para saberlo tendrás que leerlo.

—¿No vas a adelantarme nada?

—Prefiero que lo leas y lo vayas descubriendo página a página. Lo siento, pero soy así.

—Ya sé cómo eres, mejor no insistir. Eso sí, como haya algún personaje con el estado de ánimo dando tumbos, voy a tener que golpearte.

—Eso habría que verlo, pequeñajo... Por cierto, ¿cómo estás en ese sentido?

—¿En qué sentido?

—Ya sabes a qué me refiero.

—¿A mis cambios de ánimo?

—Sí.

—Pues la verdad es que… La verdad es que me encuentro más estable. No es que haya ocurrido un milagro, pero si te dijera que sigo igual, te mentiría… Reconozco que tenías razón, el psiquiatra que me está tratando es muy bueno. Al principio me pareció un imbécil pretencioso… Ahora es evidente que el imbécil era yo.

—Tú nunca has sido un imbécil, simplemente estabas muy enfermo. No podías razonar con claridad.

(Largo silencio)

—Ya nunca me despierto pensando en el suicidio. Antes, cuando estaba deprimido, mis pensamientos eran como cuchillos hurgando en una herida. Antes decía, muy a menudo, ese tipo de cosas que dañan tanto al que las oye como al que las dice. Cosas que suenan a poeta maldito… No podía parar de hurgarme en la herida. Era como si de esa herida fuera a brotar algo más valioso que mi propia paz. Y después, en una especie de mecanismo de compensación podrido, mi cerebro me lanzaba al rincón de la euforia. Me lanzaba, me arrinconaba y me daba una paliza con ideas decapitadas y carcajadas en soledad… Por si fuera poco, la clase de ira que a veces me controlaba no conocía a nadie. Eso era yo.

—Lo importante es el ahora, háblame del ahora.

—El ahora… Pues ahora, aunque lo disimule bien, disfruto con las palabras más sencillas. Mis pensamientos están orientados al Sol… Con solo imaginar su luz y su calor, puedo rellenar horas de celda y silencio. Por supuesto que sigo teniendo malos momentos, momentos realmente desagradables… No ha ocurrido ningún milagro… Sin embargo, ya no estoy en el fondo de mi peor pesadilla. Llegué al fondo y lo utilicé para impulsarme hacia arriba. Aun queda bastante camino por recorrer, pero el fondo está cada vez más lejano.

—No sabes lo infinitamente feliz que soy al escucharte decir eso. Estoy muy orgulloso de ti.

—No creo que sea como para estar orgulloso.

—Para mí sí lo es. Puede que el resto del mundo no lo vea así. Puede que ni tú mismo lo veas así, pero para mí sí lo es. Yo te conozco mejor que ninguna persona en el mundo y sé lo que estás luchando. Quizás algún día, cuando te perdones del todo, te darás cuenta de lo justificado que está mi orgullo. Puede que entonces empieces a sentir orgullo de ti mismo.

—Me quieres demasiado.

—Es cierto, pero el amor no lo regala nadie. No durante tanto tiempo. Te quiero porque te mereces mi amor. Desde que éramos niños hasta hoy, no recuerdo ni un solo día en el que mi amor por ti haya cambiado en algo. Supongo que tú tendrás algo que ver en eso, ¿no?

—Te he decepcionado demasiadas veces...

—¿Estoy hablando en portugués? Yo te veo a ti, no veo a un preso, no veo tus errores, te veo a ti. Métete en la cabeza que estabas muy enfermo y que, gracias a Dios, estás saliendo del pozo. Métete en la cabeza que mi amor es tuyo porque te lo mereces.

—Cada día rezo por el alma de esa mujer.

—Haces bien.

—Rezar por su alma se ha convertido en una necesidad. Si no lo hago, el atardecer me parece defectuoso, como si le faltara algo.

—¿El atardecer?

—Sí, siempre rezo cuando el Sol empieza a caer. Muchas veces ese es mi mejor momento del día. Aunque las cosas sean difíciles, mientras rezo suelo sentir que estoy donde debo haciendo lo que debo. Es como si algo dentro de mí, algo que en parte no soy yo, me susurrara que no hay un rincón del universo que no sepa de mi oración. Cuando eso sucede, cuando llego a ese sentimiento, todo se simplifica tanto que creo haber vuelto al vientre de mamá.

—Oírte hablar así es lo mejor que me ha pasado desde hace mucho tiempo.

—¿En serio? Debe ser que a Maika ya no le gusta el sexo.

—Muy gracioso, eres muy gracioso, pero te lo digo de corazón.

—Ya lo sé, hermanito, es solo una broma. Me hace falta bromear de vez en cuando.

—Bromea cuando quieras, material para hacerlo hay de sobra. El mundo es un teatro giratorio donde no falta la comedia.

—Esa es una visión del mundo… ¿optimista?

—Que sea optimista o no depende de quien lo piense. Desde luego, para mi gusto, optimista y burlona son dos adjetivos que encajan con la visión del mundo en el que…

—¿Ves a ese tipo tan serio?

—Sí.

—Pues su presencia aquí significa que nuestra conversación ha concluido.

—Joder, el tiempo ha pasado muy rápido.

—Tienes buen interlocutor.

—Eso es verdad, dentro de poco me tendrás aquí otra vez… Dentro de muy poco.

—Eso espero.

—No lo dudes, hermano, te quiero.

—Yo a ti también.

Pasaron las semanas y, una mañana de sábado, Frank salió a caminar por las calles de Hamburgo. Aquella mañana, cuya sonrisa era visible para quien quisiera verla, el cielo estaba cubierto por un una fina capa de nubes que le daba al aire un aspecto difuminado. La luz de la estrella más cercana, con toda su energía electromagnética, se dejaba caer sobre las nubes dándole a cada árbol, edificio o buzón una apariencia que a Frank le resultaba rotundamente sobrenatural.

Después de dos horas de radical ensimismamiento, Frank decidió entrar en una librería cercana al centro de la ciudad.

—Buenos días —dijo Frank al entrar.

—Buenos días —contestó la guapa dependienta sin despegar la mirada de un catálogo de bikinis.

Nunca importó tan poco la desidia de una dependienta. Lo que Frank estaba buscando no debía andar muy lejos. Una estantería, dos estanterías y… No estaba allí. Tres estanterías, cuatro estanterías, vuelta a la tercera estantería y… Allí estaba. Lo que Frank había encontrado era su propio libro. Un libro escrito con sus manos.

—Ven con papá —dijo Frank en voz baja, mientras cogía el libro de la estantería. Era la primera vez, en la vida de Frank, que eso sucedía. Era la primera vez que entraba en una librería y, después de buscar un poco, cogía un libro con su nombre en la cubierta.

Los pensamientos de Frank empezaron a sucederse uno tras otro. Acompañado por las mejores emociones, pensó en lo mágico que era ese momento, pensó en la última vez que hizo algo por primera vez, pensó en eso que dicen de que la felicidad son instantes concretos, pensó en sus padres, pensó en lo contentos que se habrían puesto al verle a él tan ilusionado, pensó en su larga sequía creativa, pensó en varios insultos para dedicarle a esa larga sequía creativa, pensó en las partes negativas de su historia reciente, pensó en que no hay nada malo que no contenga algo bueno, pensó en el retorno de su inspiración, pensó en ese verso que dice "se canta lo que se pierde", pensó en que el libro olía muy bien, pensó en ligar con la dependienta, pensó en la todopoderosa constancia de la libido, pensó en la convivencia de lo divino con lo humano, pensó en lo mucho que le quedaba por escribir, pensó en lo difícil que le había resultado escribir el primer capitulo, pensó en lo fácil que le había resultado escribir el segundo capítulo, pensó en las cosas que pensaba cuando escribió el tercer capítulo, pensó en lo que disfrutó escribiendo el sexto capítulo, pensó en el silencio creativo, pensó en cómo el silencio creativo le conectaba con lo que él era, pensó en comida, pensó en que ya era hora de volver a casa.

Al salir de la librería, después de recomendarle un par de bikinis a la dependienta, Frank empezó a sonreír ampliamente. No había motivos para no hacerlo.

Tras recorrer varias calles, en su regreso a casa, a Frank le ocurrió algo que no esperaba. Ver a Maika no entraba en los planes de aquella mañana (ella iba hablando por el móvil y no se dio cuenta de nada. Él no dejó de observarla hasta el momento en el que se cruzaron).

Pasaron cinco minutos de recuerdos alegres y, después de calcular cuánto tiempo hacía que no estaban tan cerca, Frank suspendió el regreso a casa y se sentó en la terraza de un bar. Mientras esperaba su bebida, se puso a imaginar cómo sería un libro en el que se narrara todo lo que le había ocurrido últimamente. Dos ideas estaban claras acerca de ese hipotético libro. Una era la importancia de Tom en la historia. La otra era cómo terminaría el último capitulo. Sin duda, el último capitulo terminaría así: "Frank ya no sentía que estuviera desperdiciando algo. Maika seguía siendo muy bonita".

Índice

Editorial LibrosEnRed

LibrosEnRed es la Editorial Digital más completa en idioma español. Desde junio de 2000 trabajamos en la edición y venta de libros digitales e impresos bajo demanda.

Nuestra misión es facilitar a todos los autores la **edición** de sus obras y ofrecer a los lectores acceso rápido y económico a libros de todo tipo.

Editamos novelas, cuentos, poesías, tesis, investigaciones, manuales, monografías y toda variedad de contenidos. Brindamos la posibilidad de **comercializar** las obras desde Internet para millones de potenciales lectores. De este modo, intentamos fortalecer la difusión de los autores que escriben en español.

Ingrese a **www.librosenred.com** y conozca nuestro catálogo, compuesto por cientos de títulos clásicos y de autores contemporáneos.